Von EDGAR WALLACE
sind im Goldmann Verlag erschienen:

Die Abenteuerin. 164
A. S. der Unsichtbare. 126
Die Bande des Schreckens. 11
Der Banknotenfälscher. 67
Bei den drei Eichen. 100
Die blaue Hand. 6
Der Brigant. 111
Der Derbysieger. 242
Der Diamantenfluß. 16
Der Dieb in der Nacht. 1060
Der Doppelgänger. 95
Die drei Gerechten. 1170
Die drei von Cordova. 160
Der Engel des Schreckens. 136
Feuer im Schloß. 1063
Der Frosch mit der Maske. 1
Gangster in London. 178
Das Gasthaus an der Themse. 88
Die gebogene Kerze. 169
Geheimagent Nr. 6. 236
Geheimnis der gelben Nazissen. 37
Das Geheimnis der Stecknadel. 173
Das geheimnisvolle Haus. 113
Die gelbe Schlange. 33
Ein gerissener Kerl. 28
Das Gesetz der Vier. 230
Das Gesicht im Dunkel. 139
Der goldene Hades. 226
Die Gräfin von Ascot. 1071
Großfuß. 65
Der grüne Bogenschütze. 150
Der grüne Brand. 1020
Gucumatz. 248
Hands up! 13
Der Hexer. 30
Im Banne des Unheimlichen. 117
In den Tod geschickt. 252
Das indische Tuch. 189
John Flack. 51
Der Joker. 159
Das Juwel aus Paris. 2128
Der Mann mit den zwei Gesichtern. 5144
Kerry kauft London. 215
Der leuchtende Schlüssel. 91
Lotterie des Todes. 1098
Louba der Spieler. 163
Der Mann, der alles wußte. 86
Der Mann, der seinen Namen änderte. 1194
Der Mann im Hintergrund. 1155
Der Mann von Marokko. 124
Die Melodie des Todes. 207
Die Millionengeschichte. 194
Mr. Reeder weiß Bescheid. 1114
Nach Norden, Strolch! 221
Neues vom Hexer. 103
Penelope von der »Polyantha«. 211
Der Preller. 116
Der Rächer. 60
Der Redner. 183
Richter Maxells Verbrechen. 41
Der rote Kreis. 35
Der Safe mit dem Rätselschloß. 47
Die Schuld des Anderen. 1055
Der schwarze Abt. 69
Der sechste Sinn des Mr. Reeder. 77
Die seltsame Gräfin. 49
Der sentimentale Mr. Simpson. 1214
Das silberne Dreieck. 154
Das Steckenpferd des alten Derrick. 97
Der Teufel von Tidal Basin. 80
Töchter der Nacht. 1106
Die toten Augen von London. 181
Die Tür mit den sieben Schlössern. 21
Turfschwindel. 155
Überfallkommando. 75
Der Unheimliche. 55
Der unheimliche Mönch. 203
Die unheimlichen Briefe. 1139
Das Verrätertor. 45
Der viereckige Smaragd. 195
Die vier Gerechten. 39
Zimmer 13. 44
Der Zinker. 200

EDGAR WALLACE

Neues vom Hexer

AGAIN THE RINGER

Kriminalroman

GOLDMANN VERLAG

Aus dem Englischen übertragen
von Friedrich Pütsch

Der Goldmann Verlag
ist ein Unternehmen der Verlagsgruppe Bertelsmann

Made in Germany · 26. Auflage · 5/92

Umschlagentwurf: Atelier Adolf & Angelika Bachmann, München
Umschlagfoto: Richard Canntown, Stuttgart
Satz: Presse-Druck Augsburg
Druck: Elsnerdruck, Berlin
Krimi 103
Lektorat: Ge · Herstellung: Harry Heiß/Sc
ISBN 3-442-00103-X

1

DER ELEKTROINGENIEUR

Miska Guild führte ein extravagantes Leben und machte häufig durch seine Abenteuer und dummen Streiche in der Öffentlichkeit von sich reden. Manche Leute lachten über ihn, die meisten aber waren empört über sein Verhalten.

Eines Tages raste er zum Beispiel mit einer Geschwindigkeit von hundertzehn Kilometern die Regent Street entlang. Die Folge davon war, daß er zwei Fußgänger schwer verletzte, einen Laternenpfahl in Grund und Boden fuhr und seinen Wagen vollständig ruinierte. Die Anklage, daß er betrunken gewesen sei, konnte nicht aufrechterhalten werden, da man ihn vollkommen nüchtern unter den Trümmern hervorgezogen hatte. Auch war ihm selbst nicht das mindeste passiert.

Trotz des gegenteiligen ärztlichen Gutachtens verurteilte ihn aber das Gericht. Miska erhob Einspruch, erschien vor den Geschworenen mit den besten Anwälten, die man für Geld haben konnte, und es gelang ihm, mit knapper Not einen Freispruch durchzusetzen. Die Leute vom Theater kannten ihn, weil er vielbesprochene Essen gab. Man munkelte auch davon, daß es bei seinen intimen Festen so toll zugehen sollte, daß man kaum darüber reden konnte. Einmal fuhr er nach Paris, und die französische Polizei gab sich die größte Mühe, einen unangenehmen Zwischenfall zu vertuschen, der während seines Aufenthaltes passierte.

Aber immerhin konnte man die Tatsache nicht aus der Welt schaffen, daß eine schöne, junge Choristin tot auf dem Gehsteig vor dem Hotel lag. Sie war aus dem fünften Stockwerk gefallen. Die Polizei erklärte allerdings in entgegenkommender Weise, daß die junge Dame die Tür zum Wohnzimmer verwechselt habe. Bei der Totenschau fragte niemand danach, warum sie über das Geländer geklettert war.

Der einzige, der sich leidenschaftlich für die Sache interessierte, war Henry Arthur Milton, der von den Gerichten und der Polizei gesucht wurde. Zufällig wohnte er damals in demselben Hotel. Die große Öffentlichkeit kannte ihn unter dem Namen ›Der Hexer‹. Natürlich hatte er sich nicht mit seinem wirklichen oder mit seinem Spitznamen in die Fremdenliste eingetragen.

Mr. Guild zahlte große Beträge an die Polizeibeamten, denen er soviel Unannehmlichkeiten und Mühe bereitet hatte. Einige Zeit später kehrte er nach London in seine prächtig ausgestattete Wohnung in Carlton House Terrace zurück. Ihm selbst hatten die Ereignisse am wenigsten zugesetzt, und er tat so, als ob nichts vorgefallen wäre.

Er war ein Mann Mitte der Dreißig und besaß mehr als drei Millionen Pfund Sterling. Infolge seines großen Reichtums waren ihm die Begriffe für Gut und Böse, für Erlaubt und Unerlaubt etwas durcheinandergeraten.

Wäre dieser Unglücksfall nicht in Paris, sondern in London passiert, dann hätten ihn auch die größten Summen und die besten Advokaten der Welt nicht vor den schlimmen Folgen schützen können.

An einem herrlichen Novembermorgen, als die Sonne aus einem klaren Himmel auf die kahlen Bäume von Green Park herniederschien, brachte Mr. Guilds Diener diesem das Frühstück ans Bett. Auf dem Tablett lag auch ein eingeschriebener Brief, der aus Paris kam. ›Dringend und persönlich! Nicht vom Privatsekretär zu öffnen!‹ stand rot unterstrichen auf dem Umschlag.

Miska Guild richtete sich im Bett auf, strich eine blonde Haarsträhne aus dem Gesicht und starrte einige Zeit unentschlossen auf den Brief, bevor er ihn seufzend öffnete. Er zog nur einen dünnen Bogen heraus, der eng mit der Maschine beschrieben war und weder Datum, Anrede noch Unterschrift trug.

Am achtzehnten Oktober fuhren Sie in Begleitung einer kleinen Gesellschaft nach Paris. Auch Miss Ethel Seddings, die Ihren wahren Charakter nicht kannte, hatte sich Ihnen angeschlossen.

Sie beging Selbstmord, um Ihren Nachstellungen zu entkommen. Man nennt mich den ›Hexer‹ – mein wirklicher Name ist Henry Arthur Milton. Wenn Sie sich für meine Persönlichkeit interessieren sollten, können Sie alles Nähere von Scotland Yard erfahren. Da Sie ein Mann sind, der große Beziehungen sein eigen nennt, gebe ich Ihnen eine Gnadenfrist, um darüber zu verfügen. Nach einer angemessenen Zeit komme ich nach London und bringe Sie um.

Miska las den Brief mehrmals durch, drehte das Blatt dann um, fand aber nichts weiter darauf.

»Zum Teufel, wer ist denn der Hexer«, fragte er, und der Diener, der in diesen Dingen bewandert war, erzählte ihm Verschiedenes über diesen allbekannten Mann. Miska betrachtete den Umschlag von allen Seiten, aber auch dadurch wurde er nicht klüger. Er lachte und wollte den Brief schon zerreißen, überlegte es sich aber im letzten Augenblick anders.

Später am Morgen sprach er mit seinem Sekretär.

»Schicken Sie diesen Wisch mit einem Begleitschreiben an Scotland Yard.«

Er hätte die unangenehme Sache vergessen, wenn er nicht bei der Rückkehr vom Mittagessen einen Herrn in seiner Wohnung angetroffen hätte. Der Mann sah düster aus, trug einen kurzen schwarzen Bart und stellte sich als Chefinspektor Bliss von Scotland Yard vor.

»Ach, kommen Sie wegen des Briefes? Das ist doch Blödsinn! Sie nehmen die Sache doch nicht etwa ernst?«

Bliss nickte langsam.

»Ich nehme sie so ernst, daß ich Sie für ein oder zwei Monate von zweien meiner besten Leute bewachen lasse!«

Miska sah ihn ungläubig an.

»Wollen Sie das wirklich tun? Aber mein Diener hat mir doch gesagt, daß der Herr ein Verbrecher ist, den die Polizei sucht. Der wagt es doch sicher nicht, nach London zu kommen!«

Bliss lächelte grimmig.

»Der wagt alles. Er geht sogar zu Scotland Yard, wenn es

ihm Vergnügen macht. Und für Fälle wie den Ihren interessiert er sich ganz besonders.«

Der Beamte erzählte ein wenig über den Hexer, und Miska Guild wurde plötzlich sehr aufgeregt.

»Das ist doch aber entsetzlich ... einen Mörder läßt man doch nicht frei herumlaufen? Können Sie ihn denn nicht fangen? So etwas ist mir noch niemals vorgekommen! Außerdem war die Sache in Paris tatsächlich ein Unglücksfall. Das arme, verrückte Ding hat die Türen verwechselt –«

»Ich bin über den Vorfall genau orientiert, Mr. Guild«, entgegnete Bliss ruhig, »und möchte nicht gern mit Ihnen darüber sprechen. Aber eins muß ich Ihnen sagen: Ich kenne den Hexer und seine Methoden wohl am besten, und ich kann Ihnen versichern, daß er sein Wort unter allen Umständen hält. Wir müssen Sie also beschützen. Stellen Sie kein neues Personal ein, ohne mich zu verständigen, und benachrichtigen Sie mich täglich, wohin Sie gehen und was Sie unternehmen wollen. Der Hexer ist meines Wissens der einzige Verbrecher auf der Welt, der sich nur auf seine Verkleidungskunst verläßt. Wir haben in Scotland Yard kein Foto von ihm, und ich bin einer der wenigen, die ihn jemals ganz ohne Maske gesehen haben.«

Miska war wenig erfreut über die Aussicht, sich im voraus festlegen zu sollen. Er gehörte zu den impulsiv veranlagten Menschen und wußte niemals genau, wo er sich in der nächsten Stunde aufhalten würde. Außerdem wollte er nach Berlin reisen –

»Wenn Sie England verlassen, bin ich nicht für Ihre Sicherheit verantwortlich«, erwiderte Bliss kurz.

Mr. Guild wurde bleich.

Zuerst betrachtete er die Angelegenheit als einen Scherz, aber nach vier Wochen wurde er nervös, als er ständig Detektive in seiner Nähe sah.

Und eines Abends brachte ihm Bliss die bestürzende Nachricht, daß der Hexer in England sei.

Miska schaute ihn entsetzt an.

»Woher wissen Sie das?« fragte er mit stockender Stimme.

Aber der Chefinspektor gab ihm keine nähere Auskunft, da er weder von Freddy noch von dem eigenartigen Benehmen des rotbärtigen Mannes sprechen wollte.

Freddy wohnte in einem kleinen Haus, das einer tauben alten Frau gehörte. Sie hatte schon unangenehmere Mieter gehabt als Freddy, obwohl er schäbige Kleider trug, große, vorstehende Zähne und ein Trinkergesicht hatte.

Eines Abends ging er heimlich auf die Polizeiwache, denn Inspektor Stourbridge hatte nach ihm geschickt.

»Es gibt morgen einen Einbruch bei dem Juwelier Lowe in Islington, Mr. Stourbridge. Ein paar Kerle von Notting Dale sind dabei, und die Ware wird bei dem Hehler Elfus untergebracht. Haben Sie mich deshalb geholt?«

Freddy kniff die roten Augenlider zusammen und drehte den Hut in den Händen. Sein zerlumpter Mantel berührte fast den Boden.

Stourbridge kannte viele Polizeispitzel, aber Freddy war ein neuer Typ für ihn.

Er zögerte, sagte ihm dann, daß er einen Augenblick warten solle, und ging in das nächste Zimmer.

Chefinspektor Bliss saß an dem Tisch, ein dickes Aktenstück lag vor ihm.

»Der Mann ist jetzt da, von dem ich Ihnen erzählt habe. Wir haben noch keinen besseren gehabt, und solange er nicht irgendein ungewöhnliches Risiko eingehen muß oder wenigstens nichts davon weiß, ist er von unschätzbarem Wert.«

Bliss zupfte an seinem schwarzen Bart.

»Weiß er, warum Sie ihn gerufen haben?«

Stourbridge grinste. »Nein – ich habe ihn beauftragt, mir Informationen über einen Juwelendiebstahl zu bringen – aber wir wußten schon vorher alles.«

»Bringen Sie ihn einmal herein.«

Freddy schlenderte in den Raum und schaute unsicher von einem zum andern.

»Das ist Mr. Bliss vom Yard«, erklärte Stourbridge.

Freddy nickte.

»Hab' schon von Ihnen gehört«, sagte er mit einer hohen,

schrillen Stimme. »Sie sind doch der Teufelskerl, der den Hexer –«

»Wenn wir genau sein wollen, bin ich es nicht«, erwiderte Bliss barsch, »aber Sie können es vielleicht sein.«

»Ich?« Freddys Mund stand offen, und seine vorstehenden Zähne erinnerten Stourbridge an die Maske eines beliebten Komikers. »Ich rühre den Hexer nicht an, wenn Sie gestatten. Wenn Sie Arbeit für mich haben, übernehme ich sie gern. Es ist nun einmal mein Steckenpferd – eigentlich hätte ich zur Polizei gehen müssen. In Manchester können Sie sich nach mir erkundigen. Ich habe Spicy Brown gefunden, als alle Polypen vergeblich nach ihm suchten.«

»Deshalb ist Ihnen der Boden in Manchester wohl auch etwas zu heiß geworden, was?« fragte der Inspektor.

Der Mann trat unruhig von einem Fuß auf den anderen. »Ja, sie haben mir etwas zugesetzt – die Jungens, meine ich. Deshalb bin ich nach London zurückgekommen. Aber ich muß herumschnüffeln, das ist nun einmal so. Daran kann ich nichts ändern.«

»Sie können ein paar Nachforschungen für mich anstellen«, erwiderte Bliss.

So kam es, daß ein neuer und außerordentlich befähigter Mann den Fremden mit dem roten Bart beobachtete.

Der Mann mit dem roten Bart war auf einem Indiendampfer, der Marseille berührt hatte, in London angekommen. In seinem Paß stand der Name Tennett. Er reiste dritter Klasse und war von Beruf Elektroingenieur. Aber trotz seiner augenscheinlichen Armut hatte er eine kleine, luxuriös eingerichtete Wohnung in Kensington gemietet.

Chefinspektor Bliss wurde zuerst auf ihn aufmerksam, als er ihn eines Abends in Carlton House Terrace sah. Der Ingenieur gab an, daß er mit Mr. Guild über das Projekt eines Wasserkraftwerkes in Indien sprechen wolle.

Am nächsten Tag wurde er beobachtet, als er das Haus von der Parkseite aus besichtigte.

Nun wäre es eine einfache Sache gewesen, ihn festzunehmen

und nachzuprüfen, ob seine Angaben auf Wahrheit beruhten. Aber kürzlich hatte es schon mehrere Skandale gegeben, weil zwei Unschuldige verhaftet worden waren, und in Scotland Yard wollte man kein neues Risiko auf sich nehmen.

Tennett wurde bis zu seiner Wohnung verfolgt. Anscheinend war er ein verschwenderischer Mann, denn er benutzte ständig Taxis, auch wenn es unnötig schien.

Freddy hörte Bliss mit wachsendem Unbehagen zu.

»Ich will nichts mit Hexern zu tun haben«, sagte er dann heiser. »Übrigens hat er keinen roten Bart.«

»Halten Sie den Mund!« fuhr in Bliss an. »Er kann sich doch wohl einen wachsen lassen, oder? Sehen Sie zu, was Sie herausbringen können. Vielleicht kommen Sie zufällig in seine Wohnung und sehen ein paar Briefe herumliegen – manchmal findet man auf diese Weise Anhaltspunkte. Ich gebe Ihnen natürlich nicht den Auftrag, das zu tun, aber ...«

Freddy nickte verständnisvoll.

Drei Tage später berichtete er dem Detektiv, an den er sich wenden sollte, merkwürdige Dinge. Der Mann mit dem roten Bart war auf dem Flugplatz Croydon gewesen und hatte wegen eines Flugzeugs verhandelt, das ihn nach dem Kontinent bringen sollte. Auch hatte er sich längere Zeit bei einer Firma für elektrische Bedarfsartikel im Osten Londons aufgehalten und eine Reihe geheimnisvoller Einkäufe gemacht, die er in einem Taxi nach Hause brachte.

Bliss sprach mit seinem Vorgesetzten.

»Nehmen Sie ihn fest«, schlug dieser vor. »Sie können einen Haussuchungsbefehl für seine Wohnung bekommen.«

»Sie ist schon durchsucht. Es war aber nicht das geringste dort zu finden, was von Wichtigkeit sein könnte.«

Abends besuchte er Mr. Guild. Miska war kaum wiederzuerkennen. Die letzten drei Monate hatten ihn vollständig zermürbt.

»Nichts Neues?« fragte er furchtsam, als Bliss hereintrat. »Hat dieser Mann auch nichts entdeckt? Der kann es wirklich mit den Leuten von Scotland Yard aufnehmen. Ich habe letzte

Nacht mit ihm gesprochen, als er sich draußen mit einem Ihrer Leute unterhielt. Hören Sie, Bliss, ich möchte Ihnen gern die Wahrheit über den Zwischenfall in Paris erzählen –«

»Tun Sie das lieber nicht«, erwiderte Bliss entschieden.

Er wollte nach außen hin auf alle Fälle ein scheinbares Interesse an Mr. Guilds Schicksal aufrechterhalten können.

Der Chefinspektor hatte Carlton House Terrace kaum verlassen, als ein Taxi vorfuhr. Freddy stieg aus und fiel beinahe in die Arme des diensttuenden Detektivs.

»Wo ist Bliss?« fragte er schnell. »Der rotbärtige Kerl ist verschwunden ... er hat das Haus verlassen und seinen Bart abrasiert, Mr. Connor. Ich erkannte ihn nicht, als er herauskam.«

»Bliss ist gerade gegangen«, entgegnete Connor bedrückt.

Sie fuhren zu dem Stockwerk hinauf, in dem sich Mr. Guilds Wohnung befand. Der Diener führte Connor ins Speisezimmer, wo das Telefon war, und ließ Freddy in der Diele warten. Dieser stand verzweifelt dort, als Miska herauskam.

»Hallo, was gibt es?« fragte der Hausherr schnell.

Freddy schaute nach rechts und nach links.

»Er telefoniert mit dem Chef«, flüsterte er dann heiser. »Aber ich habe ihm nichts von dem Brief gesagt.«

Er folgte Miska in die Bibliothek, und der Millionär erfuhr eine Neuigkeit, die er nicht erwartet hatte.

Als Connor zurückkam, wartete Freddy wieder in der Diele. »Es ist alles in Ordnung – sie haben den Rotbart am Bahnhof Liverpool Street festgenommen. Wir hatten jemand beauftragt, ihm zu folgen.«

Freddy schaute ihn gekränkt an.

»Was soll denn das bedeuten, daß Sie mich und obendrein noch einen Detektiv auf seine Spur hetzen?« fragte er verstimmt. »Das nenne ich ein doppeltes Spiel spielen.«

»Machen Sie, daß Sie nach Scotland Yard kommen. Der Chefinspektor will Sie sehen«, entgegnete Connor.

Freddy brummte noch etwas und verschwand dann.

Der Mann, der einen roten Bart getragen hatte, saß indessen in Mr. Bliss' Büro.

»Ich weiß nicht, welches Gesetz mir verbieten könnte, meinen

Bart abzunehmen«, sagte er entrüstet. »Ich wollte gerade nach Holland reisen, um mit einem Herrn zu verhandeln, der sich für mein Projekt interessiert.«

Der Chefinspektor unterbrach ihn mit einer kurzen Geste. »Sie kamen mittellos nach England, Mr. Tennett, und doch haben Sie sofort nach Ihrer Ankunft eine teure Wohnung in London gemietet und haben sich neu eingekleidet. Und jetzt haben Sie Geld genug, um nach dem Kontinent zu reisen. Können Sie mir eine Erklärung dafür geben?«

Mr. Tennett zögerte.

»Nun gut, ich will Ihnen die Wahrheit sagen. Bei meiner Ankunft in London war ich tatsächlich ohne Mittel, aber ich kam auf dem Bahnhof mit einem Mann ins Gespräch. Ich erzählte ihm auch von dem Projekt des Wasserkraftwerkes, und er interessierte sich dafür. Für einen wohlhabenden Mann konnte ich ihn seinem Aussehen nach nicht halten, aber er gab mir zweihundert Pfund und sagte mir dann, was ich tun solle. Auf seinen Vorschlag hin habe ich die Wohnung gemietet, und er hat mir jeden Tag angegeben, was ich tun solle. Ich wollte mich gar nicht von meinem alten Bart trennen, aber schließlich brachte er mich doch dazu, ihn abzunehmen. Dann erhielt ich dreihundert Pfund von ihm, damit ich nach Holland gehen sollte.«

Bliss schaute ihn ungläubig an.

»Hat er Sie auch beauftragt, Mr. Guild zu besuchen?«

»Ja. Ich sage Ihnen, ich hatte manchmal das Gefühl, daß bei der Sache etwas nicht stimmen könnte. Der Mann sah so heruntergekommen aus mit den vorstehenden Zähnen und den roten Augenlidern ...«

Bliss sprang auf und sah Stourbridge erregt an.

»Freddy!« sagte er nur.

Ein Auto brachte ihn nach Carlton House Terrace, und Connor erzählte ihm kurz, was sich ereignet hatte.

»Hat Freddy Mr. Guild gesehen?«

»Nicht, daß ich wüßte«, erwiderte der Detektiv und schüttelte den Kopf. Bliss wartete nicht auf den Aufzug, er eilte die Treppe hinauf. In der Diele traf er den Diener.

»Wo ist Mr. Guild?« fragte er schnell.

»In seinem Zimmer.«

»Haben Sie ihn vor kurzem noch gesehen?«

»Nein. Ich störe ihn nicht, wenn er nicht klingelt. Und seit etwa einer halben Stunde hat er sich nicht gemeldet.«

Bliss drückte die Türklinke nieder und trat ein.

Miska Guild lag auf dem Teppich, als ob er schliefe. Aber als Bliss ihn auf den Rücken legte und in sein Gesicht sah, wußte er, daß die Welt niemals die wahre Geschichte über den ›Selbstmord‹ der jungen Choristin erfahren würde.

2

ZUM TODE VERURTEILT

In Scotland Yard waren die Ansichten geteilt. Die einen glaubten, daß der Hexer ganz allein arbeite, die anderen, daß er mindestens ein Dutzend Helfershelfer habe.

Inspektor Bliss gehörte zu den ersteren und führte als Begründung seiner Anschauung vor allem die Ermordung Miska Guilds ins Feld.

»Er arbeitet vollkommen allein«, sagte er. »Selbst sein Helfer war in diesem Fall ein ganz unschuldiger Bursche, der keine Ahnung davon hatte, daß er nur die Aufmerksamkeit der Polizei auf sich lenken sollte.«

»Ist übrigens etwas Neues von ihm bekannt?« fragte Colonel Walford. Bliss schüttelte den Kopf.

»Er ist in London. Davon war ich schon seit einiger Zeit überzeugt, aber jetzt habe ich die Bestätigung. Wenn man mir vor ein paar Jahren gesagt hätte, daß sich ein Mann durch einfache Verkleidung der Verfolgung der Polizei entziehen kann, hätte ich ihn ausgelacht. Aber die Verkleidung und Masken dieses Mannes sind unübertrefflich. Er ist tatsächlich die Person, deren Rolle er im Moment spielt. Wenn ich daran denke, wie er den Spitzel Freddy mit den vorstehenden Eckzähnen und den entzündeten Augen gespielt hat, bin ich noch heute sprachlos. Wer hätte auch daran gedacht, daß er falsche Zähne über seinen eigenen befestigen, sich die Augenlider rot schminken und den Bart stehenlassen könne? Diese wenigen Maßnahmen genügten, um selbst mich zu täuschen. Und dabei bin ich einer der wenigen Leute, die ihn ohne Verkleidung gesehen haben. Es ist ihm wieder einmal gelungen, mich hinters Licht zu führen.«

»Woraus schließen Sie, daß er in London ist?«

Der Chefinspektor nahm einen Brief aus seiner Tasche.

»Das kam heute morgen.«

Colonel Walford starrte ihn an.

»Was – ein Schreiben vom Hexer?«

Bliss nickte. »Die Mitteilung ist mit derselben Schreibmaschine geschrieben wie die Nachricht an Miska Guild. Die ›e‹ stehen nicht in der Zeile, und die i-Punkte sind abgenützt.«

Colonel Walford setzte seine Brille auf und las.

Der zum Tode verurteilte Michael Benner ist vollkommen unschuldig. Ich glaube, diese Tatsache ist Ihnen auch bekannt, denn als Sie bei seinem Prozeß als Zeuge gegen ihn auftraten, erwähnten Sie alles, was irgendwie zu seinen Gunsten sprechen konnte. Lee Lavinski ist der Mörder des alten Mannes. Er wurde aber nach der Tat von Benner gestört, bevor er die Beute an sich nehmen konnte. Zwei Tage nach dem Mord ging er nach Kanada. Seien Sie menschenfreundlich und helfen Sie mir, Benner zu retten.

Das Schreiben trug wie gewöhnlich keine Unterschrift.

»Was halten Sie denn davon?« fragte der Colonel.

»Der Hexer hat recht«, entgegnete Bliss ruhig. »Benner hat den alten Estholl nicht ermordet – ich habe auch feststellen können, daß Lavinski zur Zeit der Tat in England war.«

Das Verbrechen, über das sie sprachen, hatte das Interesse der breiten Masse nicht geweckt, da die Schuld des Angeklagten über jeden Zweifel erhaben schien und seine Verurteilung von vornherein erwartet wurde. Estholl war ein reicher siebzigjähriger Mann, der in einem kleinen Hotel in Bloomsbury gewohnt hatte. Wie alle Leute, die sich aus kleinen Verhältnissen in die Höhe gearbeitet haben, hatte er die leichtsinnige Angewohnheit, stets große Geldsummen bei sich zu tragen.

An einem Wintermorgen um vier Uhr hatte ein Gast des Hotels, der in seinem Wohnzimmer mit mehreren Freunden Karten spielte, den Raum verlassen und war auf den Korridor hinausgetreten. Dort sah er Benner, den Nachtportier, der gerade aus dem Zimmer des alten Herrn kam. Der Mann war kreidebleich, trug einen blutbefleckten Hammer in der Hand und war so verwirrt, daß er nicht antworten konnte, als der Gast ihn anrief.

Dieser eilte in das Zimmer des alten Estholl und sah den Mann in einer großen Blutlache auf dem Bett liegen.

Nachdem der Portier verhaftet worden war, machte er seine Aussage. Er war auf ein Klingelzeichen hin zu Estholl gegangen. Als er auf sein Klopfen keine Antwort erhielt, öffnete er die Tür und trat ein. Er sah das Mordwerkzeug auf dem Bett liegen und nahm es mechanisch auf, erschrak aber so sehr, daß er nicht wußte, was er tat.

Benner war jung verheiratet und in finanziellen Schwierigkeiten. Er brauchte dringend Geld und hatte an demselben Abend versucht, von der Hotelbesitzerin sieben Pfund zu leihen. Auch mit dem Hauptportier hatte er sich unterhalten.

»Sehen Sie doch einmal den alten Estholl«, hatte er gesagt. »Wenn ich nur halb soviel hätte, wie der in der Tasche herumträgt, brauchte ich mich nicht abzuquälen!«

Bei der Gerichtsverhandlung in Old Bailey beteuerte Benner seine Unschuld, aber sein Prozeß dauerte kaum einen Tag und endete mit seiner Verurteilung.

»Der Hammer war Eigentum des Hotels«, erklärte Bliss, »und Benner hatte Zutritt zu dem Raum, in dem die Werkzeuge aufbewahrt werden. Andererseits konnte man aber auch sehr leicht von außen in diesen Raum eindringen, da er im Erdgeschoß liegt. Und man fand auch tatsächlich am nächsten Morgen das Fenster offenstehen.«

»Hat Benner irgendwelche Hoffnung auf Begnadigung?«

Bliss schüttelte den Kopf.

»Nein, das Gericht hat seinen Revisionsantrag verworfen, und der Innenminister ist nicht der Mann, der Mitleid hat und

Leute begnadigt. Unglücklicherweise war der alte Estholl mit ihm befreundet.«

Colonel Walford sah wieder auf den Brief und fuhr sich nervös mit der Hand durch das Haar.

»Was kümmert sich der Hexer denn überhaupt um Benner?«

Der Chefinspektor lächelte kaum merklich über diese seiner Meinung nach naive Frage.

»Es ist doch eine alte Erfahrungstatsache, daß sich der Hexer immer um anderer Leute Angelegenheiten kümmert. Er hat sich des Falles angenommen, denn er schickt nicht umsonst Briefe in der Welt herum. Wir werden sicher wieder recht aufregende Dinge erleben. Übrigens hat mich der Innenminister gerade wegen dieser Angelegenheit zu einer Besprechung vorgeladen.«

»Und glauben Sie, daß Sie Ihren Einfluß auf ihn geltend machen können?«

»Wenn ich ihm beipflichte, ja. Sonst nicht.«

Bliss ging in sein Büro zurück und erfuhr, daß ihn jemand zu sprechen wünsche. Noch bevor sein Assistent ihm den Namen der Dame nannte, ahnte er, um wen es sich handele.

Sie war sehr schön, obwohl sich tiefer Kummer in ihren Zügen ausdrückte. Ihre trüben, traurigen Augen zeugten von schlaflos durchweinten Nächten.

»Was kann ich für Sie tun, Mrs. Benner?« fragte er freundlich.

Ihre Lippen zuckten.

»Ich weiß es nicht ... ich weiß nur, daß Mike unschuldig ist. Er ist nicht fähig, einen so schrecklichen Mord zu begehen! Ich war im Innenministerium, aber man hat mich nicht vorgelassen.«

Bliss sah wieder auf ihre Kleidung, die offensichtlich erst vor kurzem gekauft worden war.

»Es geht mir finanziell nicht schlecht«, sagte sie, als ob sie seine Gedanken erraten hätte. »Ein Herr hat mir vorige Woche zwanzig Fünfpfundnoten geschickt. Damit konnte ich alle Schulden meines Mannes bezahlen und hatte auch noch so viel übrig, daß ich meinen Lebensunterhalt bestreiten konnte.«

»Wer hat Ihnen das Geld geschickt?« fragte Bliss schnell. Aber hierüber konnte sie ihm keine genaue Auskunft geben, denn es war anonym mit der Post angekommen.

»Haben Sie denn keinen Brief dazu erhalten?«

»Nur einen Zettel. Hier ist er.«

Sie nahm einen kleinen Papierfetzen aus ihrer Handtasche, der von einer Zeitung abgerissen worden war.

»Geben Sie die Hoffnung nicht auf«, stand in Schreibmaschinenschrift darauf.

Bliss erkannte die Maschine sofort wieder. Die kurze Nachricht stammte vom Hexer, daran war nicht zu zweifeln.

»Sie stehen unter ganz besonderem Schutz«, sagte er etwas ironisch. »Ich fürchte, daß ich nicht viel für Sie tun kann«, fuhr er dann ernst fort. »Ich spreche allerdings heute einen der höchsten Beamten im Innenministerium, aber ...«

Er beendete den Satz nicht, als er sah, daß sie die Augen schloß und noch bleicher wurde.

Er zog einen Stuhl herbei und bat sie, Platz zu nehmen. Der Anblick dieser verzweifelten Frau rührte ihn, obwohl er sonst sehr hart sein konnte.

»Gibt es gar keine Hoffnung mehr?« fragte sie fast unhörbar und schüttelte den Kopf, als ob sie seine Antwort vorausahnte.

»Ich habe nur eine ganz schwache Hoffnung.«

»Aber Sie glauben doch nicht an seine Schuld, Mr. Bliss. Als ich ihn im Gefängnis in Pentonville sah, sagte er zu mir, daß Sie ihn für unschuldig halten. Oh, es ist entsetzlich!«

Bliss hatte eine gewisse Vorstellung von den Arbeitsmethoden des Hexers und überlegte, wie dieser Mann, der vor nichts zurückschreckte, den Fall wohl lösen würde.

»Haben Sie Verwandte?«

Sie schüttelte den Kopf.

»Mrs. Benner, ich will alles für Sie tun, was ich kann. Aber ich möchte Sie bitten, auch etwas für mich zu tun. Wenn sich der Mann, der Ihnen das Geld geschickt hat, Ihnen irgendwie nähern sollte oder wenn irgendein Unbekannter Sie besucht, müssen Sie mich sofort telefonisch benachrichtigen.«

Er schrieb die Nummer, unter der sie ihn erreichen konnte, auf ein Blatt Papier und reichte es ihr.

»Wenn jemand zu Ihnen kommt und sagt, er sei von Scotland Yard oder ein Polizeibeamter, so müssen Sie mir das auch sofort berichten. Ich werde alles für Ihren Mann tun, was in meinen Kräften steht.«

Es war halb drei Uhr nachmittags, als er im Innenministerium ankam, und er hatte Glück, daß er Mr. Strathpenner antraf. Der Minister war der Schrecken seiner Untergebenen, denn er arbeitete ohne Methode und System. Es gab Tage, an denen er überhaupt nicht im Amt erschien, und sonst kam er meistens eine Stunde vor Büroschluß, so daß die Beamten dann bis spät in die Nacht im Dienst bleiben mußten.

Infolgedessen war er sowohl bei seinen Untergebenen als auch beim großen Publikum sehr unbeliebt. Er bildete sich viel ein, besaß aber wenig Phantasie und hatte schlechte Umgangsformen und einen unangenehmen Charakter. Man konnte sich darüber wundern, daß dieser Mann einen so hohen Posten bekleidete, da er sich in keiner Weise durch Geist oder Rednergabe auszeichnete. Auch verdankte er seine Stellung nicht der Zugehörigkeit zur Regierungspartei. Er war eben sehr lange im Amt und durch Beharrlichkeit zum Ziel gekommen, unterstützt durch eine Reihe für ihn glücklicher Umstände. Er war ein hagerer Mann mit breiten Schultern, und wenn man ihn sah, hatte man immer den Eindruck, daß er irgendeiner unangenehmen Sache auf die Spur gekommen sei. Seine Gesichtszüge machten es den Karikaturisten nicht schwer, ihn lächerlich darzustellen. Der fast kahle Kopf, über den die wenigen Haare sorgfältig gebürstet waren, die buschigen schwarzen Augenbrauen und die dicken Brillengläser gaben ihm ein charakteristisches Aussehen.

Er sprach mit harter Stimme und hatte die Angewohnheit, sich häufig durch heiseres Räuspern zu unterbrechen.

Bliss mußte zwanzig Minuten warten, bis er vorgelassen wurde. Die Verzögerung schien vollständig grundlos zu sein, denn Mr. Strathpenner las Zeitung, als Bliss eintrat.

»Bliss? Ach ja, Sie sind der Polizeibeamte – hm – also, dieser Fall Benner ... ja, ich besinne mich jetzt auf die Sache. Deswegen habe ich Sie herkommen lassen!«

Der Minister schaute ihn von unten herauf an. Sein Gesichtsausdruck verhieß nichts Gutes.

»Was wissen Sie denn darüber? Ich habe den Richter noch nicht gesehen, der den Fall bearbeitet hat. Aber meiner Meinung nach besteht nicht der geringste Zweifel, daß dieser Kerl seine Strafe vollkommen verdient hat. Was hier in der Zeitung steht, ist doch blühender Blödsinn.« Er klopfte mit dem Finger auf das Papier. »Ich glaube nicht an derartige rührende Geständnisse – Sie doch auch nicht?«

»Welches Geständnis meinen Sie?« fragte Bliss erstaunt.

»Was, Sie haben es noch nicht gelesen?« Strathpenner schob ihm die Zeitung über den Tisch zu. »Hier steht der Artikel. Machen Sie nur die Augen auf . . . dritte Spalte . . .«

Der Artikel stand allerdings nicht in der dritten, sondern in der fünften Spalte. Er lautete:

Der Mord im Hotel
Aufsehenerregende Enthüllung eines Verbrechers
kurz vor seinem Tode

Lee Lavinski, der vorgestern abend in einer Straße Montreals kaltblütig einen Polizisten niederschoß, wurde von einem Kollegen des Getöteten durch einen Schuß niedergestreckt. Die Polizisten überraschten ihn, als er in die Canadian Bank einbrechen wollte. Er legte ein wichtiges Geständnis vor einem höheren Beamten ab, der zu ihm ins Krankenhaus gerufen wurde.

Lavinski wird von seinen Verwundungen nicht wieder genesen. Im Laufe des Geständnisses sagte er auch aus, daß er den Mord an Mr. Estholl begangen habe. Man hatte dafür Michael Benner verantwortlich gemacht, der zum Tode verurteilt wurde und augenblicklich in einem Londoner Gefängnis sitzt. Lavinski wußte, daß Mr. Estholl größere Geldsummen in seiner Brieftasche mit sich trug, und nahm einen Hammer aus der Werkzeugkammer des Hotels, um die Tür von Estholls Zimmer aufzubrechen, falls sie verschlossen sein sollte.

Estholl wachte auf, als Lavinski das Zimmer betrat, und der

Einbrecher schlug ihn mit dem Hammer nieder, ohne zu wissen, daß er ihn getötet hatte. Als er sich nach der Tat genauer umschaute, sah er, daß der Ermordete eine elektrische Klingel in der Hand hatte. Er fürchtete, entdeckt zu werden, und entfloh, ohne irgendwelche Wertsachen mitzunehmen. Diese Aussagen sind vor einem Friedensrichter gemacht worden.

Bliss sah auf und begegnete dem Blick des Ministers.

»Das ist doch reinster Unsinn, nicht wahr? Ist Ihnen in Scotland Yard offiziell etwas davon mitgeteilt worden?«

»Nein.«

»Nun, das habe ich mir gleich gedacht. Der alte Trick! Das ist ja schon öfter passiert. Dadurch wird Benner auch nicht gerettet – verlassen Sie sich auf mich – hm!«

»Aber Sie werden den Mann doch nicht henken lassen, bevor Sie die Nachricht aus Kanada genauer untersucht haben?«

»Reden Sie doch keinen Unsinn! Wo kämen wir denn hin, wenn sich der Innenminister durch jeden Zeitungsklimbim irremachen lassen wollte? Haben Sie denn auch den letzten Absatz gelesen?«

Bliss nahm die Zeitung wieder auf und las: ›Lavinski starb, bevor er die Aussagen unterschreiben konnte, die er vor Mr. Prideaux gemacht hatte.‹

»Ich sage Ihnen«, fuhr Mr. Strathpenner fort, »ich lasse mich durch derartige wilde Gerüchte nicht beeinflussen. Das haben diese Journalisten doch alles nur nach dem Hörensagen in die Zeitung gesetzt. Was sollen wir denn aufgrund der nicht einmal unterschriebenen Aussage eines Mörders machen – etwa diesen Benner freilassen?«

»Sie könnten einen Aufschub bewilligen.«

Mr. Strathpenner lehnte sich in seinen Sessel zurück, und sein Ton wurde eisig.

»Ich habe Sie nicht um Ihren Rat gefragt, Inspektor. Wenn ich meine Brieftasche oder meine goldene Uhr verliere und sie gern wiederhaben möchte, werde ich ihn zweifellos zu schätzen wissen. Ich danke Ihnen.«

Durch eine Handbewegung wurde Bliss entlassen. Er kehrte

nach Scotland Yard zurück, aber Colonel Walford war schon fortgegangen. Im Ministerium hatte er nur noch feststellen können, daß das Todesurteil am nächsten Tag unterzeichnet werden sollte.

Der Minister war Witwer, unterhielt aber zahlreiches Personal in seinem Haus. Er nahm das Abendessen allein in dem großen Speisezimmer ein, dessen Wände mit Mahagoni getäfelt waren. Vor ihm lag ein Buch, das er selbst während des Essens las.

Gegen Ende der Mahlzeit wurde ihm ein Besucher gemeldet, und er betrachtete die Visitenkarte argwöhnisch.

›Mr. James Hagger, 14 High Street, Crouchstead‹

Crouchstead lag im Westen Englands, und in diesem Bezirk war er für das Unterhaus gewählt worden. Da er nur mit geringer Majorität durchgekommen war, ließ er den Fremden zu sich bitten, wenn ihm der Besuch auch keineswegs behagte.

Wer mochte dieser Mr. Hagger sein? Wahrscheinlich jemand, der in der Kleinstadt Crouchstead eine große Rolle spielte. Sicher hatte er dem Mann vor der Wahl die Hand gedrückt. Der Minister haßte die Kleinstadt und all ihre Bewohner, zwang sich aber zu einem Lächeln, als Mr. Hagger ins Zimmer trat.

Er war gut gekleidet und fiel durch einen großen schwarzen Schnurrbart auf.

»Können Sie sich noch auf mich besinnen?« rief er mit tiefer, feierlich klingender Stimme. »Ich habe Sie auf dem Jahresessen unserer Partei in Crouchstead kennengelernt. Ich bin der Generalsekretär der Jünglingsvereine in unserem Bezirk.«

»Ja, sehen Sie, jetzt erinnere ich mich genau«, erwiderte der Minister, obwohl das nicht im geringsten den Tatsachen entsprach. »Selbstverständlich – Mr. Hagger! Aber nehmen Sie doch bitte Platz. Wollen Sie nicht ein Glas Portwein mit mir trinken?«

»Nein, danke vielmals. Ich bin Abstinenzler und habe noch nie einen Tropfen Alkohol zu mir genommen. Ich komme wegen dieses Benner . . .«

Mr. Strathpenner war unangenehm berührt.

»Der Vorstand unserer Partei in Crouchstead hat den Fall in

der letzten Sitzung eingehend besprochen, und wir kamen zu der Ansicht, daß es ein großer Fehler sein würde, den Mann zu henken.«

Mr. Strathpenner schüttelte traurig den Kopf.

»Ach, Mr. Hagger, Sie haben ja keine Ahnung, wie reichlich und vielfach ich diesen Fall schon überlegt habe und wie leid es mir tut, die Todesstrafe vollstrecken lassen zu müssen. Sie können sich denken, daß ein Mann in meiner Stellung . . .«

Er wiederholte eine Reihe von Phrasen zur Rechtfertigung seines Standpunktes. Sie waren ihm geläufig, denn er hatte sie auch schon den anderen Parlamentariern gegenüber gebraucht, die ihn in der Angelegenheit aufgesucht hatten.

»Aber wir wollen jetzt nicht weiter über diese unangenehme Sache sprechen. Wollen Sie mit mir Kaffee trinken? – Wie sind Sie denn eigentlich hergekommen?«

»Ich hatte Glück – ich nahm das einzige Auto, das am Bahnhof stand.«

Mr. Hagger entschuldigte sich nun in allen Tonarten.

»Sie werden verstehen, Mr. Strathpenner, daß es meine Pflicht war, mit Ihnen über den Fall Benner zu sprechen. Der Parteivorstand hat extra meine Fahrt hierher bezahlt, und ich freue mich, daß die Wahl auf mich fiel, weil ich Sie gern einmal wiedersehen wollte. Auch habe ich schon viel von Ihrem wundervollen Haus gehört.«

Mit diesen Worten schmeichelte er der Eitelkeit des Ministers. Das Haus, auf dessen Besitz Strathpenner sehr stolz war, hatte tatsächlich historischen Wert, denn es stammte noch aus dem Mittelalter. Er führte seinen Gast durch alle Räume und taute mehr und mehr auf, als Mr. Hagger größtes Interesse für alle Sehenswürdigkeiten zeigte.

»Sie fragen, ob es hier spukt? Natürlich, in all diesen alten Häusern geht es um. Hier gibt es ein Verlies – der frühere Eigentümer benützte es als Kohlenkeller. Denken Sie nur, ein solcher Barbar! Kommen Sie bitte mit mir nach unten. Sie sollen alles sehen.«

Er öffnete eine starke Eichentür und ging voraus. Sie stiegen eine steinerne Wendeltreppe hinunter, und der Minister zeigte seinem Gast nicht nur das Verlies, das er sorgfältig hatte restaurieren lassen, sondern auch noch eine tiefer gelegene Gefängniszelle, die nur zweimal zwei Meter groß war. Durch eine Falltür gelangte man nach unten, und Mr. Strathpenner ging wieder voraus.

»Sehen Sie, hier sind noch die alten Ringe, an denen die Gefangenen an der Mauer angeschmiedet waren. Sie sind beinahe durchgescheuert. Aber der Raum ist ziemlich gut ventiliert.«

»Es ist interessant«, entgegnete Mr. Hagger, als er unten angekommen war, »daß mein Chauffeur mir von dem Verlies und der Gefangenenkammer erzählt hat. Wenn ich irgendwie Gelegenheit hätte, sagte er, sollte ich Sie doch bitten, mir diese Sehenswürdigkeiten zu zeigen.«

»Ja, mein Haus ist direkt berühmt hier in der Gegend.«

Richter sind in England hohe Beamte, und man darf sie nicht warten lassen. Sir Charles Jean sah auf die Uhr und schloß heftig das Aktenstück, in dem er bis dahin gelesen hatte.

»Der Minister sagte, daß er um halb fünf hier sein werde.«

»Es tut mir sehr leid«, erklärte der Beamte. »Ich habe in seiner Wohnung angerufen. Er ist vor einer Stunde abgefahren und muß jeden Augenblick hier sein. Es ist sehr neblig, vielleicht ist er dadurch aufgehalten worden.«

»Wo ist denn sein Sekretär?«

»Mr. Cliney ist nach Crowborough gegangen, um einige Dokumente unterzeichnen zu lassen. Er war gerade zehn Minuten fort, als Mr. Strathpenner anläutete.«

»Ich kann nicht länger warten. Morgen früh komme ich noch einmal wieder. Aber, bitte, sagen Sie Mr. Strathpenner schon, daß meiner Meinung nach starke Zweifel an der Schuld dieses Benner bestehen.«

Er war kaum gegangen, als der Beamte die unliebenswürdige, heisere Stimme seines Vorgesetzten hörte und in dessen Büro eilte.

»So, Sir Charles Jean war hier? – Hm! Und er ist wieder gegangen? Nun, ich kann nicht allen Richtern oder Hexern nachlaufen!«

»Hexern?« fragte der erstaunte Beamte.

Der Minister lachte rauh.

»Der Schuft hat mich gestern abend besucht! Hm – dafür wird sich Mr. Bliss interessieren! Läuten Sie ihn übrigens in Scotland Yard an und sagen Sie ihm, daß ich ihn bei meiner Rückkehr von Paris am Freitag zu sprechen wünsche.«

»Nach Ihrer Rückkehr von Paris?« fragte der Mann betroffen. »Es ist doch eine Kabinettssitzung für Freitag morgen angesetzt!«

»Ich weiß, ich weiß«, erwiderte Mr. Strathpenner gelangweilt.

Er öffnete seine Mappe, nahm ein Schriftstück heraus und betrachtete es genau. Der Beamte sah es und hielt den Augenblick für gekommen, um den Auftrag des Richters zu erledigen.

»Sir Charles bat mich, Ihnen zu sagen, daß die Schuld Benners durchaus nicht erwiesen sei und daß Zweifel bestehen –« aber der Minister schrieb schon seinen Namen. »Die Vollstrekkung des Urteils wird hierdurch um vierzehn Tage verschoben. Die Sache soll noch einmal überprüft werden, wenn am Mittwoch die Berichte aus Kanada eingetroffen sind.«

Er löschte das Blatt ab und schob dem Beamten des Dokument zu.

»Der Aufschub soll in den Zeitungen veröffentlicht werden.«

»Das hätte ich mir tatsächlich denken können, daß der Hexer als Minister des Innern auftreten würde«, sagte Bliss. »Strathpenner ist ja leicht genug zu kopieren. Der Gedanke kam mir schon, als ich neulich mit ihm sprach.« Der Hexer hatte sich zunächst als Chauffeur verkleidet und Mr. Hagger zu der Besitzung des Ministers gefahren. Später schlich er sich ins Haus, sperrte die beiden ein, als sie zu den unteren Gewölben gekommen waren, und erschien dann als Minister im Amt.

»Wie geht es denn Mr. Strathpenner?« fragte Colonel Walford.

»Als sie ihn aus der unteren Gefangenenkammer befreiten, war er direkt tobsüchtig«, erwiderte Bliss mit ironischem Lächeln. »Ebenso Mr. Hagger aus Crouchstead, der trotz seiner Feindschaft gegen den Alkohol kräftig Wein getrunken hatte.

Mr. Strathpenner benützt das untere Gefängnis nämlich als Weinkeller, und schließlich mußten sie ja von irgend etwas leben. Womöglich säßen sie jetzt noch dort, wenn der Hexer nicht so nett gewesen wäre, mich telegrafisch zu benachrichtigen.«

3

DER MANN MIT DEN VIELEN NAMEN

Mr. Ellroyd kam sechs Monate nach der Ermordung des Rechtsanwalts Mester in England an. Die Polizei und alle Welt suchte damals nach Henry Arthur Milton, dem Hexer.

Die Zeitungen aller europäischen Staaten berichteten über diesen Mann, der dauernd unter neuen Namen auftauchte und seine verschiedenen Rollen mit verblüffender Sicherheit spielte.

Mr. Ellroyd machte ihm darin Konkurrenz, wenigstens wechselte er seinen Namen mindestens ebenso häufig wie der Hexer.

Australien war seine Heimat, und dort hieß er Li Baran; in Chikago nannte er sich Bud Fraser, Al Crewson, Jo Lemarque, Hop Stringer und Jock. Unter diesen Pseudonymen suchte ihn die Polizei wegen verschiedener Morde, denn er war ein bekannter Revolverschütze und Bankräuber.

In New York legte er sich wieder andere Namen zu, und in Kanada wurde er wegen Bigamie gesucht, weil er dort dreimal unter verschiedenen Namen geheiratet hatte.

Als er von Malta aus nach England kam, litt er unter einer Art Hexer-Komplex. Die Eitelkeit der Verbrecher ist bekannt und sprichwörtlich, und auch Joseph Ellroyd war trotz seines vorgerückten Alters und seiner kühlen Lebensauffassung nicht frei davon.

Er beneidete den Hexer um seine Popularität, und als er sein erstes schweres Verbrechen in England beging – es war ein Banküberfall bei hellem Tageslicht –, bezeichnete er sich als Hexer.

Das war aber entschieden ein Fehler, denn es gehörte zu den Methoden des Hexers, die Öffentlichkeit zu meiden, die Aufmerksamkeit so wenig als möglich auf sich zu lenken und immer der große Unbekannte zu bleiben.

Chefinspektor Bliss glaubte, daß der Mann seine Verfolger auf eine falsche Spur bringen wolle, aber darin hatte er unrecht. Joe Ellroyds eigentlicher Beweggrund war reine Eitelkeit.

Und die Sensation, die er hervorrief, bereitete ihm auch die größte Genugtuung. In großen, flammenden Überschriften konnte man lesen: ›Wieder der Hexer!‹ und ähnliches.

Mr. Ellroyds zweiter Coup war etwas weniger aufregend. Er hatte einen Hotelsafe erbrochen und mit Kreide auf die Tür des Geldschrankes geschrieben: ›Wieder der Hexer!‹

Einen Monat später ging Mr. Joe Ellroyd gerade in sein Schlafzimmer, um sich umzuziehen. Er wohnte im Piccadilly-Hotel, verkehrte in guter Gesellschaft und war stets aufs beste gekleidet. Er trat in den Raum, machte Licht und schloß die Tür.

Als er sich umwandte, schaute er erst in die Mündung eines großen Brownings und dann in das maskierte Gesicht eines Mannes.

»Sie sind doch Mr. Ellroyd?«

Joe blinzelte nach der Pistole und ließ seine Hand dann scheinbar gleichgültig in die Tasche gleiten.

»Wollen Sie wohl die Hand hochnehmen!« sagte der Fremde barsch. »Diese Pistole macht sehr wenig Geräusch, und ich kann Sie auffangen, bevor Sie zu Boden fallen. Ich bin Henry Arthur Milton – die Polizei sucht mich, weil ich einen Mann umgebracht habe, der den Tod reichlich verdient hatte.«

»Mein Gott – der Hexer!« stieß Joe atemlos hervor.

»Jawohl, mein Junge, der Hexer! Sie haben meinen Namen mißbraucht, um Ihre gemeinen Schandtaten und Räubereien damit zu decken, und Sie werden wegen schwerer Vergehen in allen Teilen der Welt gesucht. Ich protestiere ganz entschieden dagegen, daß ein gemeiner Revolverheld und Dieb wie Sie meinen Namen benützt. Es hat mich große Mühe gekostet, Sie aufzuspüren, und ursprünglich hatte ich die Absicht, Sie ins Leichenschauhaus zu bringen. Aber ich will Ihnen noch eine Chance geben.«

»Hören Sie doch zu, Milton –«

»Ich warne Sie jetzt – in Zukunft werde ich das nicht mehr

tun. Wenn Sie vernünftig sind, richten Sie sich danach. Kommen Sie hierher – und etwas schnell!«

Joe gehorchte. Der Hexer trat zur Tür, und das Licht ging aus.

»Rühren Sie sich nicht – ich kann Sie deutlich sehen.«

Kurz darauf öffnete sich die Tür und schloß sich wieder. Joe amtete schwer, tastete sich vorsichtig vorwärts, machte Licht und versuchte, die Tür zu öffnen. Aber sie war verschlossen, wie er schon vermutet hatte. Er eilte zum Telefon, entdeckte aber sofort, daß die Zuleitung durchschnitten war.

Verstört sank er auf den Bettrand nieder und wischte sich den kalten Schweiß von der Stirn, obwohl er sonst ein waghalsiger, unerschrockener Mann war.

Nach diesem Erlebnis verhielt er sich zwei Jahre lang vollkommen ruhig. Er konnte sich das auch leisten, denn er war ein verhältnismäßig reicher Mann.

Aber eines Tages in Berlin ...

»Fahren Sie mich zum Columbia-Hotel!«

Es war Milton aufgefallen, daß der Chauffeur nicht auf die Zurufe verschiedener Reisender geachtet hatte, die mit dem Hamburger D-Zug in Berlin angekommen waren. Es schien fast so, als ob er direkt auf ihn gewartet habe. Infolgedessen untersuchte er das Türschloß, fand aber alles in bester Ordnung. Der Mann fuhr auch den üblichen Weg.

Der Hexer strich sich den kurzen Schnurrbart. Das glänzende schwarze Haar und die dunklen Augenbrauen gaben ihm ein fast düsteres Aussehen.

Nach einer schnellen Fahrt hielt der Wagen vor dem Hoteleingang. Milton nahm seinen Koffer und stieg aus.

»Warten Sie auf mich. In fünf Minuten bin ich wieder hier.«

Der Portier stand in der offenen Tür, lächelte den Fremden verbindlich an und erbot sich, ihm den Koffer abzunehmen. Milton lehnte das aber ab.

»Ist Mr. Pfeifer im Hotel?«

Der Portier erkundigte sich sofort. Nachdem er beim Empfang angefragt und festgestellt hatte, daß dieser Herr nicht anwesend war, wandte er sich um und wollte den vornehmen Engländer davon verständigen. Aber Arthur Milton war schon mit dem Fahrstuhl nach oben gefahren.

Im zweiten Stock stieg er aus. Er kannte das Hotel und wußte, daß die teuren Appartements, die für reiche Fremde reserviert waren, rechts vom Fahrstuhl lagen. Nummer neun war das größte und eleganteste Zimmer.

Er versuchte die Tür zu öffnen und trat kühn ein. Hätte er jemand getroffen, so hätte er sich damit entschuldigt, daß er sich im Zimmer geirrt habe. Das große Schlafzimmer war aber nicht besetzt, und es hatte auch in den letzten Tagen offenbar niemand hier gewohnt. Henry Milton, der in solchen Dingen viel Erfahrung hatte, sah das sofort. Der kleine Kalender zeigte Mittwoch, den Siebenten an, und heute war Freitag, der Neunte.

Zwischen dem Bett und der Badezimmertür stand ein Schreibtisch, und Milton sah, daß auf dem rosafarbenen Löschpapier der Schreibunterlage englische Schrift abgedruckt war.

Aber bevor er sie genauer untersuchte, sah er sich im Badezimmer um. Von dort aus führte eine zweite Tür zu einem Wohnsalon. Er konnte also leicht entkommen.

Nun trat er wieder zum Schreibtisch, riß das oberste Löschblatt ab, nahm es mit sich in das Bad und riegelte die Tür ab. Dann las er langsam.

»Donnerwetter«, sagte er atemlos.

Vor allem erregte die Anschrift sein Interesse. Die Bedeutung des Inhalts verstand er erst später, als er deutsche Zeitungen las.

Im Badezimmer öffnete er den Warmwasserhahn, feuchtete ein Handtuch an und rieb die buschigen schwarzen Augenbrauen und den kurzen Schnurrbart ab. Dann kleidete er sich um, zog einen unscheinbaren grauen Straßenanzug an und setzte einen weichen Filzhut auf . . .

Ein unauffälliger Herr mit einem Dutzendgesicht fuhr mit dem Lift nach unten. Er trug eine große Brille ohne Fassung und eine lebhafte Krawatte, war glattrasiert und hatte kurzgeschnittenes Haar. In der Hotelhalle sah er ein paar Leute, die zweifellos Detektive waren.

Milton ging zum Empfang und wandte sich dort an einen Hotelangestellten.

»Ich habe für den Herrn von Nummer neun eine Rechnung gebracht«, sagte er verstimmt. »Aber er ist nicht mehr hier.«

»Eine Rechnung!« erwiderte der Mann herablassend. »Die hätten Sie eben früher bringen sollen, solange der Herr noch hier wohnte! Sie wollten zu Mr. Smith aus London, 249 Doughty Street?« fuhr er fort, als er in dem Fremdenbuch nachschlug.

»Nennen Sie keine Adressen!«

Der ältere Herr, der hinzutrat, hatte anscheinend die Aufsicht in der Halle, denn er schlug ostentativ das Fremdenbuch zu.

»Dann müssen Sie eben schreiben.«

Milton entfernte sich in bescheidener Haltung.

Der Chauffeur, der ihn hergebracht hatte, stand noch draußen und wartete.

»Fahren Sie mich –« begann Milton.

»Der Wagen ist bereits besetzt.«

Milton ging an dem Chauffeur vorbei auf die Straße. In der Nähe des Tiergartens kaufte er eine Zeitung, und als er darin las, ging ihm ein Licht auf.

Der Hexer in Berlin! Der berüchtigte Verbrecher auf deutschem Boden ...!

»Donnerwetter!« sagte Henry Arthur Milton und las weiter.

Henry Arthur Milton, ein englischer Verbrecher, soll sich zur Zeit in Berlin verbergen. Nach einem Raubmord in der Nähe von London entfloh er aus England und wandte sich nach Deutschland. Obwohl er von Scotland Yard verfolgt wird, hatte er die Kühnheit, Chefinspektor Bliss einen Brief zu schreiben, in dem er sich über die vergeblichen Bemühungen der Polizei, ihn zu fangen, lustig machte. Dieser Brief war in Berlin aufgegeben worden. Der Hexer, wie er in England allgemein genannt wird, ist ein Meister in der Kunst, in den verschiedensten Rollen aufzutreten. In Berlin wird er bereits wegen eines neuen Verbrechens gesucht ...

Henry Miltons Züge verhärteten sich.

Bis jetzt hat der Hexer nur Leute getötet, aber niemals beraubt. Einen nach dem anderen hat er gemordet, aber seine Opfer hatten entweder ihm selbst ein Unrecht zugefügt, oder sie hatten sich irgendwie an ihren Mitmenschen vergangen. Daß er die Leute beraubt, ist etwas Neues ...

»Das ist allerdings toll«, sagte der Hexer. »Ich glaube, Joe Ellroyd hat vergessen, was er mir versprochen hat!« Mit dem Nachtzug verließ er Berlin wieder. Er hatte einen Paß in der Tasche, der auf Erich Rastermann, geboren in München, lautete. An Bord des Dampfers nach England ging er als Joseph Sampson aus Leeds, und in das Gästebuch des Craven-Street-Hotels in London trug er sich dann wieder unter einem anderen Namen ein.

Den nächsten Tag brachte er damit zu, Zeitungen durchzulesen und alle Einzelheiten über das Verbrechen zu sammeln, das ein anderer unter seinem Namen begangen hatte.

In einer naßkalten Nacht fuhr ein Postauto von London auf der Great West Road nach Colnbrook und Slough.

Der Wagen hatte sich verspätet, konnte aber unmöglich schneller fahren, ehe er Slough passiert hatte. Die Straße ist an der Stelle verhältnismäßig eng und hat viele Kurven.

Als der Chauffeur in die Nähe von Colnbrook kam, sah er etwa eineinhalb Kilometer vor dem Dorf eine rote Lampe, und im Licht der Scheinwerfer entdeckte er einen Mann in einem Regenmantel, der auf die Seite der Straße zeigte. Er hielt an, und der Fremde kam dicht zu ihm heran.

»Was ist los?« fragte der Beamte im Wagen.

»Aussteigen!«

Der Chauffeur sah die Waffe in der Hand des Fremden auf sich gerichtet und wollte wieder anfahren ...

Ein Schuß fiel, und der Beamte sprang mit einer Pistole in der Hand auf die Straße.

Als die Polizei ihn zwei Stunden später auffand, war er noch am Leben. Das Postauto war aufs Feld gefahren worden. Der schwerverletzte Mann berichtete noch in abgerissenen Worten, aber kurz darauf starb er, noch bevor seine Aussagen zu Protokoll genommen werden konnten.

Chefinspektor Bliss erschien sofort am Tatort, aber es boten sich ihm nur wenig Anhaltspunkte.

Es war beobachtet worden, daß ein Motorrad mit Beiwagen fünf Minuten nach drei durch Colnbrook fuhr. Ein Mann in einem braunen Ledermantel hatte es gefahren und dabei mit seiner Begleiterin gesprochen. Es mußte sich um eine Frau handeln, da der Polizist, an dem sie vorbeigefahren waren, deutlich die Worte »Mein liebes Kind« gehört hatte. Dem Polizisten selbst hatte er »Guten Abend« zugerufen.

Zehn Minuten später hätte er durch Slough fahren müssen, aber in dieser Stadt hatte man ihn nicht gesehen. Er mußte also in die Straße nach Windsor eingebogen sein. Auf dem Postauto stand in großen Buchstaben: ›Wieder der Hexer!‹

Bliss las es, und ein verächtliches Lächeln zuckte um seinen Mund. Aber wenn er auch über diese Tollkühnheit lächelte, geriet doch das ganze Land über dieses neue Verbrechen in Aufregung, und die Zeitungen protestierten in schreienden Überschriften gegen die Untätigkeit der Polizei. Trotzdem blieb Mr. Bliss bei seiner Meinung.

Colonel Walford lehnte sich in seinen Sessel zurück und spielte mit einem Bleistift, während er dem Bericht lauschte.

»Wenn es tatsächlich der Hexer sein sollte«, sagte Chefinspektor Bliss, »dann muß er seine Methoden vollkommen geändert haben. Es ist doch in Scotland Yard allgemein bekannt, daß er nur getötet hat, um Schandtaten zu sühnen, die jemand gegen Schwächere begangen hatte und für die er vom Gesetz nicht bestraft worden war. Der Hexer ist in der Beziehung wirklich ein Charakter. Das haben wir doch schon oft genug festgestellt.«

Colonel Walford sah ihn beunruhigt an.

»Das ist ja alles ganz gut und schön, aber man kann doch über die Tatsache nicht ohne weiteres hinweggehen, daß mit Kreide auf dem Postwagen geschrieben stand: ›Wieder der Hexer!‹ Dasselbe stand doch auch auf der Tür des Geldschrankes im Rugeley-Hotel. Und bei dem Banküberfall waren dieselben Worte mit Kreide an die Wand geschrieben. Auf der anderen Seite muß ich allerdings sagen . . .«

Der Colonel war sich mit sich selbst nicht einig, aber Mr. Bliss hatte eine ganz bestimmte Meinung über die Sache.

»Was beweisen denn diese Worte ›Wieder der Hexer!‹? Ich halte es wirklich nicht für möglich, daß Milton derartig beschränkt und dumm ist. Er hat allerdings Leute umgebracht – aber nur, wenn ein Grund dazu vorhanden war. Er hat sich selbst zum Henker übler Mitmenschen gemacht, die schließlich die Todesstrafe längst verdient hatten.«

Walford schüttelte den Kopf.

»Ich weiß nicht, was ich davon halten soll – dieser Brief aus Berlin, in dem er eingesteht, daß er selbst der Mörder war ... und er hat Einzelheiten erwähnt, die nur er wissen konnte ...«

Bliss ließ sich nicht leicht überzeugen.

»Es kommt doch häufig vor, daß Leute derartige Sachen machen, um den Verdacht von sich abzulenken. Außerdem haben die Zeitungen so viele Einzelheiten veröffentlicht, daß ein Wichtigtuer alle Nachrichten erhielt, die er brauchte. Für mich konzentriert sich alles auf die Frage: Wie konnte der Mörder wissen, daß ein eingeschriebenes Wertpaket mit hundertsechzigtausend Dollar in dem Postauto lag? Diese Tatsache habe ich erst gestern erfahren.«

»Dollar?«

»Ja. Die Sendung kam von der London Textile Bank und ging an Mr. Elliott in Longhall in der Nähe von Slough. Sie war versichert, so daß nur die Gesellschaft den Schaden davon hat.«

»Trotzdem kommt es mir sonderbar vor, daß es Dollar waren.«

Bliss konnte wenigstens hierfür eine Erklärung geben. Mr. Elliott war ein reicher Mann, der sich selbst emporgearbeitet hatte und sich auch mit Kunsthandel befaßte. Vor kurzem war ein Gemälde von Velasquez entdeckt worden, das sich im Besitz eines französischen Antiquitätenhändlers befand. Da diesem Mann weder die französische noch die englische Währung stabil genug erschien, hatte er Zahlung in Dollar verlangt.

»Der Kaufvertrag ist in aller Form abgeschlossen worden, und das Bild sollte gestern übereignet werden. Ich fahre heute abend noch zu Mr. Elliott.«

»Falls Sie den Hexer sehen sollten –« begann Walford.
»Den Hexer? Das wäre ein Hauptspaß!«
Als Chefinspektor Bliss den Korridor entlangging, überreichte ihm ein Bote ein Telegramm. Bliss las es und nickte.

Mr. Elliott hatte selbst versucht, das Verbrechen aufzuklären, aber alle Theorien, die er der Polizei mündlich, brieflich oder telegrafisch mitgeteilt hatte, waren in Scotland Yard als wertlos bezeichnet worden.

Er hatte Bliss einige Minuten gesprochen.

»Der Beamte hat unsere Unterredung recht leichtgenommen«, sagte er zu seinem düster dreinschauenden jungen Sekretär. »Wenn man mit diesen Leuten von Scotland Yard spricht, sollte man fast glauben, das sei ein alltägliches Ereignis. Ich möchte ja eigentlich nichts gegen die Polizei sagen, aber wenn man denkt ...«

Mr. Elliott sagte alles, was er über die Polizei dachte.

Als er später von einem Spaziergang zurückkehrte, erfuhr er von seinem Diener, daß Mr. Bliss eine Stunde lang im Hause geweilt hatte, und nachher sah er den Chefinspektor über den Rasen gehen.

»Haben Sie irgendeinen Anhaltspunkt gefunden? Sie sehen so geheimnisvoll aus.«

»Nein, geheimnisvoll bin ich wirklich nicht«, entgegnete Bliss ruhig. »Ich habe mich eben mit Ihrem Sekretär unterhalten.«

»Der Mann ist noch recht jung«, meinte Elliott.

»Da täuschen Sie sich. Er ist nicht so jung, wie er aussieht. Halten Sie ihn für zuverlässig?«

Mr. Elliott legte die Stirn in Falten.

»Er ist seit sechs Monaten bei mir. Daraus können Sie alles entnehmen.«

»Dann muß er tatsächlich sehr zuverlässig sein«, sagte Bliss etwas ironisch.

Mr. Elliott hielt es für überflüssig, über seinen Sekretär zu sprechen. Er erklärte gerade wieder die Theorie, die er sich über den Fall gebildet hatte.

»Zweifellos ist der Hexer der Täter. Ich habe mich eingehend mit dem Vorleben dieses Mannes beschäftigt und alle Berichte gelesen, die in den Zeitungen über ihn erschienen sind. Meiner Meinung nach ist der Hexer nach der letzten Affäre außer Landes gegangen. Ich habe natürlich auch gelesen, daß er Ihnen einen Brief aus Deutschland geschrieben hat. Diese Leute sind gewöhnlich Spieler und vergeuden die großen Summen, die sie erbeuten, auch schnell wieder, so daß sie meistens kein Geld haben. Ich bin fest davon überzeugt, daß er infolgedessen nach England zurückgekehrt ist und hier in der Nachbarschaft lebt.«

Mr. Bliss ermutigte ihn durch kein Wort, aber Mr. Elliott brauchte auch keine Ermunterung.

»Mein Sekretär sagt«, fuhr er fort, »daß dieser gemeine Mörder wahrscheinlich nicht die offenen Landstraßen, sondern nur abseitige Feldwege benützt hat. Und Carter muß etwas davon verstehen – er ist selbst Motorradfahrer.«

»Darüber bin ich allerdings erstaunt«, entgegnete Bliss höflich.

In den wenigen Minuten, in denen Mr. Elliott vor dem Essen seinen Sekretär allein sah, äußerte er wieder seine Zweifel an der Tüchtigkeit der Polizei. Der junge Leslie Carter erwiderte nichts darauf, und Mr. Elliott betrachtete ihn nachdenklich. Der junge Mann sah etwas nervös aus und fuhr bei jedem Geräusch zusammen. Kurz darauf erschien Bliss zum Dinner.

»Der Hexer interessiert mich außerordentlich«, erklärte Mr. Elliott. Er brachte das Gespräch immer wieder auf dieses Thema. »Ich habe zwar bei dem Überfall auf das Postauto kein Geld verloren, aber die Tatsache, daß der Hexer die Hand im Spiel hatte, macht die Geschichte doch sehr interessant. Ich habe mir eine ganz besondere Theorie darüber gebildet.«

Bliss hörte geduldig zu. Die kleine Gesellschaft fühlte sich in dem schönen Speisesaal von Long Hall äußerst wohl.

Später wurde abgedeckt, die Herren blieben aber noch am Tisch sitzen. In der blankpolierten Platte spiegelten sich die hohen, geschliffenen Kelche der Weingläser. Mr. Elliott neigte sich vor, nahm eine Zigarette und zündete sie an.

Er war groß und breitschultrig und sah recht gut aus. Der junge Mann neben ihm brütete düster vor sich hin.

Leslie Carter hatte seiner Sprache nach sicher eine gute Erziehung genossen. Seine Gesichtszüge waren fein geschnitten, und er hatte lange, wohlgeformte Hände. Bliss saß den beiden gegenüber. Er bemerkte, daß Mr. Elliott von Zeit zu Zeit einen prüfenden Blick auf seinen Sekretär warf. Auch ihm war die Haltung Leslie Carters während des Essens aufgefallen, denn dieser hatte kaum ein paar Worte gesprochen oder von seinem Teller aufgesehen.

Warum mochte er sich wohl so sonderbar benehmen?

»... das dritte Verbrechen dieser Art, das in den letzten drei Monaten begangen wurde«, schloß Mr. Elliott seine längere Darlegung. »Und alle sind in einem Umkreis von vierzig, höchstens fünfzig Kilometer passiert. Das kann nur bedeuten, daß der Hexer sein Hauptquartier zur Zeit in Berkshire aufgeschlagen hat.«

»Der Hexer war nicht der Täter«, sagte Bliss und schüttelte energisch den Kopf. Er wollte weitersprechen, sah aber seinen Gastgeber bedeutungsvoll an und gab ihm einen Wink, indem er heimlich mit dem Kopf auf den Sektretär wies. Mr. Elliott verstand ihn sofort.

»Ach, sagen Sie doch bitte in der Garage Bescheid, daß der Wagen für Mr. Bliss vorfahren soll.«

Leslie Carter fuhr zusammen und erhob sich rasch.

»Jawohl«, erwiderte er und verließ das Zimmer.

Als die beiden allein waren, setzte sich Mr. Bliss neben Elliott.

»Wie steht Ihr Sekretär eigentlich finanziell?«

Elliott zuckte die Schultern.

»Er ist stets in Geldschwierigkeiten – wie alle jungen Leute.«

»Selbstverständlich wußte er, daß Sie eine große Geldsumme erwarteten. Haben Sie ihn gefragt, ob er mit anderen Leuten darüber gesprochen hat?«

»Nein, dazu hatte ich keine Gelegenheit, denn er war in der letzten Zeit nicht bei mir. Er hatte einen kurzen Urlaub und besuchte seinen Bruder in Berlin.«

»Wann reiste er denn nach Deutschland?«

»Einen Tag nach dem Raubüberfall. Ich hätte ihm den Urlaub sowieso bewilligt, aber es traf sich gerade günstig, daß ich zur selben Zeit nach Paris fuhr, um wegen des Gemäldes zu verhandeln. Ich hatte eigentlich die Absicht, das Geld gleich mitzunehmen.«

Mr. Bliss strich seinen schwarzen Bart.

»So, der junge Mann ist nach Berlin gefahren? – Der Mord wurde spät am Montag abend begangen – er konnte also Mittwoch in Berlin sein. Unter diesem Datum war der Brief abgestempelt. Donnerstag konnte er wieder hier sein. Wann kehrte denn Ihr Sekretär wieder zu Ihnen zurück?«

Diese Frage schien Mr. Elliott unangenehm zu berühren. »Gestern – am Freitag. Aber um Himmels willen, Sie wollen doch nicht etwa sagen . . .«

»Ich will durchaus nichts behaupten, ich folge nur gewissen Gedankengängen. Ich habe tatsächlich schon mit Ihrem Sekretär darüber gesprochen . . . wäre es Ihnen recht, wenn wir ein wenig in den Garten gingen? Hier wird es mir im Augenblick etwas zu drückend.«

Elliott stand bereitwillig auf und ging zur Tür.

»Ich lasse allerdings nicht gern meinen Wein stehen«, meinte Mr. Bliss.

Elliott drehte sich um und sah, daß der Chefinspektor das kostbare Rubinglas hob.

»Also darauf, daß der Hexer bald gefaßt und bestraft wird«, sagte Bliss.

»Darauf muß ich unbedingt mit Ihnen anstoßen. Ich glaube allerdings nicht recht, daß es Ihnen gelingen wird, ihn zu fassen.«

Er füllte sein halbgeleertes Glas noch einmal und trank es aus.

Dann gingen sie hinaus in den Garten. Vor der Tür wartete das Auto. Mr. Elliott sprach ununterbrochen, während sie über den breiten, gepflegten Rasen zu einer Gruppe von drei großen Kiefern schritten. Plötzlich hielt Mr. Elliott inne, denn er war gestrauchelt. Als er sich bückte, sah er einen zusammengeschlungenen Strick im Gras liegen.

»Zum Henker, was –?« begann er, unterbrach sich aber sofort. »Sie wollten mir doch noch etwas über Leslie Carter sagen?«

»Nur so viel, daß sein Bruder in Berlin nicht krank war. Der

Anruf, den er auf Ihre Veranlassung erhielt, war ein Scheinmanöver. Und dabei haben Sie einen bösen Fehler gemacht. Haben Sie nicht gesehen, wie verstört er beim Abendessen gewesen ist?«

»Doch«, gab Elliott zögernd zu. Der andere lachte leise.

»Ich sagte ja schon, daß ich mit ihm gesprochen habe. Er war deshalb so bestürzt, weil er in einem kleinen Haus an der Grenze Ihres Landbesitzes ein Motorrad mit Beiwagen gefunden hat, und zwar dasselbe, das der Räuber bei dem Überfall auf den Postwagen benützte. Der junge Mann ist nicht dumm, und der Anruf, der ihn zu der Reise nach Berlin veranlaßte, hat ihn auf die Spur gebracht. Es ist ja nur zu klar, daß Sie dadurch den Verdacht auf ihn lenken wollten. Vielleicht hat er auch noch andere Dinge herausgefunden. Darüber habe ich allerdings nicht mit ihm gesprochen.«

»Hat er Ihnen das alles erzählt?«

»Ja, Joe.«

Joe Ellroyd wandte sich zur Flucht, aber im nächsten Augenblick packte ihn eine eiserne Faust, und er fühlte sich merkwürdig schwach. Das letzte Glas Wein hatte ein starkes Betäubungsmittel enthalten.

»Joe, der letzte Toast war ein Gnadenakt. Sie waren der Täter! Sie fuhren nach Berlin und schrieben den Brief an Mr. Bliss. Ich habe zufällig im Hotel das Löschpapier gefunden, auf dem Sie ihn löschten. Das war natürlich ein glücklicher Umstand, aber ich hätte Sie auf jeden Fall erwischt. Ich habe Sie gewarnt, aber Sie haben nicht hören wollen ...«

Das Telefon schrillte laut in der Bibliothek von Long Hall, und Leslie Carter nahm den Hörer ab.

»Mr. Bliss? Aber das ist doch unmöglich! Mr. Bliss ist im Augenblick hier. Er ist gerade mit Mr. Elliott in den Park gegangen.«

Der Chefinspektor begriff sofort und sprach schnell in den Apparat.

»Ich wunderte mich schon über das Telegramm, daß ich heute abend nicht kommen solle. Telefonieren Sie so schnell wie möglich an die nächste Polizeiwache ... haben Sie eine Pistole? Nehmen Sie sie mit, bewaffnen Sie alle Diener und suchen Sie den Park ab.«

Eine Stunde später kam Bliss selbst, aber man fand weder Elliott noch seinen Gast. Erst als der Morgen graute, entdeckte man Joe Ellroyd, der an einer der großen Kiefern aufgehängt war. Als sie den Toten genauer untersuchten, bemerkten sie einen Zettel und eine Zehnpfundnote, die an seinem Ärmel angesteckt waren.

Bitte geben Sie dieses Geld dem Henker. Ich lasse mich vielmals bei ihm entschuldigen, daß ich ihm ins Handwerk gepfuscht habe.

Die Mitteilung war nicht unterzeichnet, aber Bliss kannte die Handschrift des Hexers gut genug.

4

DER SKLAVE DER FRAUEN

Während des Krieges, als das menschliche Leben wenig galt, machte ein Fliegeroffizier einen Erkundungsflug nordwestlich von Bagdad. In der Wüste, tief unter sich, sah er einen Mann und ein totes Kamel liegen.

Der Fliegeroffizier war niemand anders als Henry Arthur Milton. Er ging tiefer, um die Sache genauer zu untersuchen, und bemerkte, daß der Mann die Hand schwach hob, als ob er um Hilfe bitten wolle.

Captain Milton stellte den Motor ab, nachdem er in der Nähe einen Landeplatz gefunden hatte, und fünf Minuten später war er bei dem Verwundeten. Soviel man aus seiner Kleidung und dem Zaumzeug des Kamels schließen konnte, mußte der Araber ein Mann von Bedeutung sein. Er hatte eine schwere Schußwunde an der Schulter und war halb verdurstet. Sein Name war Ibn el

Masjik, und er war in einem Vorpostengefecht mit britischen Truppen verletzt worden.

Milton gab ihm zu trinken und verband ihn, und Masjik schaute ihn mit fieberglänzenden Augen an.

»Mein Vater ist der Scheich eines kriegerischen Stammes, und ich könnte die Schande nicht überleben, wenn du mich gefangennähmst. Deshalb erbitte ich von dir die eine Gnade, mich zur Stadt meines Vaters zu bringen. Ich gebe dir mein Ehrenwort, daß ich in diesem Kriege nicht mehr gegen dein Volk kämpfen werde. Dasselbe gilt auch für alle Angehörigen meines Stammes.«

Milton sprach arabisch, als ob es seine Muttersprache sei, und er brachte die unmöglichsten Dinge fertig. Eigentlich durfte er den Wunsch des Beduinen nicht erfüllen, wenn er nicht gegen die strikten Befehle seiner Vorgesetzten verstoßen wollte, aber er zögerte keinen Augenblick, den Mann zu retten. Er trug ihn in sein Flugzeug, flog etwa zweihundertfünfzig Kilometer und landete in der Nähe der von hohen, weißen Mauern umgebenen Stadt Khor.

»Komm zu mir, wenn dieser Krieg zu Ende ist«, sagte Ibn el Masjik beim Abschied. »Und wenn die ganze Welt gegen dich ist, werde ich für dich sein. Wenn du arm bist, werde ich dich reich machen, und die Stadt meines Vaters soll dir gehören.«

Diesmal sprach er englisch, denn in seiner Jugend war er in Bournemouth erzogen worden. Sein Vater war sehr reich und der westlichen Kultur gegenüber aufgeschlossen.

Einige Jahre später, als Henry Arthur Milton hart von seinen Gegnern bedrängt wurde, erinnerte er sich an dieses Versprechen und weilte sechs Monate als Gast bei Ibn el Masjik, dessen Vater inzwischen gestorben war. Er lernte das Leben und die Verwaltung dieser arabischen Stadt kennen.

Ihre weißen Mauern erhoben sich am Rand der Wüste, und die Zeit schien hier stillzustehen. Raubzüge wurden unternommen, und die Krieger kehrten unter dem Jubel der Bevölkerung mit reicher Beute und Scharen von Sklaven zurück. Milton sah, daß Männer und Frauen auf dem Markt verkauft wurden. Das

Leben hatte sich wenig verändert, seit Mahomets Onkel Herr und Beschützer der Kaaba war und die Schüler des Propheten in Medina beteten.

Eines Abends sprach der Hexer mit seinem Gastfreund darüber, und Ibn el Masjik lächelte. Er warf seine halbaufgerauchte Zigarette in eine silberne Schale, steckte sich eine neue an und lehnte sich bequem in seine Kissen zurück.

Sie saßen in dem großen Speisesaal des Palastes, dessen Wände nur weiß getüncht, aber mit prachtvollen Teppichen behängt waren.

»Mein Freund«, begann Ibn el Masjik, »es ist ein weiter Weg nach Bournemouth. Sklaverei ist nur eine Bezeichnung für menschliche Dienste. Und ich weiß nicht, ob die Menschen hier in Khor als Sklaven unglücklicher leben als die Leute in Nordengland, wo Männer und Frauen schon morgens vor Sonnenaufgang ihre Betten verlassen, wenn die Sirenen heulen, und durch Regen und Sturm zu den Gefängnissen gehen, die sie Fabriken nennen. Meine Sklaven werden jedenfalls besser behandelt. Sie leben in Sonne und Licht, sie erhalten gute Nahrung, und sie schlafen in eigenen Häusern.«

Er sprach vollkommen offen über den Sklavenhandel. Von seinem Gebiet aus konnte er leicht einen kleinen Hafen am Roten Meer erreichen und dort, direkt unter den Augen der Beamten, Handwerker und Künstler kaufen.

»Aber ich kann nicht alles bekommen, was ich möchte«, erklärte er. »Meine Frauen wollen einen ganz besonderen Mann haben, der ihnen die Haare modern frisiert, aber ich kann ihn nicht finden.« Er seufzte schwer. »Ja, die Gewohnheiten des Westens und ihre Moden kommen auch zu uns.«

Er zuckte die Schultern, legte sein weites, faltiges Seidengewand zurecht und lächelte nachdenklich.

»Ich habe ja auch nichts dagegen. Die neuen Moden haben viel für sich und gefallen mir ganz gut. Du hast wohl gesehen, daß wir uns von fast allen Stämmen der Umgebung dadurch unterscheiden, daß unsere Frauen nicht verschleiert gehen und frei wählen können.«

*

Milton kehrte wieder nach Westeuropa zurück, aber er blieb in ständiger brieflicher Verbindung mit seinem Freund, und er wußte, daß Khor eine endgültige Zufluchtsstätte für ihn war, wenn alles schiefging. In Scotland Yard vermutete man, daß Henry Arthur Milton viele Asyle hatte, aber man kannte sie nicht.

In einer Vorstadt von Cannes zum Beispiel besaß er eine Villa, die sich sehr gut für seine Zwecke eignete. Er konnte von dort aus unbemerkt und schnell verschwinden. Auch in Tanger hatte er eine kleine Wohnung gemietet, von der aus er das Meer überschauen konnte. Und außerdem gehörte ihm ein einfaches Landhaus in der Nähe von Norbury. Dort hielt er sich häufiger auf, als irgendeiner seiner Feinde ahnte.

Hinter dem Haus lag ein bescheidener Garten, in dem er sich viel zu schaffen machte. Über den Zaun hinweg unterhielt er sich manchmal mit seinem Nachbarn über alle mögliche Dinge, wie Veredlung von Rosen, Gemüsebau und die unangenehme Katzenmusik in der Nachbarschaft.

Oft kam es allerdings nicht zu solchen Gesprächen, denn Kapitän Oring, der das Haus nebenan bewohnte, war nur selten an Land. Der biedere graubärtige Mann sehnte sich nun schon seit vierzig Jahren danach, in Frieden an Land zu leben, aber er hatte es noch nicht soweit gebracht. Er war Kapitän und Miteigentümer eines kleinen Dampfers, der zwischen London und Suez verkehrte.

Seine Söhne besaßen die anderen Anteile; der eine war Erster Offizier auf dem Schiff, der andere Chefingenieur und der dritte, der ein Geschäft in London hatte, besorgte ihnen die Frachten. Seine hübsche junge Tochter, die sehr gern ins Kino ging, führte ihrem Bruder die Wirtschaft.

Als der Hexer einmal einige Zeit nicht in England weilte, verschwand dieses Mädchen. Ihr Vater war zu der Zeit auch gerade auf See.

Kapitän Oring konnte Milton die Sache nicht im Zusammenhang erzählen, denn er war zu sehr erschüttert. Aber der Hexer verstand ihn trotzdem sehr gut.

»Mein Sohn hat sie nach vielen Mühen schließlich gefunden ... sie lebt jetzt bei meiner Schwester auf dem Lande. Natürlich habe ich versucht, diesen Schuft und seine Mutter zu finden, aber was kann ich in London schon machen? Zur Polizei möchte ich nicht gehen ... ich will nicht haben, daß die ganze Geschichte in den Zeitungen breitgetreten wird. Aber wenn mir der Kerl einmal unter die Finger kommt ...«

»Sie können schwer etwas machen«, meinte Milton, »aber vielleicht gelingt es mir – ich komme ja viel herum.«

Er galt in der Gegend als der Geschäftsreisende Ernest Oppenton.

Oring ging mit seinen Söhnen wieder auf Fahrt. Henry Arthur Milton hatte dringend in Berlin zu tun, und es sah fast so aus, als ob er die Geschichte von Lucy Oring vergessen habe.

Aber er vergaß solche Fälle niemals, und bei seiner Rückkehr nach London besuchte er häufig eine gewisse Art von Klubs im Westend, die schnell auftauchen und nach kurzer Zeit wieder von der Bildfläche verschwinden.

Er belauschte manche Gespräche und erfuhr viel von Kellnern. Besonders italienische Kellner sind sehr mitteilsam, wenn man sich in ihrer Muttersprache mit ihnen unterhalten kann. Auch die Damen, die dort verkehren, erzählten ihm interessante Dinge, denn er hielt sie in großzügiger Weise frei.

Eines Nachmittags stand eine vertrauenerweckende ältere Frau mit weißem Haar im Victoria-Bahnhof und beobachtete die Einfahrt eines Zuges.

Die Dame betrachtete alle herauskommenden Reisenden genau, und nach einiger Zeit entdeckte sie ein hübsches junges Mädchen in einem dunkelbraunen Kleid, das einen Koffer und einen Blumenstrauß trug.

Sie näherte sich ihr.

»Wenn ich nicht sehr irre, sind Sie Miss Clayford? Ich dachte es mir gleich. Ich bin Mrs. Graddle, und ich hielt es für gut, Sie abzuholen und sicher durch London zu bringen.«

Das Mädchen nickte dankbar.

»Ich überlegte mir gerade, was ich anfangen sollte. Sind Sie von der Stellenvermittlung?«

Die ältere Dame lächelte.

»O nein, aber eine Freundin informiert mich über alles, was dort vorgeht. Es ist meine Lieblingsbeschäftigung, und ich tue alles, um jungen Mädchen zu helfen. Nun begleiten Sie mich aber erst in meine Wohnung und trinken Tee mit mir. Soviel ich weiß, kommen Sie in eine recht einsame Gegend. Ein Gehalt von vierzig Pfund im Jahr für ein Kindermädchen ist eigentlich sehr niedrig. Und dazu so weit draußen auf dem Lande, wo man nichts erlebt und nichts zu sehen bekommt!«

Sie sprach dauernd weiter, während sie mit Miss Clayford ins Freie trat. Elsie Clayford hörte enttäuscht zu. Vierzig Pfund waren wirklich sehr wenig, aber die Leute, zu denen sie gehen wollte, sollten doch sehr freundlich sein und in einer schönen Villa wohnen. Sie trat zum erstenmal eine Stellung an.

»Es wäre ganz nett, wenn Sie noch ein paar Tage bei mir bleiben könnten«, meinte Mrs. Graddle, als sie einer Taxe winkte. »Ich habe ein hübsches kleines Haus in St. John's Wood, und es verkehren immer viele junge Leute bei uns. Ich habe mich schon mit Lady Shene telefonisch in Verbindung gesetzt, und sie ist damit einverstanden. Man kommt nicht zu oft nach London. Vielleicht wollen Sie sich noch ein paar Theaterstücke ansehen, bevor Sie aufs Land gehen . . .«

Elsie hatte nicht die geringste Ahnung, wer Mrs. Graddle war, aber sie hielt sie für ein Mitglied einer der wohltätigen Organisationen, die sich junger Mädchen in der Hauptstadt annehmen. Es war doch eigentlich sehr angenehm, daß derartige Gesellschaften existierten.

Als sie der weißhaarigen alten Dame auf dem Bahnhof begegnete, hatte sie auch einen großen, schlanken Herrn mit schwarzen Haaren und einer großen Hornbrille bemerkt. Er sah düster aus und hatte sie sonderbar von der Seite angesehen, so daß sie fast Furcht bekam. Nun stand er plötzlich dicht neben ihr, als der Wagen hielt.

»Steigen Sie ein, mein Liebling«, sagte Mrs. Graddle.

Elsie kam der Aufforderung nach. Die alte Dame wollte ihr gerade folgen, als der Mann mit der Brille sie am Arm packte, leicht zur Seite zog und die Wagentür schloß.

»Fahren Sie nach dem Kings-Cross-Bahnhof«, beauftragte er

den Chauffeur, während er Mrs. Graddle immer noch festhielt. Dann sprach er zu dem jungen Mädchen durch das offene Wagenfenster. »Ihr Zug geht um fünf Uhr zweiunddreißig, und Lady Shene erwartet Sie wahrscheinlich auf dem Bahnhof in Welwyn. Haben Sie genügend Geld, um die Fahrt zu bezahlen?«

»Ja«, erwiderte Elsie verstört.

»Gut. Sprechen Sie in Zukunft nicht mehr mit fremden Leuten, besonders nicht mit netten weißhaarigen Damen.« Auf seinen Wink fuhr das Auto ab.

»Was soll denn das heißen?« fragte Mrs. Graddle atemlos. Der Herr mit der großen Brille hatte bereits eine andere Taxe angerufen.

»Steigen Sie ein«, sagte er, und sie gehorchte zitternd.

Er folgte ihr.

»Ich habe dem Chauffeur gesagt, daß er durch den Park fahren soll. Am Ende von Birdcage Walk werde ich Sie absetzen.«

»Ich möchte Sie am liebsten der Polizei anzeigen«, erwiderte sie aufgeregt. »Wer sind Sie denn, daß Sie sich so etwas herausnehmen dürfen?«

Er ging nicht auf ihre Frage ein.

»Sie sind schon zweimal verurteilt worden – einmal in Leeds und einmal in Manchester, und zwar wegen einer ganzen Anzahl von Vergehen. Sie machen sich ein Gewerbe daraus, junge Mädchen auszunützen. Sie suchen Bekanntschaft mit Angestellten bei großen Stellenvermittlungen, und dadurch erhalten Sie allerhand Informationen. Zu ähnlichen Zwecken besuchen Sie die Kinos.«

»Sie können mir nichts beweisen«, entgegnete sie heftig, »selbst wenn Sie mich verhaften – aber einen solchen Unsinn werden Sie ja doch nicht machen.«

Sie öffnete mit zitternden Fingern ihre Handtasche und kramte darin herum. Schließlich fand sie ein Bündel Banknoten.

»Also, seien Sie vernünftig und machen Sie weiter keinen Spektakel«, bat sie.

Der Hexer nahm das Geld und zählte es.

»Fünfundsechzig Pfund sind eigentlich keine große Bestechungssumme.«

Mit einem Seufzer öffnete sie eine innere Tasche und nahm zwei Banknoten über je hundert Pfund heraus.

»Das ist alles, was ich bei mir habe.« Sie war nahe daran, in Tränen auszubrechen.

Der Hexer klopfte an das Fenster, und der Wagen hielt. Draußen regnete es heftig, und es waren nur wenig Leute auf der Straße zu sehen.

»Haben Sie Kinder?« fragte er.

»Nein«, erwiderte sie schnell.

»Sie haben ein ganz niederträchtiges Gewerbe. Ist es Ihnen schon jemals zum Bewußtsein gekommen, welchen Schrecken die armen Eltern durchleben, die auf ihre Kinder warten und in vollständiger Unsicherheit über ihr Geschick dahinleben?«

»Darüber will ich nicht mit Ihnen sprechen«, sagte sie wütend. »Sie haben Ihr Geld bekommen. Um andere Dinge brauchen Sie sich nicht zu kümmern. Ich habe keine Kinder.«

»Ich glaube, Sie haben recht«, erwiderte er geheimnisvoll und öffnete die Tür für sie.

»Der Chauffeur soll mich bis zur Untergrund fahren«, sagte sie, aber er schüttelte den Kopf.

»Sie können hier aussteigen und zu Fuß gehen. Da werden Sie wenigstens einmal ordentlich naß!«

Sie schimpfte, aber der Hexer ließ sich dadurch nicht im mindesten stören. Während sie schnell nach dem Parliament Square ging, bezahlte er den Wagen.

Er zog seinen Regenmantel an, den er bis dahin über dem Arm getragen hatte, steckte die Brille ein und wischte mit seinem Taschentuch den Schnurrbart ab. Er wollte kein Risiko auf sich nehmen, besonders da er wußte, wohin Mrs. Graddle ging.

Sie machte sich viel Mühe, ihn von ihrer Spur abzulenken, fuhr zuerst mit der Untergrundbahn nach South Kensington und nahm von dort aus ein Taxi nach ihrer Wohnung. Schließlich kam sie erschöpft in ihrer Villa in St. John's Wood an.

Es war ein sehr hübsches Haus mit einem großen Empfangssaal, den sie häufig für ihre Gesellschaften brauchte. Sie ging rasch zu ihrem kleinen Wohnzimmer hinauf, wo ihr Sohn einige Sandwiches verzehrte und dabei die Abendzeitung las.

»Hallo, hast du sie mitgebracht?« fragte er erwartungsvoll.

Er war ein etwas phlegmatischer junger Mann von etwa dreißig Jahren mit dickem Gesicht und müden Augen. Atemlos erzählte sie, was geschehen war.

»Das ist allerdings verdammt unangenehm«, meinte er. »Wer war denn dieser Mann? Kennst du ihn? Du hast ihn für einen Detektiv gehalten? Verdammt unangenehm! Und sie kennen auch die Geschichten in Leeds und in Manchester? Man sollte es nicht für möglich halten!«

Er hatte allen Grund, sich zu fürchten, denn er selbst war nur mit knapper Not in Manchester der Polizei entkommen, und es wäre ihm viel schlechter gegangen als seiner Mutter, wenn er gefaßt worden wäre.

»Aber warum fürchtest du dich denn? Ich habe den Kerl doch durch Geld zum Schweigen gebracht.« Sie drückte auf die Klingel, und kurz darauf erschien ein Dienstmädchen. »Wir brauchen das Zimmer für die junge Dame nicht. Sie ist nicht gekommen«, erklärte Mrs. Graddle kurz und ärgerlich.

Als das Mädchen verschwunden war, wandte sie sich wieder an ihren Sohn.

»Um Gottes willen, sitz doch nicht da und mach ein Gesicht wie sieben Tage Regenwetter! Du brauchst doch keine Angst zu haben, Julian.«

Aber er war anderer Meinung.

»Ich habe schon lange Sorge gehabt, daß so etwas kommen würde. Schon, seitdem dieser Oring wieder auftauchte. Ich glaube, wir gehen am besten auf einige Zeit aufs Land – wie denkst du über Margate? Dort können wir zwei oder auch drei Monate wohnen, bis die Sache hier vorüber ist –«

»Ach, sie ist doch bereits vorüber«, unterbrach sie ihn.

Julian Graddle ging am nächsten Morgen nur sehr ungern ins Geschäft. Er mußte in Westend zwei Kundinnen besuchen, denn er war von Beruf Damenfriseur. Seiner Mutter kam das sehr zustatten, da Frauen viel von ihren Dienstboten oder von jungen Mädchen sprechen, die in Bedrängnis kommen. Einige ihrer besten Funde kamen auf Julians Rechnung.

Er war nicht gerade in der glänzendsten Stimmung, als er von der ersten Kundin kam, die eine etwas temperamentvolle Dame war, und auch nach dem zweiten Besuch fühlte er sich nicht wohler. Am nächsten Tag mußte er in das Friseurgeschäft gehen, in dem er angestellt war, und dauernd verfolgte ihn der Gedanke, daß ein Polizist auf der Bildfläche erscheinen werde, um ihn zu verhaften.

Nach Geschäftsschluß war er noch zu einer Miss Smith, 34 Grine Mews, bestellt. Er war durchaus nicht verwundert, daß er in eine Nebenstraße gerufen wurde, denn viele vornehme Leute hatten in früheren Garagen elegante Wohnungen eingerichtet.

Die Bewohnerin des Hauses 34 Grine Mews schien die Absicht zu haben auszuziehen, denn er sah ein Plakat: Zu vermieten! Er klopfte an die Tür, und es wurde ihm auch sofort geöffnet.

»Treten Sie näher«, sagte eine Männerstimme freundlich. »Sind Sie der Friseur? Miss Smith wartet schon auf Sie.«

Julian stieg die steile Treppe hinauf. Ein unangenehmer Geruch schlug ihm entgegen, als ob die Wohnung lange nicht bewohnt gewesen sei. Vielleicht war Miss Smith auch gerade erst eingezogen.

Der Mann war vorausgegangen und machte ihm jetzt auf. »Kommen Sie herein. Es ist sehr dunkel, aber ich werde gleich Licht machen.«

Julian trat ein, ohne Verdacht zu schöpfen, und die Tür schlug hinter ihm zu. Das Licht ging an, aber es standen keine Möbel in dem Raum, und der Fußboden und der Kamin waren mit Staub bedeckt. Vor dem kleinen Fenster hing eine rauhe Pferdedecke.

»Rühren Sie sich nicht von der Stelle«, sagte der Hexer plötzlich. Er hatte das Gesicht mit einer Maske bedeckt. »Wenn Sie schreien, erschieße ich Sie.«

Julian wurde aschfahl im Gesicht, als er die Pistole in der Hand des Mannes sah.

»Was . . . wie . . .?« begann er mit stockender Stimme.

»Stellen Sie keine Fragen. Gehen Sie durch die Tür!«

Wie im Traum gehorchte der Gefangene. In dem inneren

Raum sah er einen beschädigten Tisch und ein dunkles Sofa, die der frühere Besitzer anscheinend zurückgelassen hatte.

Auf dem Tisch stand ein Glas Rotwein, und der Hexer zeigte darauf. »Trinken Sie das«, befahl er kurz.

Julian wandte sich verstört um.

»Ist es vergiftet?« fragte er mit weinerlicher Stimme.

»Nein, aber ich werde Ihnen ganz offen sagen, daß es ein Betäubungsmittel enthält. Sterben sollen Sie nicht, das verspreche ich Ihnen.«

Julian trank das Glas in einem Zuge aus.

»Wer sind Sie?« fragte er dann heiser.

»Die Leute nennen mich den Hexer!«

Das waren die letzten Worte, an die sich Julian Graddle später erinnerte.

Am selben Abend hatte der Hexer eine längere Unterhaltung mit Kapitän Oring und seinen beiden Söhnen.

»Das ist der Mann, ich weiß es ganz genau. Wir können Ihrer Tochter die Aufregung ersparen. Sie braucht wirklich nicht hierher zu kommen und ihn zu identifizieren. – Wo liegt Ihr Schiff?«

»Bei Keenneys Werft, Rotherhithe«, sagte Oring nachdenklich. »Wenn es stimmt, daß das der gemeine Kerl ist –«

»Er ist es sicher, aber Sie werden sich nicht an ihm vergreifen. Er darf nicht sterben. Ungefähr am Dreiundzwanzigsten kommen Sie in El Sass an. Man erwartet Sie dort. Bei Nacht übergeben Sie den Mann den Arabern, die in einem Boot zu Ihrem Dampfer gerudert kommen. Hier ist das Geld für seine Passage – zweihundertfünfundsechzig Pfund. Seine Mutter hat es bezahlt.«

»Wenn das tatsächlich der Lump ist, Mr. Oppenton, dann brauchen wir kein Geld für seine Passage. Ich möchte diesen Lumpen am liebsten zu Tode peitschen. Aber wenn Sie dagegen sind, müssen wir uns natürlich nach Ihnen richten.«

Was mit Julian Graddle passieren würde, erklärte ihnen der Hexer auf dem Weg zu der kleinen Garage. Sie trugen ihn in ein altes Auto und fuhren ihn zu Keenneys Werft, wo sie ihn an Bord brachten und in einer kleinen Kabine einschlossen.

Dann schrieb der Hexer einen Brief an Ibn el Masjik und schickte ihn per Luftpost ab.

Von seinem Freunde Arthur an Ibn el Masjik, den Diener Gottes. Friede sei mit Dir.

Ich habe lange nachgedacht über die Sorgen, die Du mir mitgeteilt hast. Die Frauen in Deinem Hause wünschen die Haare nach westlicher Mode kurz geschnitten zu tragen, wie es sonst nur die Männer tun, und Du hast mir gesagt, daß Du niemand in Deiner Stadt finden kannst, der ihnen diesen Dienst erweist.

Nun schicke ich Dir einen sehr tüchtigen Mann, der diese Dinge von Grund auf versteht. Er ist ein Sklave, der nicht durch das Gesetz geschützt wird, und Du sollst ihn sein ganzes Leben lang in Deinem Hause behalten. Immer soll er der Diener der Frauen sein, den sie mit ihren Pantoffeln schlagen können, wenn er nicht nach ihrem Willen handelt.

Am vierzehnten Tag des Monats der Pilgerschaft wird ein kleiner Dampfer im Hafen von El Sass ankommen, und Du sollst ein Boot schicken ...

Er gab noch genaue Anordnungen, was mit Julian Graddle geschehen solle, und er wußte, daß seine Anweisungen buchstäblich befolgt werden würden.

Vierzehn Tage später las er in großen Zeitungen eine Anzeige:

Julian Graddle, der aus London verschwand, wird gebeten, sich mit seiner betrübten Mutter in Verbindung zu setzen.

Der Hexer lachte grimmig, als er das las. Schon oft hatte er ähnliche Anzeigen von Eltern gesehen, die ihre Töchter suchten. Und wo diese Töchter hingeraten waren und warum sie nicht antworteten, wußte die menschenfreundliche Mrs. Graddle am besten.

5

PAUL LUMIÈRE WIRD BESTRAFT

»Ich möchte nicht etwa Kritik üben«, erklärte Inspektor Mander mit großem Nachdruck, »aber eins muß ich doch sagen: Sie haben sich zuviel mit dem Problem des Hexers beschäftigt und dadurch vielleicht den richtigen Maßstab verloren.«

Chefinspektor Bliss klopfte nachdenklich mit dem Bleistift auf die Tischplatte. Er konnte Mander nicht ausstehen, aber der Mann hatte gute Manieren, sprach ein tadelloses Englisch und verstand, sich in guter Gesellschaft zu bewegen. In Scotland Yard sagte man ihm nach, daß er diesen Eigenschaften sein schnelles Avancement verdanke. Er hatte ein paar weniger wichtige Fälle gelöst und einen Mordfall bearbeitet. Aber der Täter meldete sich bereits bei der Polizei und legte ein Geständnis ab, bevor Mander auf der Bildfläche erschienen war.

Trotzdem verstand er es, sich im geeigneten Augenblick bei seinen Vorgesetzten ins rechte Licht zu setzen. Bliss gehörte allerdings nicht zu ihnen, denn er hatte Mander noch nie für klug oder begabt gehalten und sprach gewöhnlich in wenig schmeichelhaften Ausdrücken über ihn.

Bliss war im Begriff, nach Südfrankreich zu reisen, teils beruflich, teils zur Erholung. Er wußte ganz genau, wie Mander über ihn dachte, und es bereitete ihm ein unheimliches Vergnügen, ausgerechnet diesem Beamten die Bearbeitung der Akten des Hexers zu übertragen. An dieser harten Nuß mochte sich der Mann die Zähne ausbeißen.

»Also, während meiner Abwesenheit übernehmen Sie den Fall. Ich habe bereits Anweisung gegeben, daß Ihnen alle Nachrichten und Meldungen übermittelt werden. Leicht ist er allerdings nicht.«

Bevor Bliss aus London abreiste, las er noch in der Zeitung, daß Inspektor Mander während der Abwesenheit seines Vorgesetzten mit der Verfolgung des Hexers betraut war. Dieser Mensch war doch wirklich zu eitel!

*

Am folgenden Tag kam ein Brief an Scotland Yard. Er war zu Händen von Mr. Bliss adressiert, und der Assistent des Chefinspektors wußte sofort, von wem er stammte. Er überreichte das Schreiben Inspektor Mander.

»Was, das soll ein Schreiben vom Hexer sein? Das ist doch Unsinn! Na, geben Sie mal her.«

Mit einem verächtlichen Lächeln nahm er das Kuvert und öffnete es. Das Papier war von derselben hellblauen Farbe, wie es der Hexer gewöhnlich benutzte.

Mr. Paul Lumière ist mir äußerst unsympathisch. Er begann seine Laufbahn als gemeiner Dieb, drückt sich von der Arbeit und betrügt die Leute. Einem meiner Freunde hat er einmal sehr übel mitgespielt. Seine Vergehen sind zwar nicht so schwer, daß man ihn henken müßte, aber man müßte ihn berauben. Er verdient es. Ich mache daher den Vorschlag, ihm dreißigtausend Pfund abzunehmen. So hoch ist der Preis, den die Juweliere Randwell & Coles in der Bond Street für eine Halskette erhalten, die mit Brillanten und Smaragden besetzt ist. Wenn die Kette im Besitz des Käufers ist, werde ich sie mir aneignen.

»Wer ist Paul Lumière?« fragte Mander.

Der Sergeant ging zur Registratur, um Nachforschungen anzustellen, kam aber bald darauf zurück und mußte mitteilen, daß der Name Paul Lumière weder im Telefon- noch im Adreßbuch zu finden war.

»Purer Blödsinn«, sagte Mr. Mander. »Chefinspektor Bliss fällt natürlich immer auf derartige Schreiben herein.«

»Wir haben aber die Erfahrung gemacht, daß der Hexer solchen Briefen stets die Tat folgen läßt.«

Mr. Mander lächelte verächtlich.

Am Abend meldete ihm der Sergeant, daß er Paul Lumière doch aufgefunden habe. Er zog ein Abendblatt aus der Tasche und zeigte auf eine Notiz, die er rot angekreuzt hatte.

Mr. Paul Lumière, der amerikanische Millionär, kam vorige Woche von New York hierher. Er kaufte Gemälde alter Meister für seine Privatgalerie, und gestern gelang es ihm, ein besonders gutes Werk der alten Genter Schule für zehntausend Guinee von der Firma Theimer in der Grafton Street zu erwerben.

Manders Interesse erwachte nun. »Gehen Sie sofort zu den großen Hotels und stellen Sie fest, wo er wohnt.«

Die Aufgabe war nicht schwer. Lumière hatte im Savoy-Hotel eine Reihe von Zimmern gemietet. Mander läutete dort an, erfuhr aber, daß der Millionär bereits zur Ruhe gegangen sei und nicht gestört werden wolle.

Er entschloß sich am nächsten Morgen, persönlich vorzusprechen, aber bevor er den Besuch machte, ging er zu der Juwelierfirma in der Bond Street.

Der Chef der Firma war gerade in Südfrankreich, und Mander konnte nur den Geschäftsführer sprechen.

»Sie fragen nach Mr. Paul Lumière? Oh, der ist uns sehr gut bekannt. Wir stehen zur Zeit mit ihm in Unterhandlung wegen des Alexandrewitsch-Halsbands. Stimmt etwas nicht?« erkundigte er sich argwöhnisch.

»Machen Sie sich keine Sorge«, entgegnete Mander ungeduldig. Er liebte es nicht, gefragt zu werden. »Paul Lumière ist über jeden Zweifel erhaben – er ist wirklich Millionär. Ich bin nur in seinem Interesse hergekommen. Die genaueren Einzelheiten kann ich Ihnen jetzt nicht sagen, aber man will versuchen, ihn zu berauben, und ich möchte Sie bitten, mich zu unterstützen, soweit es in Ihren Kräften steht.«

Der Geschäftsführer war natürlich neugierig, aber Inspektor Mander gab keine weitere Auskunft.

Er fuhr noch nach Scotland Yard, um die Post durchzusehen, bevor er zum Savoy-Hotel ging und fand, daß Mr. Paul Lumière ihm seine Aufgabe sehr erleichterte.

Der Millionär hatte ihm geschrieben und gleichzeitig ein Schreiben der Kriminalpolizei von New York beigelegt:

Sehr geehrter Herr,
ich darf Ihnen Mr. Paul Lumière empfehlen. Er reist nach Europa und erhielt vor einiger Zeit Drohbriefe vom Hexer. Es

ist nun möglich, daß es mit der Sache nichts auf sich hat, aber es kam zufällig zu unserer Kenntnis, daß Mr. Lumière aus irgendeinem Grund den Unwillen dieses Mannes erregt hat. Ich möchte Sie daher bitten, Mr. Lumière jede erforderliche Hilfe zu gewähren und ihn vor den Nachstellungen des Hexers zu schützen.
Mit dem Ausdruck meiner Hochachtung F. B. Sullivan

In dem persönlichen Schreiben lud der Millionär Mr. Bliss zu einer Besprechung ins Hotel ein, und Mander machte sich sofort auf den Weg.

Mr. Lumière war ein großer, hübscher Mann mit kurzem grauem Schnurrbart und graumelierten Haaren. Er schien etwas nervös zu sein, denn seine Lippen zuckten von Zeit zu Zeit, aber sonst zeigte er in keiner Weise, daß er sich vor dem Hexer und seinen Drohungen fürchtete.

»Nehmen Sie bitte Platz, Inspektor. Ich freue mich, daß Sie meiner Einladung Folge geleistet haben. Sagen Sie, wer ist denn eigentlich dieser merkwürdige Mensch, den Sie den Hexer nennen? Angst habe ich nicht vor ihm, aber er interessiert mich . . .«

Er sprach ununterbrochen, und Mr. Mander, der sich auch gern reden hörte, wurde auf eine schwere Probe gestellt. Im Laufe der Unterhaltung merkte er, daß Lumière über den Hexer und seine Arbeitsmethode ziemlich genau unterrichtet war.

»Mir ist bis jetzt nur bekannt«, erklärte Mander, »daß der Hexer gedroht hat, Sie zu berauben. Er hat uns geschrieben, daß Sie ein kostbares Halsband im Wert von dreißigtausend Pfund erwerben wollen . . .«

Lumière machte ein langes Gesicht.

»Das stimmt allerdings – das Alexandrewitsch-Halsband. Es hat einen Wert von hundertfünfzigtausend Dollar. Aber woher weiß der Kerl denn etwas davon?«

Mr. Mander konnte diese Frage nicht beantworten.

»Ich möchte Sie darum bitten, mich anzurufen, wenn Sie zu der Juwelierfirma Randwell & Coles gehen, damit ich Sie dorthin begleiten kann. Und wenn Sie Geld bei sich tragen –«

»Halten Sie mich für so unvernünftig?« fragte der Amerikaner verächtlich. »Ich zahle natürlich mit einem Scheck, wenn es überhaupt zum Abschluß des Kaufes kommen sollte. Aber ich lasse Ihnen Nachricht zukommen, wenn es soweit ist. – Was halten Sie eigentlich von diesem Gemälde?«

Sie sprachen noch einige Zeit über seine letzten Käufe. Sein Wohnzimmer war angefüllt mit Kunstwerken, die er teils bereits erworben hatte, teils noch kaufen wollte.

Als Mr. Mander in sein Büro zurückkehrte, lächelte er befriedigt. Diesmal hatte sich der Hexer verrechnet. Diesmal hatte er es mit ihm zu tun und nicht mit Chefinspektor Bliss!

In seiner Begeisterung setzte er sich hin, schrieb einen längeren Brief an seinen Vorgesetzten und deutete ihm in großen Zügen an, auf welche Weise er die verbrecherischen Absichten Henry Arthur Miltons zu durchkreuzen beabsichtigte.

Er machte auch noch einen Besuch bei der Firma Randwell & Coles und hatte eine längere Unterredung mit dem Geschäftsführer.

»Wenn Mr. Lumière dieses Prachtstück kaufen sollte, muß es selbstverständlich durch einen zuverlässigen Angestellten der Firma ins Hotel gebracht werden. Auf keinen Fall darf er es persönlich mitnehmen. Ich werde Ihnen vier Beamte von Scotland Yard schicken, die Ihren Mann begleiten können. Es wäre vielleicht besser, wenn Sie persönlich mitkämen und den Scheck in Empfang nähmen. Die Beamten könnten Sie ja dann zu Ihrer Bank begleiten.«

Der Geschäftsführer lachte.

»Mit dem Scheck kann der Hexer doch nichts anfangen. Aber vielleicht interessiert es Sie, die berühmte Halskette einmal zu sehen, die Mr. Lumière kaufen will? Wir haben fünfunddreißigtausend Pfund gefordert, aber er wird noch etwas herunterhandeln wollen. Natürlich suchen wir den höchsten Preis herauszuschlagen, aber er ist ein tüchtiger Geschäftsmann und versteht mehr von Edelsteinen als die meisten Leute, mit denen ich sonst zusammengekommen bin.«

Er schloß einen Safe in seinem Büro auf und nahm das Etui heraus, in dem das berühmte Schmuckstück aufbewahrt wurde. Die Brillanten und Smaragde funkelten bezaubernd.

»Der Wert dieser Kette liegt in den Steinen selbst, nicht in der Fassung. Wir haben sie von einem russischen Aristokraten zum Verkauf erhalten.«

Mander meldete sich bei Colonel Walford, der in Abwesenheit des Chefinspektors Bliss sein direkter Vorgesetzter war, und hielt ihm einen Vortrag darüber, welche Sicherheitsmaßnahmen er zum Schutz Lumières zu ergreifen gedachte.

»Es ist nur eine Frage der Organisation«, erklärte er großspurig. »Ich bewundere zwar die Arbeit des Chefinspektors, aber ich habe seine Methoden immer für ein wenig systemlos gehalten. Er läßt dem Verbrecher zuviel Möglichkeiten, zu entkommen. Wenn Sie mir Ihre Genehmigung geben, Colonel, möchte ich alle Machtmittel aufbieten, über die wir in Scotland Yard verfügen. Das ganze Hotel wird von Detektiven umgeben. In den Korridoren sämtlicher Stockwerke will ich Leute postieren, und wenn es dem Hexer dann noch gelingen sollte, in das Hotel zu kommen oder es wieder zu verlassen, muß er wirklich übernatürliche Kräfte besitzen.«

Colonel Walford, der Chefinspektor Bliss besonders schätzte, hörte diesen hochtrabenden Worten gelassen zu.

»In einer Beziehung müssen Sie vorsichtig sein, Inspektor«, sagte er. »Es ist möglich, daß der Hexer einen Helfershelfer hat, wahrscheinlich eine Frau. Der Mann arbeitet für gewöhnlich sehr schnell und hatte bisher immer Erfolg.«

Mr. Mander lächelte. »Ich habe aber schließlich auch meine Erfahrungen.«

Der Colonel war zu höflich, ihm zu widersprechen.

Mander ging in seiner Art sehr gründlich vor. Er durchsuchte alle Räume des Hotels, besonders die Zimmer, die neben Mr. Lumières Appartement lagen. In einem wohnte Miss Stacey, die am gleichen Tag angekommen war wie der Millionär. Sie war Lehrerin für Gymnastik und Körperkultur und amerikanische Bürgerin. Lumière erwähnte, daß er sich öfters mit der Dame unterhalten und erfahren habe, daß sie sich sehr vor Hotelbränden fürchte. Sie habe ihm gesagt, daß sie niemals in ein Hotel gehe, ohne sich genau über die Notausgänge zu informieren. Ihm erschien ihre Besorgnis in diesem Haus vollkommen überflüssig, denn es waren überall Alarmvorrichtungen angebracht.

»Beobachten Sie die Dame«, befahl Mander einem seiner Untergebenen. »Sie ist die verdächtigste Persönlichkeit im ganzen Hotel.«

Aber so sehr man ihr auch nachspürte, man konnte nichts Verdächtiges finden. Sie besuchte Vorträge über Hygiene und Körperkultur, die in einem schwedischen Institut gehalten wurden, und verkehrte nur mit einigen Berufskollegen, mit denen sie manchmal abends zum Essen oder zum Tanzen ausging.

Mander gab sich damit nicht zufrieden. Er ließ eine Detektivin kommen und beauftragte sie, die junge Dame nicht aus den Augen zu lassen.

Als er glaubte, alle Vorbereitungen getroffen zu haben, erhielt er telefonisch die Nachricht, daß der Kauf perfekt geworden sei. Er begab sich sofort persönlich in den Juwelierladen und sprach mit dem Geschäftsführer.

»Mr. Lumière hat die Halskette gekauft, und heute nachmittag um halb fünf soll sie ihm ins Hotel gebracht werden.«

Das war alles, was der Inspektor wissen wollte.

Er setzte nun seine große Maschinerie in Bewegung, um den durchtriebensten Gegner von Scotland Yard zu fassen. Beamte in Zivil wurden ausgeschickt, die alle Bahnhöfe bewachen sollten, und ein ganzes Heer von Aufpassern war im Hotel verteilt. Und als der Geschäftsführer der Firma Randwell & Coles kurz nach vier das Auto bestieg, das in der Bond Street auf ihn wartete, wurde er von vier Detektiven auf der Fahrt begleitet. Vor dem Eingang des Hotels standen zwei Polizisten in Uniform, und auf dem Korridor, an dem Mr. Lumières Zimmer lagen, patrouillierten zwei Beamte, auf die sich Mr. Mander ganz besonders verlassen konnte.

Der Inspektor selbst befand sich bei Lumière, als das kostbare Halsband überreicht wurde, und der Millionär mußte lachen, als er an das außerordentliche Aufgebot von Beamten im Hotel und in seinem Zimmer dachte.

»Schließen Sie die Tür«, sagte Mr. Mander mit gebieterischer Stimme, und sein Befehl wurde sofort ausgeführt. Der Juwelier nahm das Etui aus einer inneren Tasche, legte es auf den Tisch und öffnete den Deckel. Im Schein des Kronleuchters glitzerten die Steine in tausend Farben.

»Sie haben ein gutes Geschäft gemacht, Mr. Lumière.«

Der Millionär zuckte nur leicht die Schultern.

»Ich bin noch nicht sicher, daß es wirklich ein so gutes Geschäft ist«, sagte er gut gelaunt. »Aber auf jeden Fall ist es ja nun zum Abschluß gekommen, und Sie haben Ihren Scheck erhalten.«

Der Geschäftsführer betrachtete das Formular eingehend und steckte es dann in seine Brieftasche.

»Was machen Sie denn nun mit dem Schmuckstück?« fragte Inspektor Mander. »Wahrscheinlich lassen Sie es im Hotelsafe aufbewahren?«

Mr. Lumière schüttelte lächelnd den Kopf.

»Ich weiß einen viel besseren Aufbewahrungsort als den Hotelsafe. Niemand kennt ihn außer mir selbst. Ich kann Ihnen nur die Versicherung geben, daß selbst Sie und Ihre Detektive dieses Versteck nicht finden können.«

Mr. Mander runzelte die Stirn.

»Das möchte ich doch bezweifeln.«

»Mein Freund«, sagte Lumière liebenswürdig, »ich traue niemand. Wenn Sie oder einer Ihrer Beamten – vielleicht ist sogar der Hexer darunter, ohne daß wir es wissen – das Versteck der Kette nicht kennen, dann trifft nur mich der Vorwurf, wenn sie verlorengeht.«

Er nahm das Etui, ging schnell in sein Schlafzimmer und schloß die Tür hinter sich.

Der Juwelier sah den Inspektor an und lachte halblaut.

»Eigentlich hat er recht«, erklärte er. »Die Leute, die gewohnt sind, stets Juwelen zu tragen, werden selten bestohlen.«

Inspektor Mander wußte nicht, was er machen sollte. Er konnte nicht verlangen, daß ihm Mr. Lumière Auskunft gab, wo er die Juwelen verstecken wollte, und die unbestimmte Andeutung, daß sich der Hexer unter seinen Detektiven befinden könne, machte ihn unsicher. Ja, diese Worte beeindruckten ihn so sehr, daß er seine Beamten der Reihe nach musterte.

»Ich glaube, die Sache ist in Ordnung«, begann er gerade, als er draußen im Gang einen Schrei und rasche Schritte hörte.

Sofort eilte er hinaus und sah noch, wie eine Frau den Korridor zur Treppe entlangeilte. Die beiden Detektive waren schon hinter ihr her.

Mander raste in das Zimmer Lumières zurück und versuchte, die Tür des Schlafzimmers zu öffnen, fand sie aber verschlossen.

»Sind Sie da, Mr. Lumière?«

Er klopfte, erhielt jedoch keine Antwort. Nun rief er laut und warf sich dann mit seinem ganzen Körpergewicht gegen die Tür. Aber sie war fest und gab nicht nach.

»Kommen Sie schnell her – zwei Mann«, brüllte er wild.

Zwei der stärksten Beamten donnerten gegen die Tür. Das Holz krachte und splitterte, und sie flog auf.

Aber das große Schlafzimmer war leer. Eine Tür führte von hier aus zum Bad, eine andere auf den Korridor, und diese war nicht verschlossen. Von Mr. Lumière und der kostbaren Halskette fanden sie keine Spur.

Die Fenster waren auch geschlossen. Auf diesem Weg hatte sich niemand aus dem Raum entfernt. Die Zimmerflucht, die Mr. Lumière bewohnte, lag im vierten Stock, und die Fenster befanden sich in großer Höhe über dem Hof. An ein Herauf- oder Hinunterklettern war nicht zu denken.

Mander wurde bleich. Als er wieder in den Korridor hinaustrat, brachten die beiden Detektive gerade die junge Dame von nebenan zurück. Er erkannte sofort Miss Stacey, die sich wild wehrte. Sie war wütend, und es dauerte einige Zeit, bis man sie vernehmen konnte.

»Also, nun gestehen Sie doch ruhig alles ein – Sie sind eine Helfershelferin des Hexers«, sagte Inspektor Mander, als er sie in dem Wohnzimmer Mr. Lumières verhörte. »Er hat Ihnen die Halskette gegeben, und Sie versuchten, damit zu entfliehen. Wo ist Mr. Lumière?«

»Sind Sie verrückt?« fragte sie außer sich. »Wer ist denn überhaupt der Hexer? Feueralarm ertönte, und daraufhin bin ich zur Treppe geeilt. Gerade als ich unten in die Halle kam, haben mich diese beiden Kerle gepackt.«

Mander betrachtete sie ungläubig.

»Feueralarm? Das Hotel brennt doch nicht!«

»Und ich sage Ihnen, es war Feueralarm. Das rote Licht erschien an der Alarmvorrichtung«, erwiderte sie hartnäckig.

Er ging mit ihr und stellte fest, daß sie tatsächlich die Wahrheit gesprochen hatte. Die Alarmglocke klingelte noch, und das rote Licht leuchtete.

Der Inspektor kehrte vollständig fassungslos in Lumières Zimmer zurück. Auch das Hotelpersonal war jetzt alarmiert, aber niemand hatte etwas von Mr. Lumière gesehen.

»Wohin führt die Tür?« fragte Mander plötzlich und zeigte auf eine Korridortür, die dem Schlafzimmer des Millionärs gegenüberlag.

»Das ist der Gepäckaufzug«, erklärte der Hausdiener.

Mander eilte die Treppe zur Hotelhalle hinunter. Die Polizisten bewachten noch alle Ausgänge, aber sie hatten den Vermißten nicht bemerkt.

Der Inspektor war gerade im Begriff, in das Büro des Hoteldirektors zu gehen, als er eine unangenehme Stimme hinter sich hörte.

»Sie haben ihn also doch nicht gefaßt?«

Er wandte sich um und sah Chefinspektor Bliss, der ihn ironisch anlächelte.

»Ich bin heute nachmittag zurückgekommen, sobald ich Ihren Brief erhielt. Ich vermutete gleich, daß Sie in Schwierigkeiten kommen würden.«

Manders Wut war grenzenlos.

»Ich bin nicht in Schwierigkeiten gekommen«, brüllte er. »Sämtliche nur möglichen Vorsichtsmaßregeln habe ich ergriffen – alle Ausgänge des Hotels werden von Beamten bewacht –«

»Gehen Sie ruhig nach Scotland Yard zurück, und überlassen Sie das Weitere mir«, entgegnete Chefinspektor Bliss kühl.

Spät am Abend wurde Mander in das Büro seines Vorgesetzten gerufen. Bliss saß in seinem Stuhl und rauchte eine Zigarre.

»Nehmen Sie Platz«, sagte er mit eisiger Höflichkeit. »Zunächst möchte ich Ihnen erklären, warum ich von Nizza zurückkehrte. Als ich Ihren Brief erhielt, war mir sofort klar, daß sich der Hexer Ihre geringe Erfahrung zunutze machen würde. Er wußte, daß ich London verlassen hatte, da Sie das ja dummerweise in der Zeitung veröffentlichten. Deshalb konnte er getrost damit rechnen, daß Inspektor Mander seinen Brief an mich lesen würde. Das war die gerissenste Sache, die er sich jemals geleistet hat. Es mag ein kleiner Trost für Sie sein, daß ich in diesem Fall wahrscheinlich ebensowenig Erfolg gehabt hätte wie Sie. Wissen Sie denn eigentlich, wer hinter der Firma Randwell & Coles steht?«

»Ich weiß nur, daß es Juweliere sind, mehr nicht«, erwiderte Mander verstört.

»Randwell & Coles ist nur der Firmenname. Der Eigentümer ist sehr reich und hieß früher selbst Lumière. Vor einigen Jahren änderte er seinen Namen in Chapman. Und als der Hexer Ihnen schrieb, daß er einen Mr. Lumière berauben wolle, meinte er damit Mr. Chapman, der früher diesen Namen führte.«

»Wer war denn der andere Lumière?«

Mr. Bliss lächelte nur mitleidig.

»Doch nicht etwa der Hexer selbst?« fragte Mander entsetzt. Bliss nickte.

»Natürlich. Der Millionär aus New York, der im Savoy-Hotel wohnte, war unser alter Freund, nach dem wir schon so lange suchten. Unter den gegebenen Umständen war es sehr leicht für ihn, sich in den Besitz der Halskette zu setzen. Den Scheck über dreißigtausend Pfund, den er dem Geschäftsführer gab, hatte er gefälscht. Nachdem er in Scotland Yard einen Dummen gefunden hatte, der gewissermaßen für seine Persönlichkeit bürgte, war dieser Betrug nicht schwer durchzuführen. Sie haben seinen Anforderungen tatsächlich in bester Weise entsprochen, Inspektor. Durch Ihre weitgehenden Maßnahmen haben Sie dem Geschäftsführer jeden Zweifel an der Person dieses angeblichen Mr. Lumière genommen. Hätten Sie sich telegrafisch mit Mr. Sullivan in New York in Verbindung gesetzt oder auch nur mit der dortigen Polizei, so hätten Sie erfahren, daß Mr. Sullivan vor einem Jahr gestorben ist. Und wenn Sie sich die Mühe gegeben hätten, sich einmal die Briefe von der Polizeidirektion in New York anzusehen, die sich in unseren Akten befinden, so hätten Sie bemerkt, daß der Briefkopf ein ganz anderer ist.

Den Feueralarm hat der Hexer fabelhaft ausgenutzt. Er hatte sich öfter mit Miss Stacey unterhalten und wußte, daß sie große Angst vor Hotelbränden hatte. Das kam ihm vortrefflich zustatten. Im richtigen Augenblick hat er Kurzschluß herbeigeführt und die Alarmglocke in Tätigkeit gesetzt. Selbstverständlich erschrak die junge Dame furchtbar und floh Hals über Kopf die Treppe hinunter. Dadurch lenkte sie natürlich die Aufmerksamkeit der beiden Detektive im Korridor auf sich, die sofort hinter ihr herstürzten.

Und auf diese günstige Gelegenheit wartete der Hexer. Er ging schnell zum Gepäckaufzug und fuhr damit zum Erdgeschoß hinunter. Sein Äußeres hatte er in wenigen Sekunden verändert und das Hotel verlassen, bevor Sie überhaupt wußten, was los war!«

Mr. Mander sagte nichts mehr.

»Es ist doch nicht so leicht, den Hexer zu fangen – meinen Sie nicht auch?« fragte Bliss ironisch.

6

DER ERPRESSER

Mr. Exsome hatte in der Chancery Lane eine Stellenvermittlung für Hauspersonal. Er machte eine Spezialität daraus, Leuten neue Stellungen zu verschaffen, die aus irgendeinem Grund kein Zeugnis ihrer früheren Herrschaft beibringen konnten.

Diese Tatsache gab er nicht besonders bekannt, aber in den betreffenden Kreisen wußte man sehr gut, daß er die notwendigen schriftlichen Unterlagen für eine neue Stellung beschaffte, wenn man dafür zahlte.

Wir wissen, daß dieser Mann in den Diensten Mr. Hackitts stand, der augenblicklich in Indien weilt. Mr. Hackitt mußte sehr eilig abreisen, aber in einem Brief an uns sprach er nur in den anerkennendsten Worten über seinen früheren Hausmeister ...

Solche und ähnliche Briefe schrieb Mr. Exsome für seine Kunden. Er war sehr liebenswürdig und unterhielt sich freundlich mit ihnen. Gelegentlich ging er auch mit ihnen ins Wirtshaus und erfuhr dann gewöhnlich wichtige Dinge. Nebenbei war er nämlich auch noch Privatdetektiv und benützte die Mitteilungen seiner Kunden auf geeignete Weise.

War es möglich, daß Mrs. Z. in Abwesenheit ihres Gatten Mr. Y. eingeladen hatte? Wußte sie auch, daß ein Erpresser aus dieser Kenntnis Kapital zu schlagen suchte? Er gab den bestürzten Herrschaften dann den Rat, ihm die Angelegenheit zu überlassen. Er würde schon alles in Ordnung bringen, und über die Kosten könnte man ja später verhandeln.

Gewöhnlich willigte dann auch die fragliche Mrs. Z. in ihrem Schrecken ein, und von Zeit zu Zeit zahlte sie an ihren ›Beschützer‹ hohe Summen. Auf diese Weise verdiente Mr. Exsome ein Vermögen.

Seine Bekannten nannten ihn nur den ›Aal‹, weil er es vorzüglich verstand, allen Gefahren gewandt zu entkommen.

Er hatte eine schöne Villa in Ekham und eine Wohnung in Maida Vale. Auch besaß er ein prachtvolles Auto. Er machte sich nicht das geringste Gewissen daraus, daß zwei Menschen, die er erpreßt hatte, Selbstmord verübten und daß viele andere in schwere Sorgen gerieten. Um den Schmuck für seine etwas phlegmatische Frau kaufen zu können, hatten viele andere Schmuckstücke in die Pfandleihe wandern müssen, und die unglücklichen Leute, die er aussaugte, hatten ihre Villen mit Hypotheken überlastet oder verkauft.

Mr. Exsome war noch nie mit den Gerichten in Konflikt gekommen, denn er wußte sich in jedem Fall aalglatt aus der Affäre zu ziehen.

Mrs. Verriners Hausmeister verschwand eines Morgens mit dem Inhalt ihrer Schmuckkassette, während sie zu einer befreundeten

Familie aufs Land gefahren war. Als sie zurückkam, entdeckte sie, daß ihr Safe geöffnet war und daß sie Juwelen im Wert von dreitausend Pfund verloren hatte. Sie zeigte den Diebstahl sofort bei der Polizei an. Erst später kam ihr zum Bewußtsein, daß sie auch noch andere wertvolle Dinge vermißte.

Sie war eine energische Frau, ging zu Scotland Yard und teilte ihre Sorgen Chefinspektor Bliss mit. Offen sprach sie von ihrem Freund Bobbie, der sich zur Zeit in Indien aufhielt, und von ihrer Furcht vor ihrem eifersüchtigen Gatten. Sie erzählte Mr. Bliss allerdings nicht alles, was in Bobbies Briefen stand, aber der Polizeibeamte konnte sich den Rest selbst zusammenreimen.

Der Hausmeister wurde verhaftet, und Bliss verhörte ihn in Scotland Yard. Die meisten Juwelen hatte er bereits verkauft, und er behauptete, daß er die Briefe verbrannt habe.

»Ich hoffe, daß das stimmt, Cully«, sagte Bliss, der die Akte des Mannes genau kannte. »Fünf Jahre Zuchthaus bekommen Sie für die Sache. Aber wenn sich später herausstellen sollte, daß Sie die Dame erpreßt haben, verschaffe ich Ihnen eine weitere Strafe von zehn Jahren.«

»Ich will tot umfallen, wenn ich die Unwahrheit gesagt habe und wenn die Briefe nicht verbrannt sind.«

Mr. Cully fiel aber nicht tot um.

Das Gericht diktierte ihm eine Strafe von nur drei Jahren zu, und als er wieder aus dem Gefängnis kam, sah er sich nach einer neuen Beschäftigung um. Die Stellenvermittlung von Mr. Exsome war in Dartmoor wohlbekannt, und an diese Firma wandte er sich auch.

Mr. Exsome kannte die Vergangenheit Cullys und behandelte ihn außerordentlich liebenswürdig. Cully machte bald dunkle Andeutungen über eine gewisse Korrespondenz, die sich in seinem Besitz befand.

Am nächsten Tag brachte er die Briefe in Mr. Exsomes Büro, und dieser las sie sorgfältig durch. Später informierte er sich über die finanzielle und gesellschaftliche Stellung von Mrs. Verriner und entdeckte dabei, daß ihr ein jährliches Einkommen von zweitausend Pfund persönlich zur Verfügung stand und daß ihr Mann sehr wohhabend war.

Nach längerem Feilschen kaufte er die Briefe von Cully für dreihundertzwanzig Pfund und begann dann sofort aufgrund seines neuen Besitzes mit der Empfängerin der Briefe zu verhandeln ...

Mrs. Verriner hörte ihm zu, ohne ihn zu unterbrechen.

»Ihr früherer Hausmeister hat damit nichts zu tun«, erklärte Mr. Exsome. »Ich habe mir große Mühe gegeben, ihn aufzufinden, und er sagte mir, daß er die Briefe damals fortgeworfen habe. Der Mann, der sie augenblicklich in der Hand hat, muß sie gefunden haben.«

Mr. Exsome wartete vergeblich auf eine Erwiderung und sprach schließlich weiter.

»Dieser Mann will nach Australien gehen und sich dort eine neue Existenz gründen –«

»Das ist eine ganz allgemeine Phrase«, entgegnete sie kühl.

Mr. Exsome erkannte, daß er einen schweren Stand mit ihr haben würde. Sie gehörte zu den Frauen, die eventuell zur Polizei gingen und sich nicht so leicht einschüchtern ließen. Er faßte sie infolgedessen etwas vorsichtiger an.

»Madame, ich habe alles getan, was in meiner Macht steht«, sagte er und erhob sich, als ob er gehen wollte. »Mehr kann ich nicht tun. Der dumme Kerl hat tatsächlich die Absicht, sich an Ihren Gatten zu wenden. Ich habe vergeblich versucht, es ihm auszureden. Diese Leute wollen ja niemals Vernunft annehmen ...«

Durch eine Handbewegung lud sie ihn ein, wieder Platz zu nehmen. Und von diesem Augenblick an zahlte sie und erhielt nacheinander die kompromittierenden Briefe zurück, nur nicht den einen, auf den es besonders ankam.

In einem verlassenen Winkel ihres Landgutes in Berkshire stand ein kleines Häuschen, das ein französischer Künstler gemietet hatte. Er verbrachte meistens das Wochenende dort und hatte kein Personal.

Mrs. Verriner unterhielt sich einige Male mit diesem galanten, liebenswürdigen Herrn, und dann stellte er ihr seine Wohnung während seiner Abwesenheit zur Verfügung.

Kurze Zeit nachdem sie an Mr. Exsome zum erstenmal Schweigegelder gezahlt hatte, machte sie von dem Anerbieten des Franzosen Gebrauch.

»Ich habe manchmal Besuch, den ich im Herrenhaus nicht empfangen kann«, erklärte sie ihm, »und ich bin Ihnen sehr dankbar, Monsieur Vaux, wenn ich während Ihrer Abwesenheit mit den Leuten in Ihrem Haus verhandeln kann.«

»Ich freue mich, wenn ich Ihnen zu Diensten sein kann«, entgegnete der Franzose liebenswürdig. »Damit Sie immer wissen, ob ich hier bin, werde ich eine Trikolore an dem Flaggenmast hissen.«

Mit diesen Worten übergab er ihr einen der beiden Schlüssel des Hauses.

Wenn die Flagge nicht wehte, ging sie zu dem kleinen Haus hinüber, schloß die Hintertür auf und empfing dort Mr. Exsome.

An einem herrlichen Frühlingsabend saß Mr. Exsome in seiner Wohnung in Maida Vale und rauchte eine gute Zigarre. Noch zu später Stunde brachte ihm ein Bote einen Brief, dessen Inhalt ihn in großes Erstaunen setzte. Er war nur kurz und trug keine Anrede.

Ich habe entdeckt, daß Sie ein berufsmäßiger Erpresser sind. Solche Leute kann ich nicht leiden. Suchen Sie sich eine andere Beschäftigung. Ich warne Sie. Der Hexer

Mr. Exsome machte ein langes Gesicht, denn gerade zu dieser Zeit schrieben die Zeitungen sehr viel über die letzten Taten dieses Mannes.

Bald darauf trat seine Frau ins Zimmer.

»Lieber Ernie, du siehst ja so blaß aus – ist etwas geschehen? Hast du die Steuerveranlagung bekommen?«

Sie hoffte, ihn freundlich stimmen zu können, aber er lachte nicht.

»Halt den Mund«, sagte er böse.

Er wußte wohl, daß man sich vor dem Hexer in acht nehmen

mußte. Und gerade jetzt stand er im Begriff, eine sehr hohe Summe von Mrs. Verriner zu erpressen. In einem unbedachten Augenblick hatte sie ihm verraten, daß sie ein großes Vermögen von ihrem Onkel erben werde. Mr. Exsome hatte sofort Erkundigungen eingezogen und erfahren, daß dieser Herr schon nahezu achtzig Jahre zählte. Die Frau sollte also nicht so billig davonkommen. Und nun kam dieser Hexer dazwischen.

Als er das Haus verließ und in sein Auto stieg, riefen die Zeitungsjungen gerade aus:

»Der Hexer aufgefunden!«

Er kaufte ein Blatt, aber seine Hand zitterte so heftig, daß er kaum die große Überschrift lesen konnte. Als er den Artikel las, erfuhr er nicht viel Neues.

Der Hexer hatte vor einiger Zeit Mr. Graddle als Friseur in eine kleine arabische Stadt verschleppen lassen, und der junge Mann hatte dort drei Monate in dem Harem von Ibn el Masjik zugebracht.

Eines Tages setzte er sich hin und schrieb einen langen Brief über all das Mißgeschick, das ihn betroffen hatte. Er richtete ihn an den Außenminister in London, und durch Bestechung gelang es ihm tatsächlich, einen Kameltreiber zu finden, der das Schreiben beförderte. Auch seine Mutter benachrichtigte er. Aber der Brief an sie ging unterwegs verloren, als sich der Kameltreiber einmal betrank.

Dagegen kam der erste Brief nach langer Zeit in Whitehall an und wurde von dort aus nach Scotland Yard geschickt. Chefinspektor Bliss war wenig gerührt über das Schicksal von Julian Graddle, aber er interessierte sich um so mehr für gewisse Einzelheiten des Falles. Es gelang ihm auch, das Geheimnis aufzuklären, und er erfuhr von der Entführung der Kapitänstochter.

Nun hatte er einige Unterlagen, auf denen er fußen konnte, und diesmal hoffte er bestimmt, den Hexer zu fassen.

Ein Polizeiauto mit einer Anzahl von Detektiven erschien eines Tages unverhofft vor der kleinen Villa in Norbury, und es gelang Henry Arthur Milton gerade noch mit knapper Not, durch die Hintertür seiner Garage zu entschlüpfen, als der Polizeiwagen vor seinem Haus ankam. Trotzdem besaß er die Frechheit, mit einer Pfeife im Mund an den Detektiven vorüberzufahren.

Ja, er grüßte Bliss sogar, der sich aber gar nicht weiter um ihn kümmerte.

Am Abend wurde durch Polizeifunk von Scotland Yard aus ein Befehl an alle Polizeiwachen Londons gesandt:

Äußerst dringend! Braunen Buick-Zweisitzer T. D. 7418 anhalten. Wagen wurde vor zehn Minuten auf der Great West Road gesehen. Übereinstimmende Meldungen von Slough, Maidenhead und Reading eingelaufen. Der Mann am Steuer soll verhaftet werden. Achtung! Es wird vermutet, daß er Schußwaffen mit sich führt. Berichte an Chefinspektor Bliss, Scotland Yard.

»Diesmal werden wir ihn fangen«, meinte Inspektor Mander und strich sich befriedigt mit der Hand über das Kinn.

Bliss warf ihm einen unfreundlichen Blick zu.

»Vielleicht interessiert es Sie, daß der betreffende Wagen in Epping Forest gefunden wurde. Das liegt gerade in entgegengesetzter Richtung von dort, wo er zuerst beobachtet wurde. Und wenn Sie nichts weiter zu tun haben, ist es ja eine schöne Aufgabe für Sie, einmal den Weg aufzuzeichnen, den der Wagen gemacht hat. Ich habe das bereits getan, aber Sie sind ja sehr viel klüger als ich. Vielleicht kann ich noch etwas von Ihnen lernen.«

Die nächste wichtige Nachricht erhielt Scotland Yard von der Berkshire-Polizei. Monsieur Vaux kam einmal früher als erwartet zu seinem kleinen Wochenendhaus und bemerkte, daß jemand in seiner Abwesenheit dort geschlafen haben mußte, und zwar in einem Zimmer, das er selbst für gewöhnlich nicht benutzte. Er fand eine Autokarte dort, auf der mit roter Tinte zwei Routen eingetragen waren. Die eine führte nach dem Süden Englands, die andere durch Bronslough und Hampton auf großen Umwegen nach dem Norden Londons.

Er hatte der Polizei von dem Vorfall Mitteilung gemacht.

»Ich glaube, ich fahre am besten selbst hin und spreche mit Monsieur Vaux«, meinte Inspektor Mander. »Es wäre auch ganz interessant, wenn ich mir den Schauplatz einmal genauer ansehen könnte.«

»Sprechen Sie denn französisch?« fragte Bliss eisig.

»Nein, das gerade nicht – aber zur Not kann man sich doch verständigen –«

»Unter diesen Umständen ist es besser, daß die Polizei von Berkshire die Sache genauer untersucht.«

Mrs. Verriner erfuhr von der unangenehmen Tatsache durch ihren Mieter und war sehr bestürzt.

»Ich will ganz offen mit Ihnen sprechen«, sagte Monsieur Vaux. »Zuerst dachte ich mir nichts dabei, weil ich glaubte, daß es Ihr Freund sei. Sie sind eine Dame, und ich habe Ihnen meine Räume zur Verfügung gestellt. Aber als ich nun von dem Hexer hörte, schaute ich mich doch genauer in dem Zimmer um. Und was entdecke ich? Diese Karte! Ist es nicht merkwürdig? Als ich weitersuche, finde ich auch einen Revolver. Davon habe ich natürlich der Polizei nichts gesagt. Ich glaube, den behalte ich am besten zurück, obwohl ich mich nicht im mindesten fürchte. Aber ich kann ihn ja als Andenken aufbewahren. Ich erkundigte mich und hörte, daß Sie zu der fraglichen Zeit in London waren. Also konnte Ihr Freund nicht hiergewesen sein. Deshalb habe ich die Sache auch gleich der Polizei angezeigt.«

Mrs. Verriner sah sehr angegriffen aus. Dunkle Schatten lagen unter ihren Augen. Sie war in London gewesen, um eine Hypothek auf eins ihrer Häuser in Wiltshire aufzunehmen. Ihr Mann war bereits mißtrauisch geworden, da er etwas von den geheimen Zusammenkünften mit Mr. Exsome in dem Haus des französischen Künstlers erfahren hatte.

»Sie glauben doch nicht etwa, daß dieser Hexer schon längere Zeit hier gewohnt und mich eventuell mit meinem Freund belauscht hat?«

Monsieur Vaux schüttelte den Kopf.

»Nein. So ungalant wird doch der Hexer nicht sein.«

Exsome forderte mehr und mehr. Anfangs waren es hundert

Pfund, die er dem unbekannten Besitzer der Briefe nach Australien schicken mußte, schließlich wurden es Tausende.

Das Mißtrauen, mit dem Mr. Verriner seine Frau behandelte, bot ihr nur einen Vorgeschmack von dem, was kommen mußte, wenn er den wahren Sachverhalt erfuhr.

Der Erpresser wartete geduldig. Er wußte genau, wann er sie bedrängen konnte und wann er vorsichtig mit ihr umzugehen hatte.

Sie schrieb ihm verzweifelte Briefe, daß es ihr nicht gelingen wolle, die verlangte Summe aufzutreiben, aber schließlich erhielt er ein Telegramm.

Treffpunkt acht Uhr an der gewöhnlichen Stelle. Bringen Sie den Brief. Geldbetrag bereit.

Er nahm den kompromittierenden Brief aus dem Geldschrank, steckte ihn ein und wollte gerade zu einem kleinen Klub in Soho gehen, wo Rennwetten abgeschlossen wurden, als er ans Telefon gerufen wurde.

Es gibt mehr als achtzehntausend Polizisten in London, und es wäre ein Wunder, wenn sich unter ihnen nicht auch einige verbrecherisch veranlagte Charaktere befänden. Einer von diesen war wegen verschiedener Vergehen aus der Polizei entfernt worden, stand aber noch mit seinen früheren Kollegen in Verbindung und wußte alle wichtigen Dinge, die in Scotland Yard passierten. Für Mr. Exsome war dieser Mann von unschätzbarem Wert.

»Hier ist Joe«, sagte er, und wenn Joe so dringend sprach, wußte Mr. Exsome, daß Gefahr im Verzug war.

»Ist etwas nicht in Ordnung?« fragte er schnell.

»Ich habe eben etwas Wichtiges gehört. Bliss hat eine Anzeige gegen Sie erhalten. Jemand hat nicht dichtgehalten. Der Betreffende heißt Lynne.«

Mr. Exsome nickte. Er erinnerte sich genau an Lynne. Er war der Sohn eines reichen Börsenmaklers und durch Unvorsichtigkeit in eine sehr fatale Situation gekommen. Mr. Exsome hatte die Chance rücksichtslos ausgenützt.

»Ist schon ein Haftbefehl gegen mich ausgestellt?«

»Noch nicht, das kommt morgen. Sie stehen aber bereits von heute abend an unter Polizeiaufsicht.«

»Danke vielmals, Joe.«

Mr. Exsome war auf eine solche Krise gefaßt. Seine Depositenkasse lag nur ein paar Schritte von seiner Wohnung entfernt.

Zwanzig Minuten vor Kassenschluß ging er hin und hob so viel ab, daß der Vorsteher auf die Reserven zurückgreifen mußte.

Gleich darauf fuhr er zu seiner Wohnung zurück und sprach mit seiner Frau. Sie hatte ein Privatkonto, und er brauchte im Augenblick nicht für sie zu sorgen.

»Ich muß auf ein paar Monate verreisen«, erklärte er ihr, und sie nahm diese Mitteilung gelassen entgegen.

Er las das Telegramm, das er von Mrs. Verriner erhalten hatte, noch einmal durch und legte sich dann seinen Plan zurecht. Er wollte mit dem Zug nach Windsor fahren und sein Fahrrad mitnehmen. Von der Station aus konnte er durch den großen Park radeln und das kleine Haus auf dem Gut von Mrs. Verriner in der Dämmerung erreichen. Wenn er das Geld einkassiert hatte, wollte er mit dem Rad nach Slough fahren und dann mit der Bahn nach Plymouth. Er wußte, daß an diesem Abend noch ein Dampfer von dort nach Frankreich abging. Wenn der Haftbefehl gegen ihn erlassen wurde, war er schon längst in Sicherheit.

Es wickelte sich auch alles glatt ab, genau wie er es geplant hatte. In Ruhe konnte er durch den großen Park von Windsor radeln und kam sogar noch eine Viertelstunde zu früh vor dem einsamen Haus an. Niemand war in Sicht, als er durch das Gartentor ging und sich dem Haus näherte. In der Nähe der Hecke hatte jemand eine Grube gegraben, aber er interessierte sich nicht weiter dafür.

Die hintere Tür war nur angelehnt – Mrs. Verriner mußte also schon hier sein. Er lehnte sein Rad an die Wand und trat ein. Im Wohnzimmer brannte Licht.

»Schließen Sie die Tür«, hörte er die freundliche Stimme des Mannes, der am Tisch saß.

Mr. Exsome blieb wie versteinert stehen.

»Kennen Sie mich nicht?« fragte der Fremde lächelnd. »Nun, dann werden Sie sich gewiß freuen, wenn ich mich Ihnen als den Hexer vorstelle. Sie gehören zu den wenigen Menschen, die mich ohne Verkleidung sehen.«

»Der Hexer!« stammelte Exsome und wurde aschfahl.

»Laufen Sie nicht fort! Ich kann viel schneller schießen, als Sie sich bewegen können.«

Er hatte einen Browning in der Rechten.

»Wollen Sie nicht Platz nehmen, Mr. Exsome?«

Der Erpresser sank kraftlos auf einen Stuhl nieder. Er war unfähig, ein Wort hervorzubringen, und starrte Milton verzweifelt an.

»Haben Sie nicht vor einiger Zeit eine Warnung von mir bekommen?« fragte der Hexer liebenswürdig. »Ich bin schon länger auf Ihrer Spur. Sie waren allerdings ziemlich schlau und gerissen, und es ist mir sehr schwergefallen, Sie zu identifizieren. Außerdem war ich in der letzten Zeit mit anderen Dingen stark beschäftigt. Aber vor kurzem logierte ich zufällig hier im Haus. Ich habe nämlich einige Schlupfwinkel, die ich äußerst dringend brauche.

Als ich hörte, daß Mrs. Verriner hier einen Freund treffen wolle, fürchtete ich schon das Schlimmste. Aber schließlich geht mich das ja nichts an. Ich war aber neugierig, interessierte mich für den Fall und blieb hier, als Sie eines Tages hier mit ihr zusammenkamen. Auf diese Weise erfuhr ich alles. Wäre es eine gewöhnliche Liebesaffäre gewesen, so hätte ich der Sache keinen weiteren Wert beigelegt, aber es handelte sich um einen schweren Fall von Erpressung. Haben Sie den Brief mitgebracht?«

Exsome nickte.

»Legen Sie ihn auf den Tisch. Legen Sie auch das Geld dazu, das Sie von der Bank abgehoben haben. Heute nachmittag habe ich Ihnen telefoniert, und daraufhin haben Sie sich zur Flucht entschlossen. Ich kenne Ihre Beziehungen sehr genau und bin deshalb auch über Ihren Freund Joe orientiert.«

Er wartete einen Augenblick.

»Also schnell – Brief und Geld«, sagte er dann scharf.

Exsome gehorchte.

»Ist das alles, was Sie von mir wollen?« fragte er heiser.

Der Hexer schüttelte den Kopf.

»Nein, ich will noch mehr von Ihnen. Ich habe all Ihre Schandtaten nachgeprüft. Wissen Sie, daß zwei Ihrer Opfer sich das Leben genommen haben? Denken Sie noch an die unglückliche Frau, die sich mit Gas vergiftete, und an das arme Mädchen, das ins Wasser ging? Oder an den alten Geistlichen, der den Verstand verlor, nachdem Sie ihn um sechzehnhundert Pfund beschwindelt hatten? Nur diese wenigen Fälle will ich jetzt in Betracht ziehen.«

Mr. Exsome wußte das alles sehr gut, und zum erstenmal in seinem Leben schlug ihm das Gewissen.

»So, nun wollen wir nach draußen gehen«, sagte der Hexer und erhob sich.

Am nächsten Morgen erhielt Mrs. Verriner zwei Briefe. Einer kam von ihrem Rechtsanwalt, der ihr mitteilte, daß es ihm zu seinem größten Bedauern nicht gelungen sei, die Hypothek zu beschaffen. Der andere kam eingeschrieben und war drei Jahre alt. Sie wäre beinahe ohnmächtig umgesunken, als sie ihn sah. Ein kleiner Zettel lag dabei:

Ich werde Sie nicht wieder belästigen. Alles Geld, das ich von Ihnen erhalten habe, ist wieder bei Ihrer Londoner Bank eingezahlt.

Außer sich vor Freude warf sie den kompromittierenden Brief ins Feuer und atmete auf, von einer schweren Sorge erlöst.

Eine Viertelstunde später rief ihre Bank an und teilte ihr mit, daß das fragliche Geld tatsächlich per Post eingegangen war.

Ihr Mann war nach London gefahren, und als sie am Nachmittag die Trikolore am Flaggenmast des kleinen Hauses sah, ging sie hinüber. Monsieur Vaux war in seinem Garten und rauchte eine lange Zigarre. Als sie näher kam, grüßte er sie höflich.

»Ich bringe Ihnen den Schlüssel zurück«, sagte sie fröhlich.

»Gestern nachmittag waren Sie ja so sehr beschäftigt. Einer meiner Gärtner sagte mir, daß Sie eifrig gegraben hätten!«

Sie sah sich um, aber von der Grube war nichts mehr zu sehen. Dagegen war ein neues, ovales Gartenbeet mitten auf dem Rasen entstanden.

»Ich werde Blumen darauf pflanzen«, meinte Monsieur Vaux. »Als Einfassung machen sich vielleicht Vergißmeinnicht am schönsten. Sie sollen mich immer an den kleinen Dienst erinnern, den ich Ihnen erweisen konnte, Madame.«

Sie dachte nur an den Schlüssel, den er ihr überlassen hatte, aber er hatte etwas ganz anderes im Sinn, da er niemand anders war als der Hexer selbst.

7

EINE HERAUSFORDERUNG

Mr. Gilbert Orsan schrieb allerhand Artikel, die er an die Zeitungen sandte, aber er wollte kein Geld damit verdienen. Meistens behandelten sie die Verschwendungssucht der Armen und ähnliche Themen.

Über die Not der Armen mußte er allerdings im Bilde sein, denn er besaß viele Mietshäuser, und die Beträge, die ihm die Leute schuldeten, beliefen sich auf Tausende.

Es wurden aber sehr böse Dinge über ihn erzählt. Sowohl als Hausherr wie auch als Chef war er nicht beliebt. Er war der Eigentümer der großen Orsan-Warenhäuser, die in allen Teilen Londons lagen. Aber wenn er etwas von den Beschwerden über sich selbst hörte, tat er sie kurz als böswillige Verleumdung ab und stellte sie als Angriff Linksradikaler hin.

Auch Lila Brown hatte seinen hartherzigen Charakter kennengelernt. Sie war vollständig verzweifelt und machte sich die größten Vorwürfe.

Aber Mr. Orsan hatte sich seiner Meinung nach ihr gegenüber sehr großzügig benommen. Als er sich von ihr trennte, sagte er ihr, daß dergleichen eben vorkomme und daß es keinen Zweck habe, aus einer Mücke einen Elefanten zu machen. Früher war sie Mr. Orsans Privatsekretärin und Haushälterin gewesen, aber jetzt hatte sie ihre Stellung einer jüngeren Dame überlassen müssen und lebte in einer Pension in Hythe. Mr. Orsan zahlte ihr wöchentlich vier Pfund.

Das war sehr wenig, denn sie mußte davon nicht nur sich, sondern auch ein kleines Kind unterhalten.

In derselben Pension wohnte auch ein stiller, ruhiger Mann. Man wußte nicht genau, wie alt er war, aber er sah sehr gut aus, wenn sich auch sein Haar an den Schläfen bereits etwas grau färbte. Er stand mit allen Leuten gut, und alle schenkten ihm ihr Vertrauen. Sie beichteten ihm selbst Sorgen und Geheimnisse, die sie ihren nächsten Bekannten und Freunden nicht erzählt hätten. Besonders liebte er kleine Kinder, und er konnte auch sehr gut mit ihnen umgehen, denn er hatte früher, wie er sagte, einmal in Edinburgh ein Kinderheim verwaltet.

Chefinspektor Bliss suchte den Hexer überall, aber er hätte ihn nicht in dieser stillen Pension in Hythe vermutet. Aber Henry Arthur Milton erfuhr auf diese Weise von dem schlechten Charakter Mr. Orsans. Miss Brown erzählte ihm auch von dem geheimen Gang, der von der Garage zu seinem Arbeitszimmer führte und auf dem Leute in sein Haus kamen, die das Tageslicht zu scheuen hatten. Sie zeigte ihm ein Foto des Mannes, auf dem eine sehr intime Widmung stand. Für sie war es eine Erlösung, daß sie mit dem Hexer zusammenkam, denn sie mußte einen Menschen haben, dem sie all ihr Herzeleid anvertrauen konnte und der ihr aufmerksam und verständnisvoll zuhörte.

Mr. Orsan wohnte in einer prächtigen Villa in der Nähe des Hyde-Parks. Um sein Geschäft kümmerte er sich nicht besonders. Er brachte täglich nur zwei Stunden in seinem Hauptbüro zu und diktierte unangenehme Briefe an die Chefs der einzelnen Abteilungen.

Die andere Zeit verbrachte er gewöhnlich in seinem Haus, von dem aus man einen herrlichen Ausblick auf grüne Wiesen und schöne Baumgruppen hatte. Dort setzte er die Reden auf, die er in den verschiedenen Gesellschaften hielt.

Sein Arbeitszimmer war prachtvoll eingerichtet, und ein großer Marmorkamin schmückte die eine Wand. Er hielt viel auf Repräsentation, und seine Diener trugen glänzende Livreen mit Kniehosen und goldenen Tressen.

Eines Tages wurde ihm Chefinspektor Bliss gemeldet.

»Zum Teufel, was will denn dieser Polizeibeamte? Lassen Sie ihn nähertreten, Thomas.«

Er ärgerte sich sofort über Bliss, weil ihm dieser nicht so respektvoll entgegentrat wie die Leute, mit denen er sonst zusammenkam. Er sah in dem Chefinspektor nur einen Angestellten des Staates, dem man keine große Beachtung zu schenken brauchte.

Bliss legte seinen Hut beiseite und nahm Platz, ohne dazu aufgefordert zu sein.

»Sie sind wahrscheinlich gekommen, um wegen der Unterschlagung, die mein Kassier begangen hat, mit mir zu sprechen?« fragte Mr. Orsan herablassend. »Für derartige Sachen habe ich keine Zeit. Da müssen Sie sich schon an meinen Geschäftsführer wenden –«

»Sie irren sich, Mr. Orsan. Ich habe Sie aufgesucht, weil ich mit Ihnen über einen Brief sprechen wollte, den Sie an die Redaktion des ›Megaphon‹ geschrieben haben. Er handelt von Verbrechern im allgemeinen und fordert schwerere Strafen für sie.«

Mr. Orsan lehnte sich in seinen Sessel zurück und legte die Fingerspitzen zusammen. Dann nickte er verbindlich, denn es schmeichelte ihm, daß man sich in Scotland Yard um seine Ansichten kümmerte.

»Ach ja, den Artikel hatte ich schon ganz vergessen. Ich glaube, Sie geben mir vollkommen recht? Meine Anschauung über diese Leute ist –«

»Das kümmert mich im Augenblick sehr wenig«, entgegnete Bliss unliebenswürdig.

Mr. Orsan liebte es nicht, daß man ihn unterbrach, und er warf dem Chefinspektor einen feindseligen Blick zu.

»In Ihrem Artikel haben Sie auch den Hexer erwähnt. Sie sagen, man müsse die Polizei tadeln, weil sie diesen Verbrecher unbehelligt lasse.«

»Das ist auch vollkommen meine Meinung«, erwiderte Mr. Orsan mit Nachdruck. »Wahrscheinlich war es Ihnen unangenehm, daß das in der Zeitung stand. Aber da kann ich Ihnen nicht helfen. Ich habe eben meine Ansicht frei ausgesprochen, und ich glaube, daß ich dem Interesse der Allgemeinheit damit gedient habe.«

Bliss lachte.

»Es mag anderen Leuten ja ganz interessant sein, Ihre Ansichten zu lesen, aber wir kümmern uns nicht darum. Wir sind es gewohnt, daß man uns Vorwürfe macht, und ich bin nur zu Ihnen gekommen, um Sie zu warnen. Es ist nämlich sehr gefährlich, die Aufmerksamkeit des Hexers auf sich zu lenken. Außerdem haben wir in Erfahrung gebracht, daß er in der letzten Zeit in Hythe war.«

Mr. Orsan runzelte die Stirn. Hythe kam ihm so bekannt vor.

»Wieso sollte denn das eine Beziehung zu mir haben?«

»Dort wohnt eine junge Dame, die sich Mrs. Tredmayne nennt, aber, soviel ich weiß, eine gewisse Miss Brown ist. Vor einiger Zeit stand sie noch in Ihren Diensten. Ich weiß nicht, ob sie sich über Sie zu beklagen hat, aber ich nehme es an. Sie war ja Privatsekretärin und Haushälterin, und sie ist wirklich eine sehr hübsche junge Dame –«

»Ich weiß Bescheid über Miss Brown«, erwiderte Mr. Orsan ärgerlich. »Gewiß ist sie hübsch und jung, aber sie hatte eben das Unglück – nun, ich möchte nicht weiter mit Ihnen über die Sache sprechen ...«

»Das ist auch gar nicht nötig, Mr. Orsan«, erwiderte Bliss in seiner harten, unliebenswürdigen Weise. »Scotland Yard kann sich um solche Dinge nicht kümmern. Aber ich möchte wiederholen, daß der Hexer in derselben Pension wie Miss Brown gewohnt hat und daß Sie deshalb vielleicht recht unliebsame Überraschungen erleben werden. Unter diesen Umständen ist es doppelt unvorsichtig von Ihnen, durch Zeitungsartikel seine Aufmerksamkeit noch mehr auf sich zu lenken.«

Mr. Orsan erhob sich zu seiner vollen Größe und schaute auf Bliss hinunter.

»Ich wundere mich sehr, daß Sie derartige Ansichten äußern. Es ist doch meine Pflicht als Staatsbürger, auf die Krebsschäden der Gesellschaft aufmerksam zu machen und besonders der Polizei den Spiegel vorzuhalten, wenn sie ihre Pflichten vernachlässigt. Glauben Sie vielleicht, ich fürchte mich vor dem Hexer? In meinem nächsten Brief an die Redaktion des ›Megaphon‹ werde ich noch ganz anders über ihn schreiben!«

Bliss zuckte die Schultern, stand auf und nahm seinen Hut. »Ist es Ihnen noch nicht aufgefallen, daß wir Sie eventuell als Lockvogel benützen könnten, um den Hexer zu fangen?« fragte er. »Wir könnten uns unsere Aufgabe ja dadurch nur erleichtern, wenn wir Sie noch zu derartig herausfordernden Artikeln ermutigten.«

Auf diesen schlauen Gedanken war Mr. Orsan natürlich nicht gekommen.

Als Thomas den Besucher zur Tür begleitet hatte, klingelte Orsan seinem Sekretär und beauftragte ihn, alle nur irgendwie erreichbaren Angaben und Informationen über Henry Arthur Milton herbeizuschaffen. Dann setzte er sich hin und schrieb einen leidenschaftlichen Artikel über die Nachlässigkeit der Londoner Polizei.

Er wurde auch abgedruckt, aber im Grunde genommen kümmerte sich niemand darum. Der Redakteur der Zeitung strich ihn zusammen, damit ihm noch Platz blieb, um eine Anzeige über ein bekanntes Hundefutter unterzubringen.

Chefinspektor Bliss von Scotland Yard las den Aufsatz und grinste.

»Der Mann will sich nicht raten lassen, und wen die Götter vernichten wollen, den strafen sie mit Blindheit und lassen ihn Artikel im ›Megaphon‹ schreiben.«

Zwei Tage später erhielt Mr. Orsan einen Brief. Er war mit Maschine geschrieben, in einem nördlichen Bezirk Londons zur Post gegeben und trug keine Adresse.

Sie sind ein sehr interessanter Artikelschreiber. Können Sie denn Ihre Ansicht auch in einer öffentlichen Diskussion vertreten? Ich habe die Absicht, alle Ihre Mieter Weihnachten zu einem Essen einzuladen, und habe zu diesem Zweck bereits die Albert-Hall gemietet. Um neun Uhr abends erscheine ich dort auf dem Podium, um mit Ihnen über die Todesstrafe zu debattieren. Zeigen Sie Chefinspektor Bliss diesen Brief, und antworten Sie mir durch eine Annonce im ›Megaphon‹.

Henry Arthur Milton

»Blödsinn!« sagte Mr. Orsan, ließ sich aber mit Scotland Yard verbinden.

Er wurde wütend, als Bliss ihn kühl zu einer Besprechung in sein Büro einlud.

»Ich bin den ganzen Nachmittag zu Haus«, entgegnete er.

»Und ich bin den ganzen Nachmittag in meinem Büro. Kommen Sie um drei Uhr, dann habe ich zehn Minuten für Sie übrig.«

Trotz allen Widerstrebens fuhr Mr. Orsan zur festgesetzten Zeit nach Scotland Yard, aber er mußte erst noch eine Viertelstunde im Wartezimmer zubringen, bevor er in das kahle, nüchterne Büro des Chefinspektors geführt wurde. Bliss nahm den Brief und las ihn durch.

»Nun, wie steht's? Nehmen Sie die Herausforderung an?«

Mr. Orsan starrte ihn mißtrauisch an.

»Glauben Sie denn wirklich, daß der Hexer in die Albert-Hall kommen will, um mit mir zu debattieren? Das ist doch ganz unmöglich!«

»Wenn der Mann schreibt, daß er in die Albert-Hall kommen will, dann tut er es auch. Was mit Ihnen geschieht, das weiß ich noch nicht – aber auf jeden Fall wird es Ihnen nicht gut gehen. Setzen Sie nur ruhig die Anzeige in das ›Megaphon‹. Ich will mir alle Mühe geben, Sie vor Schaden zu bewahren.«

Mr. Orsan war nicht ängstlich, er war nur sehr erstaunt über diese Auffassung.

»Sie wollen doch nicht etwa behaupten, daß Sie diesen unsinnigen Brief ernst nehmen?«

»Gewiß, und ich gebe Ihnen nur den Rat, dasselbe zu tun.«

*

In den nächsten Tagen wurde Mr. Orsans Name überall genannt, und alle Zeitungen druckten einen Brief von ihm ab, in dem er den Empfang des Schreibens vom Hexer bestätigte.

Inzwischen stellte Scotland Yard fest, daß die Albert-Hall in South Kensington tatsächlich durch einen Agenten für den ersten Weihnachtsfeiertag gemietet worden war. Die Summe war im voraus bezahlt worden, und eine große Firma hatte den Auftrag bekommen, für die Bewirtung der dreitausend Geladenen zu sorgen. Auch diese Firma hatte alle Auslagen vorher vergütet erhalten.

Von einer Seite wurde darauf hingearbeitet, daß die Besitzer der Albert-Hall im öffentlichen Interesse den Vertrag aufheben sollten, aber Scotland Yard war anderer Ansicht. Inspektor Mander machte sowohl bei der Direktion der Albert-Hall als auch bei der Stadtküche Besuch und erklärte, daß die Polizei großen Wert auf Ausführung der Verträge lege.

Inspektor Mander hatte auf seinen Wunsch hin den Auftrag erhalten, alle nötigen Vorbereitungen zu treffen.

»Ich freue mich, daß ich Gelegenheit haben werde, meinen Mißerfolg im Fall Lumière wieder gutzumachen. Diesmal lasse ich mich nicht hinters Licht führen und täuschen.«

Bliss wollte zuerst Manders Bitte abschlagen, aber dessen Gesuch wurde höheren Orts befürwortet, da der Inspektor manche einflußreiche Freunde hatte.

Schließlich gab Bliss nach.

»Das ist allerdings eine Gelegenheit. Aber ich warne Sie! Es ist meiner Meinung nach die letzte Chance, die Sie haben. Ich übertrage Ihnen die Sache nur sehr ungern, denn ich bin davon überzeugt, daß der Beamte, der es bei dieser Weihnachtsfeier mit dem Hexer zu tun hat, den kürzeren ziehen wird.«

Mander lächelte.

»Wenn der Hexer sein Wort hält, dann muß er tatsächlich ein Zauberer sein.«

»Er wird sein Wort schon halten. Also tun Sie, was Sie nicht lassen können. Ich wünsche Ihnen viel Glück!«

Alle Mieter Mr. Orsans hatten Einladungen erhalten. Mr. Orsan wurde allgemein bekannt, man zeigte sich ihn und machte sich gegenseitig auf ihn aufmerksam, wenn er in der Öffentlichkeit erschien. Er war der Mann, der öffentlich mit dem Hexer debattieren wollte.

»Ich gebe Ihnen den guten Rat, vier Ärzte zu engagieren, die sich in der Nähe der Rednertribüne aufhalten. Außerdem einen Krankenwagen, in dem Sie Orsan zum Krankenhaus schaffen können.«

»Warum denn ausgerechnet vier Ärzte?« fragte Mander seinen Vorgesetzten.

»Zwei für Orsan und zwei für Sie«, erwiderte Bliss eine Spur ironisch.

Mr. Mander lächelte.

»Ich glaube nicht, daß der Hexer überhaupt auf der Bildfläche erscheint.«

»Sie sind und bleiben ein Narr«, entgegnete Bliss verstimmt.

Am Heiligen Abend erhielt Mr. Orsan einen zweiten Brief.

Halten Sie sich ja an Ihr Versprechen! Wenn Sie nicht in der Albert-Hall erscheinen, warte ich nur zehn Minuten auf dem Podium auf Sie – länger nicht.

Aber Mr. Orsan kümmerte sich in diesem Augenblick wenig um den Hexer, da ein neuer Kämpfer auf dem Feld erschienen war, der sich nicht nur brieflich mit ihm in Verbindung gesetzt, sondern ihn auch persönlich aufgesucht hatte.

Mr. Agnis war ein dickköpfiger, bärtiger Mann und ein fanatischer Gegner der Todesstrafe. Er hatte, wie er Mr. Orsan erklärte, überall gegen die Todesstrafe gekämpft, soweit die englische Sprache gesprochen wurde, und er bat Mr. Orsan, an Stelle des Hexers reden zu dürfen, wenn sich dieser an dem Abend nicht melden sollte. Er schien ein ganz achtbarer Mann zu sein, war gut gekleidet und behandelte Mr. Orsan mit der größten Zuvorkommenheit. Außerdem fuhr er in seinem eigenen Auto vor.

»Der Hexer wird unter keinen Umständen zur Versammlung kommen. Das Ganze ist doch nur ein übler Scherz. Aber warum sollten wir die Gelegenheit zu einer öffentlichen Debatte nicht ausnützen?«

Der Vorschlag kam Mr. Orsan nicht ungelegen, besonders da er seine Ansprache, und was er sonst sagen wollte, bereits schriftlich ausgearbeitet hatte, aber er war ein vorsichtiger Mann und setzte sich erst telefonisch mit Scotland Yard in Verbindung.

»Arthur Agnis?« sagte Inspektor Mander. »Das hat ja gerade noch gefehlt! Aber lassen Sie den Mann nur ruhig kommen. Wo wohnt er denn?«

»Danach habe ich ihn nicht gefragt. Heute abend ruft er mich an, um sich Bescheid zu holen. Er ist sehr liebenswürdig und umgänglich.«

Mander hatte alle Hände voll zu tun. Berittene Polizei hielt die ungeheure Menschenmenge im Zaum, die sich vor der Albert-Hall ansammelte.

Hunderte von Detektiven waren aufgeboten, und es wurden nur Leute mit Einladung in den Saal gelassen.

»Vergessen Sie nicht«, warnte Bliss den Inspektor am Nachmittag des vierundzwanzigsten Dezembers, »daß der Hexer keine Perücken und falschen Bärte braucht, um sich zu verkleiden. Wenn er irgendeine Rolle spielt, dann ist er auch der Mann selbst. Seine Stimme, seine Bewegungen, seine Art zu sprechen, alles ist ganz aus einem Guß.«

»Verlassen Sie sich nur auf mich«, erwiderte Mander.

»Das tue ich eben nicht«, entgegnete Bliss und überließ den Mann seinem Schicksal.

Von vier Uhr nachmittags an sammelten sich die Eingeladenen vor der Albert-Hall, und um sieben war das große Lokal bis zum letzten Platz gefüllt. Eine Kapelle sorgte für Unterhaltung. Es wurde sogar bekanntgegeben, daß nach der Debatte getanzt werden sollte.

Um halb neun begab sich Inspektor Mander mit drei Beamten zur Wohnung Mr. Orsans. Er wurde sofort in die Bibliothek geführt, wo ihn der Hausherr empfing und einlud, Platz zu nehmen.

»Gestatten Sie noch einen Augenblick? Ich möchte erst noch diesen Brief an das ›Megaphon‹ beenden.«

Er schrieb fünf Minuten, dann legte er die Feder nieder, löschte das letzte Blatt ab und steckte den Brief in einen Umschlag.

»Dieser Hexer ist am Ende ein gefährlicher Bursche?« meinte er.

»Das ist uns nichts Neues«, entgegnete der Inspektor.

»Machen Sie sich aber deshalb keine Sorgen. Sobald er am Eingang erscheint und seinen Namen nennt, wird er von Detektiven umgeben. Wir könnten ihn ja gleich verhaften, aber wir wollen doch erst einmal abwarten, wie weit er diesen Scherz treiben will.«

»Er wird doch aber nicht etwa auf mich schießen oder mich sonst irgendwie angreifen?«

»Verlassen Sie sich nur auf mich. Unter meinem Schutz sind Sie sicher.«

Das Auto Mr. Orsans wartete vor der Tür, und die fünf Herren fuhren zur Albert-Hall, wo sie durch einen Nebeneingang eingelassen wurden. Als es neun Uhr schlug, trat Mr. Orsan, umgeben von den Polizeibeamten, auf die Tribüne. Die Anwesenden, die im Augenblick all ihre Beschwerden über ihn vergaßen, jubelten ihm sogar zu. Nervös bestieg er das Podium und blieb mit gefalteten Händen stehen.

Tiefes Schweigen herrschte im Saal. Einzelne bevorzugte Reporter, denen es gelungen war, Zutritt zu der Versammlung zu erhalten, sahen sich neugierig um, von welcher Seite wohl der Hexer auftauchen würde.

Plötzlich entstand Unruhe, als ein bärtiger Mann in den Lichtkegel des Scheinwerfers trat. Mander hatte den Auftrag gegeben, die Rednertribüne hell zu erleuchten.

»Da der Hexer nicht gekommen ist«, begann er mit durchdringender Stimme, »möchte ich an seiner Stelle reden und mit Mr. Orsan über die Todesstrafe debattieren. Ich habe einige Notizen über dieses Thema zusammengestellt –«

Er faßte in die Tasche, aber noch bevor er seinen Zettel herausziehen konnte, war er von einer Schar von Detektiven umgeben, die ihn abführten.

»Die Sache wäre in Ordnung«, sagte Mander lächelnd.

»Mr. Orsan, es hat keinen Zweck, daß Sie noch länger bleiben.«

Vier Beamte brachten ihn wieder sicher aus der Halle, und der Inspektor eilte zu dem Verhafteten, um ihn zu verhören.

Mr. Agnis war außer sich vor Wut.

»Wenn Sie es noch einmal wagen, meinen Bart anzurühren, schlage ich Ihnen den Schädel ein!«

»Das ist wirklich ein echter Bart!« sagte ein Detektiv zu Mander. »Und der Herr hat auch genügend Personalausweise bei sich – er ist wirklich Mr. Agnis!«

Der Inspektor prüfte die Papiere und mußte zugeben, daß ein äußerst peinlicher Irrtum passiert war.

»Warum sind Sie denn überhaupt hierhergekommen?« fragte Mander.

»Weil ich dazu aufgefordert wurde. Ich bin extra von Manchester herübergefahren. Ein Herr hat mir fünfundzwanzig Pfund gegeben und mich beauftragt, mit Mr. Orsan zu debattieren.«

Der Inspektor sah ihn entsetzt an.

»Nun, auf jeden Fall ist dieser Herr nicht der Hexer. Ich sagte ja sofort, daß er nicht kommen werde, und tatsächlich ist er auch nicht erschienen. Bliss hat sich wieder einmal blamiert.«

Er fuhr nach Scotland Yard zurück, wo der Chefinspektor schon unruhig auf Nachrichten wartete.

»Zum Teufel, warum haben Sie denn nicht telefoniert?« fragte Bliss wild, als er hörte, was vorgefallen war.

Im nächsten Augenblick eilte er die Treppe hinunter und raste in einem Auto zu Mr. Orsans Haus. Ein Diener öffnete ihm.

»Jawohl, Mr. Orsan ist schon seit einiger Zeit zu Haus.«

»Wo ist er denn?«

»In seinem Arbeitszimmer.«

Aber dort war er nicht, und auch in seinem Schlafzimmer konnte man ihn nicht finden. Als man schließlich das ganze Haus durchsuchte, entdeckte man ihn endlich in einer kleinen Rumpelkammer unter dem Dach. Er war gefesselt und geknebelt und lag schon seit drei Uhr nachmittags dort oben.

Der Hexer war durch den Geheimgang, der von der Garage ins Arbeitszimmer führte, ins Haus eingedrungen, hatte sich in aller Ruhe das Aussehen Mr. Orsans gegeben und sogar die Unverschämtheit besessen, dessen eigenen Anzug anzuziehen. Und in dieser Verkleidung war er in der Albert-Hall auf das Podium gestiegen.

Aber er hatte vorher auch noch den Safe in der Bibliothek aufgebrochen und siebentausend Pfund in Banknoten herausgenommen.

Nach einigen Wochen erhielt Miss Brown diese Summe in einem Paket.

›Ein Geschenk von St. Nikolaus‹ stand auf dem kleinen Zettel, der dabeilag.

8
DER VAMPIR

In der Nähe des Dorfes St. Mary Church wäre eines Tages beinahe ein Autounglück passiert, aber glücklicherweise hatte der Vorfall keine schwereren Folgen.

In der Kurve begegneten sich zwei Autos, die mit rasender Geschwindigkeit fuhren. Beide befanden sich mehr oder weniger auf der falschen Seite und wären fast zusammengestoßen. Der Wagen Mr. Bayfords blieb auf der Straße, während der andere aus der Kurve geschleudert wurde, sich überschlug und in einem tiefen, überschwemmten Graben neben der Straße landete. Der Fahrer wäre sicher ertrunken, wenn Mr. Bayford nicht soviel Geistesgegenwart und Kraft besessen hätte, ihn zu retten. Aber dieser Mann hatte die Stärke dreier gewöhnlicher Leute und war außerdem in äußerst guter Stimmung, weil er von seiner Verlobungsfeier kam.

Mr. Bayford sprang sofort in den Graben und hob mit fast übermenschlicher Kraft den umgeschlagenen Wagen so weit an, daß er den Fahrer des verunglückten Fahrzeugs aus seiner verzweifelten Lage befreien konnte.

»Tut mir entsetzlich leid«, sagte Bayford liebenswürdig. »Wir haben wohl beide gleich wenig oder gleich viel Schuld.« Der andere lächelte schwach.

»Man hat mir schon immer prophezeit, daß ich eines gewaltsamen Todes sterben werde«, entgegnete er, »aber niemand hat mir gesagt, daß ich eventuell einmal in einem Chausseegraben mein Leben lassen würde.«

Er stellte sich Bayford dann als der Forschungsreisende Marksen vor.

»Donnerwetter«, sagte Bayford.

Er hatte zwar noch nie etwas von dem Forschungsreisenden Marksen gehört, aber er hielt ihn sofort für einen bedeutenden Mann.

»Es ist wohl das beste, wenn ich Sie in meinem Wagen nach Babbacombe bringe«, meinte er.

Aber in dem Augenblick, als er diesen Vorschlag machte, erschien der Gärtner der nahegelegenen Villa auf der Szene. Er und seine Herrin hatten den Unglücksfall von der Höhe aus beobachtet.

»Madame läßt Sie bitten, doch ins Haus zu kommen. Sie will an die Garage in Babbacombe telefonieren, und Sie können sich inzwischen erholen.«

Mr. Marksen war damit einverstanden, aber Mr. Bayford bestand darauf, selbst die nötige Hilfe herbeizuholen.

»Sie haben mir tatsächlich das Leben gerettet«, sagte Marksen, »und wenn ich daran denke, wieviel Gefahren ich schon durchgemacht habe, wäre es wirklich unrühmlich gewesen, mein Leben auf diese Weise zu beschließen ...«

»Ja, ja, das wäre verteufelt unangenehm gewesen«, entgegnete Bayford schnell, dem jeder Dank peinlich war.

»Hoffentlich komme ich eines Tages in die Lage, Ihnen einen Gegendienst zu erweisen.«

Marksen schüttelte Bayford kräftig die Hand und folgte dann dem Gärtner. Sie kamen an kurzgeschnittenen, gutgehaltenen Rasenflächen und an Blumenbeeten vorüber, die in satter Blütenpracht strahlten, und erreichten das moderne, schöne Landhaus. Eine ältere Dame begrüßte Marksen freundlich.

Sie trug ein dunkles Seidenkleid, ein weißes Häubchen und eine große Kameenbrosche.

Nachdem er ein heißes Bad genommen und den Sonntagsanzug des Gärtners angezogen hatte, führte ihn Mrs. Reville Ross durch das Haus und zeigte ihm ihre Schätze mit unverhohlenem Stolz.

Die Einrichtung war jedoch in mancher Beziehung disharmonisch. Die billige Vergrößerung einer Fotografie, die im Wohnzimmer hing, paßte zum Beispiel durchaus nicht zu den ausgesucht schönen Möbeln.

»Das ist mein verstorbener Mann«, erklärte sie. »Er kam bei einem Eisenbahnunglück ums Leben, aber er hat durch eine Versicherung für mich gesorgt. Sehen Sie, dies ist meine Tochter.« Sie nahm die große Brosche ab, klappte den Deckel auf und wies auf das Bild eines hübschen Mädchens von ungefähr sechzehn Jahren. »Sie haben sicher auch schon von ihr gehört, sie ist der bekannte Filmstar Stella Maris. Und sie ist Engländerin«, fuhr sie triumphierend fort, »obwohl sie alle Leute für eine geborene Amerikanerin halten. Wenn es bekannt würde, daß sie eigentlich Betty Ross heißt, würde sie sofort an Beliebtheit verlieren. Ich habe einen Zeitungsartikel hier, in dem sie behauptet, daß sie niemals in England war. Aber heimlich kommt sie jedes Jahr auf einen Monat zu mir. Sie glauben gar nicht, wie sehr meine Tochter mich liebt. Dieses Haus hat sie mir auch gekauft. Ich habe meine eigene Dienerschaft, einen Chauffeur, einen Gärtner, ein Auto und alles, was ich mir nur wünschen kann. Meine Tochter sagt, daß für mich nichts zu gut ist.«

Mr. Marksen hörte der alten Dame interessiert zu. Sie sprach den schönsten Londoner Cockney-Dialekt und paßte ihrer Erscheinung nach wenig in diese vornehme Villa.

Chefinspektor Bliss kannte Luise Makala, die er nur als ›Lou‹ bezeichnete. Zweimal schon hatte er länger mit ihr gesprochen und ihr ins Gewissen geredet, aber Luise ließ sich nicht leicht imponieren und noch viel weniger einschüchtern. Sie fürchtete sich nicht im geringsten vor ihm; er langweilte sie höchstens.

Lou besaß eine schöne Wohnung in der Grosvenor Street,

hatte einen Hausmeister, mehrere Diener und zwei Chauffeure. Außerdem besaß sie eine Villa auf dem Land, eine Wohnung in Paris und ein Landhaus in Leicestershire. Bliss und die meisten Männer, die sie kannten, hielten sie für die schönste Frau, der sie je begegnet waren. Aber diese schöne Frau war eine Verbrecherin, ein Vampir, und hatte schon viele Männer unglücklich gemacht und ausgesogen. Ihre Schönheit und ihre glänzende Erscheinung lockten genügend Opfer an.

»Wer ist die Dame?« fragte Sir George Cestein den Portier im Felles-Hotel.

Er hörte, daß es eine Miss Blenhardt sei, die Tochter eines reichen Australiers, und daß sie die teuersten Zimmer im Hause bewohne.

Sir George folgte ihr und hob den Handschuh, das Taschentuch oder irgendeinen anderen Gegenstand auf, den sie fallen ließ, aber vierundzwanzig Stunden später endete das Abenteuer sehr abrupt ...

»Entweder geben Sie mir sofort einen Scheck über fünftausend Pfund, oder ich rufe um Hilfe und schicke nach der Polizei!«

Sir George hatte nicht mehr getan als sie geküßt, aber er hatte die schreckliche Unvorsichtigkeit begangen, sie zu sich ins Margravine-Hotel einzuladen.

Er starrte sie entgeistert an. Ihr Kleid war zerrissen und ihr Haar zerwühlt, aber sie hatte sich selbst derartig zugerichtet. Er tobte und wütete, und sie drängte auf eine schnelle Entscheidung. Ihre Zofe erschien auf der Bildfläche, und er stellte tatsächlich den geforderten Scheck aus, den Lou sofort durch ihr Mädchen einkassieren ließ. Sir George drohte, gleich zu Scotland Yard zu gehen, aber solche Drohungen hatte sie schon zu oft gehört, um sich noch darüber aufzuregen.

Sie hatte ihre Absicht erreicht, denn kurz darauf waren die fünftausend Pfund in ihrem Besitz.

Als sie Bliss zum erstenmal begegnete – er hatte sie aufgesucht – und erfuhr, welche Stellung er bekleidete, erschrak sie nicht wenig, aber sie faßte sich bald wieder.

»Kennen Sie Sir Roland Perfenn?« fragte er sie streng.

Sie lachte, denn Sir Roland war Geheimer Staatsrat und ein eifriger Kirchenbesucher. Er wäre der letzte gewesen, der sie wegen einer Erpressung hätte anzeigen können.

»Behauptet er das etwa?« erwiderte sie kühl.

Bliss mußte diese Frage verneinen.

»Es ist mir allerdings zu Ohren gekommen ...«, begann er und erzählte ihr dann das Abenteuer des galanten und liebenswürdigen Sir Roland.

»Bringen Sie ihn doch hierher, mein guter Mr. Bliss. Das ist furchtbar einfach – Sie können ihn sofort anrufen – seine Nummer steht ja im Telefonbuch.«

Er war nicht in der Lage, ihrer Anregung zu folgen, aber er sprach väterlich auf sie ein.

»Bis jetzt haben Sie nur Männer 'reingelegt, denen es unmöglich ist, Sie anzuzeigen, weil sie sich in der Öffentlichkeit nicht bloßstellen dürfen. Aber früher oder später geraten Sie sicher einmal an den Unrechten. Und wenn dann der Richter fragt, ob jemand etwas über Sie aussagen kann, werde ich mich als Zeuge melden und unter Eid aussagen: ›Diese Dame ist eine bekannte Erpresserin.‹ Sie wissen, daß Sie in diesem Fall eine Strafe von zwanzig Jahren bekommen.«

Sie lachte ihm nur ins Gesicht.

»Wenn ein General die Schlacht verliert, ist es eben aus mit ihm, und wenn ein Löwenbändiger die Bestien nicht im Zaum halten kann, fressen sie ihn auf ... fangen Sie jetzt bloß nicht noch von dem Krug an, der so lange zum Brunnen geht, bis er bricht, sonst schreie ich um Hilfe. Wenn ich einen Fehler mache, muß ich eben zahlen. Aber verlassen Sie sich darauf, ich werde keinen machen. Darf ich Ihnen einen Cocktail anbieten?«

Bliss lächelte grimmig und schüttelte den Kopf.

Sie saß auf der Lehne eines großen, prachtvollen Sessels, legte den Kopf auf die Seite und sah ihn spöttisch an.

»Anstatt mir solche Moralpauken zu halten, sollten sie mich eigentlich um Unterstützung bitten. Ich glaube, ich bin die einzige Person in London, die den Hexer fangen könnte!«

Er ärgerte sich über diese Anzüglichkeit. In der letzten Zeit hatte der Hexer wieder viel von sich reden gemacht, ohne daß die Polizei auch nur den geringsten Erfolg buchen konnte.

»Passen Sie nur auf, daß er Sie nicht faßt«, erwiderte er etwas lahm.

»Um Himmels willen, meinen Sie, der Hexer könnte mir etwas anhaben? Glauben Sie mir, Mr. Bliss, wenn in Scotland Yard Frauen wie ich säßen, wäre er schon vor Jahren gefaßt worden. Ich wünschte nur, er würde einmal mit mir anbinden – sehen Sie her!«

Sie ging zum Kamin und blieb dicht davor stehen.

Er konnte deshalb nicht bemerken, daß sie eine kleine Tür in der Marmorumrahmung öffnete. Als sie sich wieder umdrehte, hielt sie einen Browning in der Hand.

»Haben Sie einen Waffenschein?« fragte er schroff, aber sie lachte ihn nur aus.

»Seien Sie doch vernünftig. Natürlich habe ich einen. Aber viel wichtiger ist, daß ich tatsächlich mit einer Pistole umgehen kann. Ich war mit einem Farmer verheiratet und habe zwei Jahre in Australien gelebt. Wir wohnten in einer einsamen Gegend, und er hat mir das Schießen beigebracht. Was bekomme ich, wenn ich Ihnen den Hexer fange – eine Medaille?«

Er schüttelte den Kopf.

»Wir werden gnädig mit Ihnen verfahren, wenn Sie vor dem Richter stehen.«

Sechs Monate später machte Lou doch einen großen Fehler. Mr. Bayford war noch jung und unternehmungslustig, obwohl er mit der jüngsten Tochter Lord Rendleshams verlobt war. Zufällig lernte er Lou kennen, und diese schöne Frau bezauberte ihn sofort. Ihre Einladung, zum Tee zu ihr zu kommen, schmeichelte ihm über alle Maßen. Allgemein galt der hübsche Mr. Bayford als unheimlich reich, da sein Vater Millionär war, aber er wurde mit Geld sehr kurz gehalten und wußte genau, daß sein Vater ihm keine größeren Summen zur Verfügung stellen würde.

Als Lou ihre große Szene aufführte und einen Scheck über zehntausend Pfund forderte, fiel er aus allen Wolken und konnte kaum noch klar denken.

»Sie unverschämte Person! Das ist ja schamlos! Ich habe Ihnen das Kleid doch nicht zerrissen – ich habe Sie nur geküßt! Sie sind wohl ganz verrückt, daß Sie so etwas behaupten wollen!«

Seine Worte ließen sie kalt und gleichgültig.

»Wo soll ich denn zehntausend Pfund hernehmen? Ich habe doch keine zehntausend Pfund ...«

Aber plötzlich erinnerte er sich, daß sein zukünftiger Schwiegervater gerade an diesem Tag zehntausend Pfund auf sein Bankkonto überwiesen hatte. Damit wollte er eine Teilhaberschaft kaufen. Im ganzen sollten zwanzigtausend Pfund eingezahlt werden, und sein Vater wollte morgen die andere Hälfte zahlen. Lou hatte sich eingehend über die finanzielle Lage ihres Opfers informiert.

»Reden Sie doch nicht solchen Unsinn! Ich kenne Ihr Bankguthaben genau. Sie haben über elftausend Pfund auf Ihrem Konto bei der Western-Bank.«

Mr. Bayford hatte sich so weit gesammelt, daß er überlegen konnte. Jetzt erst erkannte er die verzweifelte Situation, in der er sich befand. Mit seinem Vater stand er nicht besonders gut, und der alte Herr hatte schon die Absicht geäußert, sein Vermögen einer wohltätigen Gesellschaft zu vermachen. Außerdem nahm Lord Rendlesham derartige Angelegenheiten sehr ernst, denn er beklagte sich dauernd über den Verfall der Moral. Und seine Braut liebte ihn zwar, aber wenn sie von dieser Affäre erfuhr, würde sie sicher sofort die Verlobung lösen.

All dies fiel ihm schwer auf die Seele. Er wurde bleich und nervös und stellte schließlich den Scheck in der gewünschten Höhe aus. Lou hielt ihn noch so lange in der Wohnung zurück, bis die Zofe das Geld von der Bank geholt hatte.

In der Zwischenzeit sagte er ihr, was er von ihr hielt, aber sie wußte bereits auswendig, was Männer in einem derartigen Fall zu sagen pflegen, und gab sich keine weitere Mühe, seine erregten Worte anzuhören.

Sie hielt es auch nicht für der Mühe wert, ihren eigenen Standpunkt ihm gegenüber zu vertreten und ihre Handlungsweise zu rechtfertigen. Ihrer Meinung nach waren die Männer geborene Räuber und Banditen, die rücksichts- und skrupellos die Ehre der

Frauen zerstörten. Sie wollte deshalb ihr Geschlecht an den Männern rächen. Aber das hatte sie schon so oft gesagt, daß es ihr zu langweilig wurde.

»Ja, Sie sind in einer verteufelt unangenehmen Lage«, meinte sie schließlich. »Wenn Sie wollen, können Sie ja zur Polizei gehen oder sich an den Hexer wenden. Der nimmt sich ja immer der bedrängten Unschuld an. Ich würde ihm doch zu gern einmal begegnen!«

Nach einer Weile kam die Zofe wieder, und Mr. Bayford wurde entlassen.

Mr. Bayford wankte auf die belebte Straße hinaus und ging ziellos nach Westen zu. An wen sollte er sich in seiner Not wenden? An seinen Vater?

Er schauderte bei diesem Gedanken. Ebensowenig Verständnis würde er bei Lord Rendlesham und seiner Tochter finden. Nein, zu diesen Leuten konnte er nicht gehen.

»Hallo, wie geht es Ihnen, Mr. Bayford?« fragte ihn plötzlich jemand.

Er wandte sich verwundert um und starrte den Mann an, der freundlich die Hand auf seinen Arm legte.

»Ach, Mr. Marksen! Wie ist es Ihnen denn nach Ihrem Unfall ergangen? Hoffentlich haben Sie sich keine Erkältung geholt?«

Eine schwache Hoffnung tauchte in ihm auf. Vielleicht konnte ihn dieser Mann retten. Wenn man kostspielige Expeditionen ausrüstete, mußte man doch über ein großes Vermögen verfügen. Solche Leute hatten manchmal unheimliches Glück und fanden in versunkenen Städten Goldschätze. Mr. Marksen trug allerdings einen nicht gerade sehr eleganten Golfanzug, und auch seine Pfeife sah ziemlich alt aus. Außerdem hatte er sich in der letzten Zeit einen kleinen, blonden Schnurrbart wachsen lassen. Aber darin hatte Mr. Bayford unrecht. Mr. Marksen hatte auch schon vor dem Unfall einen kleinen Schnurrbart getragen, nur hatte er ihn bei dem unfreiwilligen Bad im Chausseegraben verloren.

»Sagen Sie, sind Sie nicht eben aus Lethley Court gekommen? Jemand hat mir noch vor ein paar Tagen gesagt, daß eine –

bekannte Abenteuerin dort wohnt ... eine Dame ... na, mich geht die Sache ja nichts an.«

Bayford sah ihn verstört an.

»Eine – eine Dame?« fragte er mit stockender Stimme.

»Ja, wenn Sie sie so nennen wollen. Einer meiner Freunde ist wegen einer verhältnismäßig harmlosen Torheit in große Schwierigkeiten geraten. Glücklicherweise konnte ich ihm helfen. Aber das interessiert Sie sicher nicht ...«

Bayford war nicht nur interessiert, sondern direkt fasziniert. »Kommen Sie doch bitte mit zu mir«, sagte er dringend.

Mr. Marksen schaute auf seine Uhr und zögerte, bevor er zustimmte.

Bliss hatte wirklich recht, wenn er behauptete, daß der Hexer sich nicht nur verkleidete, sondern tatsächlich im Augenblick der Mann war, dessen Rolle er spielte. Seine unermüdlichen Nachforschungen hatten ihn auch auf Lous Spur gebracht. Er hatte vor dem Eingang von Lethley Court gestanden, als sie und ihr letztes Opfer vorfuhren. Da er aber ihre Methoden noch nicht genau kannte, hatte er die Zofe nicht beachtet, die fortging, um den Scheck zu kassieren. Als er jedoch Bayford blaß und verstört aus dem Haus kommen sah, wußte er, was geschehen war. Merkwürdigerweise erkannte er erst dann den jungen Mann wieder, der ihm vor einiger Zeit das Leben gerettet hatte.

Bayfords Wohnung lag in der Nähe, aber er begann erst zu erzählen, als sie sich im Wohnzimmer gegenübersaßen.

»Es ist mir etwas Unglaubliches passiert«, sagte er verzweifelt. »Ich habe mich in eine ganz gemeine Falle locken lassen – natürlich werden Sie denken, ich sei ein durchtriebener Gauner, aber ich schwöre Ihnen, daß ich nicht die leiseste Ahnung hatte, als ich die Einladung zum Tee annahm ... Sie verstehen doch, was ich sagen will?«

Glücklicherweise kannte Mr. Marksen die Zusammenhänge, denn aus der verworrenen Erzählung, die er zu hören bekam, hätte er sich unter gewöhnlichen Umständen kein Bild von dem Vorgefallenen machen können.

»Zehntausend Pfund – das ist allerdings eine hübsche Summe! Und das schlimmste ist, daß Ihnen das Geld nicht einmal gehörte. Nun, ich will auf jeden Fall versuchen, es für Sie zurückzubekommen.« Bayford sah ihn erstaunt an.

»Aber wie wollen Sie denn das machen?«

»Ich werde es von ihr verlangen. Heute abend noch sollen Sie einen Scheck bekommen. Und verlassen Sie sich darauf, daß er auch eingelöst wird.«

Lou verließ selten ihre Wohnung in der Grosvenor Street nach dem Abendessen, da sie kaum jemals Theater und mondäne Luxuslokale besuchte. Sie speiste stets zu Haus, meistens allein, manchmal allerdings auch mit einem ihrer Opfer.

Auch an diesem Abend blieb sie zu Haus, schrieb in ihrem hübschen Arbeitszimmer Schecks für Lieferanten aus und stellte Berechnungen an. Ihr Leben war sehr kostspielig und verschlang ungeheure Summen. Aber sie mußte ihren Haushalt in diesem Stil führen, um die reichen jungen Leute in Sicherheit zu wiegen.

Im Grunde war sie sogar recht sparsam und wirtschaftlich. Sie erpreßte ihre Opfer um große Beträge, aber sie führte genau Buch und war absolut frei von Verschwendungssucht. Sie trank nicht, rauchte selten, wettete und spielte nicht.

Sie wurde in ihrer Beschäftigung gestört, als einer der Diener eintrat und ihr den Marquis de Crevitte-Soligny meldete. Sie sah auf und schlug dann verwundert in ihrem Terminkalender nach, da sie sich diesen Besuch nicht erklären konnte.

»Der Marquis de Crevitte –? Führen Sie ihn herein.«

Vielleicht war er der Freund eines Bekannten, der zu ihr kam, weil er eine begeisterte Schilderung ihrer Persönlichkeit gehört hatte.

Sie kannte den großen, schlanken, weißhaarigen Herrn nicht, der sich galant vor ihr verneigte und ihr die Hand küßte. Er sah hübsch und interessant aus, trug einen kurzen grauen Schnurrbart und hielt sich militärisch aufrecht. In seinem Knopfloch steckte die Rosette der Ehrenlegion.

»Madame scheinen sich nicht auf mich besinnen zu können?« fragte er auf französisch.

Sie schüttelte den Kopf. »Ich bitte tausendmal um Verzeihung, aber ich wüßte wirklich nicht, mein lieber Marquis –«

»Nun, das ist vorzüglich«, erwiderte er auf englisch, drehte sich langsam um, ging zur Tür und schloß ab.

Im nächsten Augenblick war sie am Kamin und öffnete das Geheimfach mit der Marmortür. Aber bevor sie die Pistole herausholen konnte, hörte sie seine Stimme.

»Lassen Sie die Pistole, wo sie ist. Ich habe hier eine Waffe in der Hand. Ich werde Sie nicht damit erschießen, aber wenn ich sie gebrauche, ist Ihr Gesicht derartig entstellt, daß Sie sich nach einem anderen Beruf umsehen müssen. Drehen Sie sich zu mir um.«

Sie gehorchte.

»Wer sind Sie denn?«

Er lächelte.

»Der Mann, dem Sie so gern einmal begegnen wollten – der Hexer!«

Sie starrte ihn ungläubig an.

»Was? Sie sind der Hexer? Dann haben Sie wohl eine Perücke aufgesetzt?«

Er nickte.

»Nehmen Sie Platz, liebe Kollegin! Sie haben meinen jungen Freund heute um zehntausend Pfund gebracht.«

Kein Muskel in ihrem Gesicht zuckte.

»Sie sprechen von Dingen, die ich nicht verstehe«, begann sie.

Er lachte leicht auf, legte die Waffe auf den Tisch, zog einen Stuhl herbei und ließ sich nieder.

»Die Sache scheint ja länger zu dauern, als ich dachte, Miss Ross.«

Diese Worte trafen sie, denn sie schrak zusammen.

»Ich tadle Sie nicht, weil Sie sich an charakterlosen Männern bereichern. Denen geschieht ganz recht, wenn sie ihr Geld verlieren. Und Sie haben sich Ihre Opfer bis jetzt mit derartiger Sorgfalt ausgesucht, daß ich Ihre Klugheit bewundere.«

In diesem Augenblick klopfte es an der Tür. Der Hexer ging mit einigen Schritten geräuschlos hin und drehte den Schlüssel um, ohne daß man etwas hören konnte.

»Herein!« rief Lou atemlos. Ihre Wangen hatten sich vor Aufregung gerötet, und ihre Augen glänzten triumphierend.

Der Diener Bennet trat ein.

»Chefinspektor Bliss von Scotland Yard«, meldete er.

Sie sah den Hexer durchdringend an. Er stand am Tisch, legte die Hand auf die Waffe und ließ sie gleich darauf unauffällig in der Tasche verschwinden.

»Lassen Sie Mr. Bliss näher treten«, sagte sie ruhig.

Bevor Milton ein Wort sagen konnte, öffnete sich die Tür weiter. Offenbar hatte Bliss schon draußen gewartet. Er sah von Lou zu dem tadellos gekleideten Fremden.

»Ich möchte nicht stören, Miss Makala. Was wir zu besprechen haben, ist nicht so eilig.«

»Aber bitte, treten Sie doch näher«, erwiderte der Hexer höflich. »Ich wollte sowieso gehen.«

»Bleiben Sie hier«, befahl sie. Sie stand jetzt dicht am Kamin und konnte den Browning herausziehen, wenn Bliss hereintrat und zwischen ihnen durchging.

Der Hexer zuckte leicht die Schultern. »Ganz wie Sie wünschen ...«

Chefinspektor Bliss grüßte ihn durch eine leichte Verbeugung.

Auch Milton verbeugte sich.

»Es ist ein glücklicher Zufall, daß ich Sie hier treffe«, meinte er, »denn ich möchte Sie in einer schwierigen Sache um Rat fragen. Ich kenne eine alte Dame, die in einer schönen Villa in Devonshire lebt. Sie glaubt, daß ihre Tochter mit dem berühmten Filmstar Stella Maris identisch ist. Aber das stimmt nicht. Ich frage Sie nun: Sollte man die alte Dame nicht besser aufklären und ihr sagen, ihre Tochter ist ... nun, was sie eben ist?«

Lou war kreidebleich geworden und setzte sich nieder.

»Ich weiß nicht, was mich das angehen sollte«, erwiderte Bliss unhöflich, wandte sich dann an Lou und sprach leise mit ihr. »Miss Makala, ich wollte nur von Ihnen hören, ob Sie jemals einen gewissen Mr. Marksen getroffen haben?«

Er beschrieb ihr den Mann kurz, aber sie verneinte.

»Die Polizei ist davon überzeugt, daß er der Hexer ist. Er hat in der letzten Zeit Nachforschungen nach Ihnen angestellt. Kennen Sie vielleicht einen Privatdetektiv dieses Namens?«

»Nein«, entgegnete sie entschieden.

Bliss wandte sich nach dem anderen Herrn um, der vor dem Spiegel stand und sich betrachtete.

»Wer ist das eigentlich?« fragte er leise.

»Der Marquis de Crevitte-Soligny«, erwiderte sie nach einer kurzen Pause. »Ich kenne ihn schon seit mehreren Jahren.«

Bliss gab ihr noch einige Instruktionen, was sie tun solle, wenn Mr. Marksen bei ihr Besuch mache, aber sie hörte kaum zu.

Kurz darauf verabschiedete sich der Chefinspektor, und die Haustür fiel hinter ihm ins Schloß.

»Also, jetzt wären wir soweit«, sagte der Hexer liebenswürdig. »Ich möchte Sie bitten, mir einen Scheck über zehntausend Pfund zugunsten Mr. Bayfords auszustellen.«

»Und wenn ich das nicht tue?«

Er sah ihr lächelnd ins Gesicht.

»Dann zwingen Sie mich dazu, zu Ihrer Mutter zu gehen und ihr einmal reinen Wein über Ihr Gewerbe einzuschenken«, erwiderte er höflich. »Sie wird sich ja gerade nicht sehr darüber freuen, wenn sie erfährt, daß Sie kein Filmstar, sondern eine ganz gemeine Erpresserin sind.«

Er hatte sie scharf angesehen und wußte, daß er das Spiel gewonnen hatte. Er hatte entdeckt, wie er die Erpresserin erpressen konnte.

»Es ist doch merkwürdig«, sagte Bliss, »daß sich Lou plötzlich vom Geschäft zurückgezogen hat. Sie hat all ihre Häuser und Besitzungen verkauft und wohnt jetzt irgendwo in Devonshire. Ich wette, sie hat Angst vor dem Hexer bekommen!«

9

DER SCHWEIZER OBERKELLNER

Der Hexer hatte einen eigentümlichen Charakter. Er war anderen Leuten gegenüber hilfsbereit, aber er half stets auf eine eigene Weise. In Scotland Yard hielt man ihn für eitel und hoffte immer, ihn eines Tages dadurch zu fangen. Stets hatte er darauf reagiert, wenn sein Name direkt genannt wurde. Nur Chefinspektor Bliss teilte die Ansicht der anderen Beamten nicht.

Die drei Verbrecher Lijah Hollander, Grab Sitfort und Lee Morane arbeiteten zusammen. Der alte Lijah hatte ein durchfurchtes Gesicht; Grab war von großer Gestalt und zeigte ein offenes, gewinnendes Wesen. Er hatte bereits weiße Haare und gab sich als Farmer aus Alberta aus. ›Dr.‹ Morane war ein ungeschlachter Mensch mit abstoßendem Äußeren und schlechten Manieren. Ob er überhaupt jemals auf der Universität einen Grad erworben hatte, wußte man nicht, aber auf jeden Fall verstand es niemand besser als er, die Karten zu mischen. Er war der Führer der Bande und übernahm in Streitfällen eine ganz besondere Aufgabe. Der kleine, schmächtige Lijah Hollander war wie Grab äußerst liebenswürdig. Aber der Doktor wurde sofort unleidlich, wenn eines ihrer Opfer auch nur die leiseste Andeutung machte, daß das Spiel nicht ehrlich sei.

Mr. Bliss hatte schon häufig geäußert, daß der Hexer seiner Meinung nach den besten Nachrichtendienst in ganz Europa organisiert habe, aber seine Verbindungen erstreckten sich wahrscheinlich auch nach Amerika hinüber.

Der Dampfer ›Romantic‹ war noch sechzehn Stunden von Southampton entfernt. Im Rauchsalon hielt sich kaum noch jemand auf, denn um Mitternacht waren die vernünftigen Passagiere zu Bett gegangen. Immerhin waren doch einige aufgeblieben, um Poker zu spielen. Unter ihnen befand sich auch ein Journalist, der New York besucht hatte, um unterwegs die Methoden der Verbrecher auf den großen Dampfern zu studieren. Er war Kriminalreporter einer bedeutenden Zeitung Londons, hatte aus beruflichem Interesse an dem Spiel teilgenommen und vierzig Pfund verloren, bevor er wußte, was los war. Daraufhin zog er sich zurück und beobachtete von einem Seitentisch aus die Spieler. Als das letzte Opfer mit hochrotem Kopf und in großer Erregung gegangen war, trat er wieder zu Dr. Morane und seinen Verbündeten.

»Vierzig Pfund haben Sie mir vorhin abgenommen – die werden Sie mir jetzt wieder zurückgeben. Ich lerne gern dazu, aber ich lasse mich nicht um mein Geld betrügen.«

»Hören Sie einmal ...« begann der Doktor und richtete sich zu seiner vollen Größe auf.

»Den ganzen Abend habe ich Sie nun beobachtet und gesehen, wie Sie die vier obersten Karten abhoben. Sie machen das so gerissen, daß es kein anderer merkt. Also, wenn Sie nicht vernünftig sein wollen, muß ich Ihnen einmal die Situation klarmachen. Bei Tagesanbruch kommt ein Beamter von Scotland Yard an Bord, und ich bin Kriminalreporter des ›Megaphon‹. Wenn Sie meiner Aufforderung nicht folgen, mache ich Ihnen mehr Scherereien als ganz Scotland Yard – die vierzig Pfund habe ich sauer verdient. Danke.«

Der Doktor hatte ihm während der letzten Worte das Geld über den Tisch geschoben und war nicht aufgebraust, wie es sonst seine Gewohnheit war. Ja, er bestellte sogar noch vier Whisky-Soda.

»Sie haben eine vollkommen verkehrte Meinung von uns, aber wir sind Ihnen deshalb weiter nicht böse«, erklärte er, als der Steward die Gläser auf den Tisch stellte. »Als Sie mich eben ankrakeelten, glaubte ich schon, Sie seien der Hexer.« Er lachte verschmitzt. »Hören Sie, wenn der Hexer in New York wäre, hätte man ihn schon vor Jahren gefaßt. Einmal hat er auch versucht, mich zu bluffen, aber da habe ich ihm die Zähne gezeigt. Das ist eine Tatsache – nicht wahr?«

Grab nickte. »Ja, so war es«, sagte er und gähnte.

»Persönlich habe ich ihn allerdings nicht getroffen. Wir sprachen nur am Telefon miteinander. Ich wohnte damals im Astoria in London. Hätte ich ihn tatsächlich vor mir gehabt, so wäre der Hexer erledigt gewesen. Meinst du nicht auch, Grab?«

Der weißhaarige Grab stimmte wieder zu. Er hatte überhaupt die Aufgabe, stets zu bestätigen, was der Doktor glaubte, behauptete, versicherte oder annahm.

Kurz darauf endete die Unterhaltung.

Die drei Spieler verließen den Dampfer in Cherbourg und reisten nach Süden weiter, denn um diese Jahreszeit hielten sich die reichen Engländer gern in den sonnigen Gegenden Südfrankreichs auf. Morane und seine Freunde blieben einige Zeit in Paris und fuhren dann in verschiedenen Zügen nach Nizza, wo sie auch in getrennten Hotels wohnten. Hier gelang es ihnen, einen reichen Brasilianer beim Spiel auszuplündern. Nach Monte Carlo gingen sie nicht, denn dort bedeutete das Spielkasino eine zu große Konkurrenz für sie. Sie fuhren über Cannes und San Remo nach Mailand und wandten sich dann der Schweiz zu.

»Im Rhonetal gibt es einen neuen Kurort, in dem ein Hotel nach dem andern gebaut wird«, meinte Morane. »Sie haben eine neue Bobbahn dort eingerichtet, die gefährlicher ist als alles, was man bisher erlebt hat. Es kommen so viele Fremde hin, daß die Leute auf den Billardtischen schlafen.«

Eine Woche später kam ›Mr. Pilking‹, alias Grab Sitfort, in das Hotel Excelsior und stampfte den Schnee von den Füßen. Ein unheimlicher Sturm tobte im ganzen Rhonetal, und die einzige Straße des kleinen Dorfes Arcy-sur-Rhône war eine weiße Schneewüste, durch die sich selbst die Schlitten nur mit Mühe einen Weg bahnen konnten.

Mr. Pilking trug einen Skianzug von dunkelblauem Tuch. Seine Skier hatte er in der Hotelhalle an die Wand gelehnt, aber die langen Stöcke hatte er noch in der Hand. Er verlangte seinen Schlüssel und nahm auch die Post in Empfang, die inzwischen für ihn angekommen war. Dann ging er durch die weite Halle die Treppe hinauf zu seinen Zimmern.

Die Gäste des Hotels wußten nur von ihm, daß er große Geschäftsinteressen in Mittel- und Nordengland hatte. Er erzählte, daß er sich eigentlich nicht einmal während seines Urlaubs Ruhe gönnen könne, aber seine Post war nicht sehr umfangreich.

Ob Mr. Sam Welks eigentlich hierher gehörte, war zweifelhaft. Er war ein starker, untersetzter Herr, der den ganzen Tag im Sportanzug herumlief. Nicht einmal zum Abendessen kleidete er sich um und benahm sich auch sonst auffällig.

Mr. Pilking sah ihn im Vorübergehen. Der Mann hatte sich mit dem Rücken an einen Pfeiler gelehnt und gestikulierte heftig mit den Händen, wobei seine vielen Brillantringe im Licht der großen elektrischen Kronleuchter aufblitzten.

»Nein, mir geht nichts über London. Sie können über die Schweiz und die Berge sagen, was Sie wollen, so schön wie ein Frühlingstag am Themseufer ist sonst nichts auf der Welt. Dafür schenke ich Ihnen Paris, Berlin, Wien, Venedig und Rom. Über London geht eben nichts. Vor allem nicht New York, sosehr die Amerikaner auch den Schnabel aufreißen. Und für mich ist London ein ganz besonders gutes Pflaster. Ich habe dort in einer Woche mehr verdient als die dicken amerikanischen Millionäre in einem ganzen Jahr. Ja, wer's versteht, kann in London Geld machen . . .«

Er sprach gewöhnlich über Geld. Der Oberkellner mit dem schwarzen Haar, der alle europäischen Sprachen beherrschte, hörte schweigend zu und lächelte vor sich hin, denn er kannte London auch ganz genau. Er war erst seit einer Woche in diesem Hotel angestellt, aber er wußte bereits über jeden Gast Bescheid. Zufällig war er am selben Tag eingetroffen wie Mr. Pilking und seine beiden Freunde.

Dr. Morane schaute auf, als Grab ins Zimmer stapfte.

»Du hast dich ja ordentlich mit den Skiern vergnügt«, sagte er bewundernd. »In meiner Jugend habe ich die Kunst auch geübt. Vielleicht schnalle ich mir die Bretter mal wieder an und gebe Sam Unterricht.«

Lijah Hollander wachte aus seinem Halbschlaf auf und goß sich ein Glas Wasser ein.

»Wir speisen heute abend mit diesem Sam Welks, Grab«, sagte

er. »Ich habe mich nach Tisch mit ihm angebiedert. Natürlich habe ich ihn zuerst gewinnen lassen, denn ich dachte, daß es besser sei, ihm erst einmal Appetit zu machen. Der Kerl ist allerdings kolossal gerissen, das habe ich schon heraus.«

Morane schenkte sich ein Glas Whisky ein.

»Einen gerissenen Jungen mag ich gern, aber ich kann Oberkellner nicht leiden, die mich an jemand erinnern, den ich schon einmal gesehen habe.«

Grab schaute den Doktor scharf an.

»Alle Oberkellner sehen sich mehr oder weniger ähnlich. Es ist sehr leicht möglich, daß wir ihm schon einmal begegnet sind. Diese Leute sind auch wie die Zugvögel und wandern wie wir von Hotel zu Hotel, je nach der Saison. Besinnst du dich noch auf den Kerl in Seattle, mit dem du geboxt hast? Das war zu der Zeit, als du noch mit Luise Podolski herumliefst.«

Der Doktor machte ein böses Gesicht, denn an diese Affäre durfte man ihn nicht erinnern. Er wurde immer nervös, wenn er an die Nacht in dem kleinen Hotel in Seattle dachte. Er hatte Luise Podolski in seiner Betrunkenheit verprügeln wollen, und nur durch das Dazwischentreten eines deutschen Kellners war sie davor bewahrt worden.

»Luise war eines der hübschesten Mädchen«, sagte Hollander nachdenklich.

»Halt den Mund, ich will nichts von Luise hören!« brüllte der Doktor. »Die Frage ist, lassen wir diesen Welks heute abend gewinnen, oder machen wir gleich ganze Arbeit?« Grab war dafür, ihn erst hinzuhalten, aber er konnte für gewöhnlich die Lage nicht richtig beurteilen. Hollander meinte, daß Sam Welks eine einmalige Gelegenheit sei.

»Diese gerissenen Jungens sind alle so«, sagte er. »Man läßt sie zuerst gewinnen, und wenn sie einem das Geld abgeluchst haben, packen sie ein und sagen, sie wissen genau, wann sie aufhören müssen zu spielen, und man sieht sie nie wieder. Wir werden ihn heute abend ordentlich einseifen und ihm soviel als möglich abnehmen. Vielleicht will er dann morgen das Geld wieder von uns zurückgewinnen.«

Morane stimmte zu.

Hollander klopfte die Zigarrenasche von seiner Weste, kämmte sein wildes Haar zurecht und ging nach unten, um das Opfer zu suchen.

Mr. Welks, der überhaupt selten einmal schwieg, schwang gerade wieder große Reden. Hollander sah den neuen Oberkellner im Hintergrund, der alles genau beobachtete.

Mr. Welks war in ärgerlicher Stimmung, denn der Geschäftsführer des Hotels hatte ihm in der höflichsten Weise zu verstehen gegeben, daß es eine Höflichkeit den anderen Gästen gegenüber wäre, abends einen Smoking anzuziehen.

»Solche Verrücktheit«, polterte er. »Das paßt doch nicht mehr in unsere Zeit! Das ist ein Snobismus, der die Klassenunterschiede betonen will! Ich habe dreiundzwanzig Jahre in Leytonstone gelebt und mir niemals abends einen schwarzen Kittel angezogen, höchstens, wenn ich irgendwo eingeladen war. Warum soll ich mir denn hier diese Mühe machen, wo ich mich doch erholen will? Es ist geradezu skandalös! Ich zahle überall mein gutes Geld, wo ich wohne. Hier muß ich siebenundzwanzig Schweizer Franken zahlen, und wenn ich mich dafür nicht einmal kleiden kann, wie ich will, werde ich mir eben ein anderes Hotel suchen. Ich möchte wissen, warum ich mich wie so ein verdammter Kellner anziehen soll!«

Mr. Hollander sah das spöttische Lächeln in den Zügen des Oberkellners, obwohl sich der Mann den Anschein gab, nicht zuzuhören.

»Da haben Sie vollkommen recht«, pflichtete er bei. »Wenn ich mich ankleiden will, dann kleide ich mich an, und wenn ich es nicht will, dann lasse ich es eben bleiben.«

»Sehen Sie, Sie sind ein vernünftiger Mann«, erklärte Mr. Welks.

Hollander nahm ihn am Arm und ging mit ihm zur Bar.

»Wenn Sie irgendwelche Unannehmlichkeiten hier im Hotel haben sollten, dann halte ich selbstverständlich zu Ihnen. Mr. Pilking ist auch ein tadelloser Kerl. Der ist ebenso wie ich Amerikaner und vollkommen unserer Meinung.«

Sie stießen miteinander an, und Mr. Welks nahm die Einladung zum Abendessen in dem Wohnzimmer Mr. Pilkings an.

Die beiden anderen kamen wie von ungefähr auch an die Bar, um diese Einladung zu bestätigen. Eine Stunde lang führte Mr. Welks das große Wort und sprach von seinen Baukontrakten, von dem Geld, das er während des Krieges verdient hatte, und von den traurigen Verhältnissen seiner Konkurrenten, die es nicht so gemacht hatten wie er. Der Mann war derart egozentrisch, daß er nur von sich und seinen Angelegenheiten reden konnte, und er war auch so naiv, daß er glaubte, alle Leute müßten sich dafür ebenso interessieren wie er.

Nachdem er gegangen war, begab sich Dr. Morane auf sein Zimmer, um noch einige notwendige Vorbereitungen für das Essen und das Spiel zu treffen, das sich daran anschließen sollte. Er drückte die Klinke der Wohnzimmertür herunter, fand sie aber verschlossen. Im selben Augenblick hörte er drinnen ein Geräusch, als ob ein Stuhl umgeworfen würde. Bevor er zur Bar hinuntergegangen war, hatte er das Licht brennen lassen, und als er sich jetzt bückte und durch das Schlüsselloch sah, war es vollkommen dunkel in dem Zimmer.

Er ging zur Tür seines Schlafzimmers, aber auch diese war von innen verriegelt. Bei Pilkings Schlafzimmer, das nebenan lag, hatte er mehr Glück, denn die Tür war nicht verschlossen. Er trat ein und machte Licht. Die Verbindungstür zwischen dem Schlaf- und dem Wohnzimmer stand weit offen. Er machte auch dort Licht. Zu seinem größten Erstaunen war die Tür vom Wohnzimmer zum Korridor nicht verschlossen, und als er darauf in sein eigenes Schlafzimmer ging, konnte er dasselbe auch bei der Tür von dort nach dem Gang feststellen.

Nirgends zeigte sich eine Spur, daß jemand in dem Zimmer gewesen war. Es befand sich alles in bester Ordnung, und wenn vorher ein Stuhl umgestoßen worden war, so stand er jedenfalls jetzt wieder aufgerichtet. Kurz entschlossen öffnete Morane den großen Kleiderschrank, aber er konnte nur die Anzüge und Mäntel entdecken, die er dort aufgehängt hatte.

Schnell trat er auf den Korridor hinaus und sah einen Mann, der anscheinend von der Treppe kam, einen Augenblick stillstand, als ob er sich überlege, was er tun solle, und dann verschwand. Aber Dr. Morane hatte den Oberkellner erkannt.

Tief in Gedanken versunken kehrte er in sein Zimmer zurück und durchsuchte es aufs neue. Aber er konnte nichts finden. Nachdem er die Türen abgeschlossen hatte, öffnete er einen kleinen Koffer, der auf einem Gestell stand und über hundert Päckchen Karten enthielt. Jedes war mit einem Gummiband zusammengehalten, und alle waren sorgfältig gemischt. Auch hieran konnte er nichts Auffälliges wahrnehmen. Er verschloß den Koffer wieder, ging zu seinen Freunden und erzählte das Vorgefallene.

»Es muß jemand im Zimmer gewesen sein, und ich weiß sehr wohl, wer es war.«

Hollander schaute ihn bestürzt an.

»Vielleicht ist einer der Kellner ein Detektiv? In St. Moritz hat die Schweizer Polizei damals auch ihre Detektive in ein Hotel geschickt und die Mosser-Gesellschaft verhaften lassen.«

»Dieser Oberkellner mit dem schwarzen Haar hat unsere Räume durchsucht. Das bedeutet nichts Gutes. Wir wollen Welks heute abend das Fell über die Ohren ziehen und dann machen, daß wir fortkommen, falls er etwas anzeigen sollte . . .«

»Der wird nichts anzeigen«, erwiderte Hollander, der große Menschenkenntnis besaß. »Wie ich ihn beurteile, gibt er überhaupt nicht zu, daß ein anderer ihn 'reingelegt hat. Er wird wahrscheinlich ein zweites Mal spielen wollen, aber ich bin durchaus dafür, daß wir ihn rupfen, sobald wir können. Heute abend wollen wir einen großen Zug machen.«

Mr. Sam Welks ging nicht unvorbereitet in das Zimmer seines Gastgebers. Hollander hatte das Spiel vorgeschlagen, aber Mr. Pilking schien wenig Lust dazu zu haben. Er hatte schon unten an der Bar erklärt, daß er nicht gern um Geld spiele. Man wisse nie genau, ob die Leute, die beim Spiel verlören, sich den Verlust auch wirklich leisten könnten.

Sam Welks hatten diese Andeutungen in Harnisch gebracht, und er protestierte heftig dagegen, als sie vor dem Essen einen Cocktail tranken.

»Ich muß sagen, daß es mir ganz gleich ist, ob andere Leute verlieren oder nicht. Wenn sie es sich nicht leisten können, dann sollen sie eben die Finger von den Karten lassen. Dieser Oberkellner hatte doch tatsächlich die Frechheit, mir den Rat zu geben, daß ich nicht mit Fremden spielen solle. Ich habe ihm natürlich gesagt, daß er sich um seine eigenen Angelegenheiten kümmern solle. So eine Unverschämtheit ist mir wirklich noch nicht vorgekommen – wenn jemand beim Kartenspiel von mir gewinnt, nun, dann wünsche ich ihm viel Glück. Aber ich sage Ihnen, mich legt man nicht herein. Ich bin mit den gerissensten Leuten in London zusammengekommen, und die haben sich alle an mir die Zähne ausgebissen.« Er lachte selbstzufrieden. »Wissen Sie, wenn ein Mann so weit gereist ist wie ich, dann muß ein anderer schon sehr tüchtig sein, um ihn zu fangen. Einmal war ich in Margate . . .«

Sie ließen ihn ruhig reden.

Das Abendessen in dem kleinen Salon war ein Erfolg. Grab war von Haus aus ein Feinschmecker und hatte das Menü mit größter Sorgfalt zusammengestellt.

Mr. Welks trug einen Sportanzug mit auffälligem Muster und als weiteren Verstoß gegen die guten Sitten ein dunkelrotes Seidenhemd mit weichem Kragen.

»Sie müssen mich nun einmal nehmen, wie ich bin. Andere Leute haben das auch tun müssen. Ich nehme keine Rücksicht und erwarte sie auch nicht von anderen. In meinem Haus in Leytonstone herrscht volle Freiheit in bezug auf Etikette. Ich frage keinen, wer sein Vater war und so weiter. Wenn ich gewollt hätte, wäre ich längst geadelt, aber darum kümmere ich mich nicht. Aus Titeln mache ich mir schon gar nichts.«

Als die Kellner nach dem Essen einen mit grünem Stoff bezogenen Spieltisch ins Zimmer schoben, protestierte Mr. Pilking wieder.

»Ich spiele wirklich nicht gern um Geld. Obwohl ich Sie beide sehr gut kenne, bin ich doch mit Mr. Welks erst sehr kurze Zeit bekannt, und ich habe es mir eigentlich zur Regel gemacht, nicht mit Fremden zu spielen.«

Er deklamierte diese Phrasen hundertmal im Jahr und hatte auch jedesmal den gewünschten Erfolg bei seinem Opfer.

»Hören Sie einmal zu«, entgegnete Welks heftig. »Wenn mein

Geld Ihnen nicht gut genug ist, brauchen wir ja nicht zu spielen. Ich kenne Sie doch auch nicht! Und mein Geld ist doch wohl so gut wie jedes andere. Geld hat immer seinen Wert – hier ist meins.«

Er steckte die Hand in die Tasche und zog ein Paket Schweizer und englischer Banknoten heraus.

»Die Schweizer sind Tausender, und diese guten alten englischen Scheine sind Hundertpfundnoten. Nun zeigen Sie einmal Ihr Geld.«

Mr. Pilking konnte meisterhaft schauspielern. Nur zögernd brachte er es zum Vorschein. Die anderen folgten seinem Beispiel.

In der ersten Viertelstunde hatte Mr. Welks Glück. Mit diesem Trick arbeiteten die drei stets, wenn sie jemand übers Ohr hauen wollten. Morane legte unauffällig ein neues Spiel Karten auf den Tisch, während Welks sein Geld zählte und die kleinen Scheine von den großen sonderte.

»Heben Sie ab«, sagte er und schob ihm die Karten zu.

»Verteilen Sie«, entgegnete Mr. Welks.

Irgend etwas stimmte nicht mit den Karten. Welks sollte vier Königinnen in der Hand haben und der Doktor vier Könige. Morane hatte allerdings die vorher bestimmten Karten. Das Bieten begann.

Hollander warf seine Karten erst weg, als sechshundert Pfund geboten worden waren. Grab bot noch bis achthundert mit, dann folgte er Lijahs Beispiel. Der Doktor bot tausend.

»Und zweihundert«, sagte Welks kühn.

Dr. Morane kalkulierte schnell. Der Mann war ein paar tausend Pfund wert, wenn man ihn nur in der richtigen Weise behandelte.

»Ich halte mit«, erwiderte er und wäre beinahe zusammengebrochen, als Mr. Welks triumphierend vier Asse zeigte.

Hollander nahm unauffällig die Karten vom Tisch, ließ sie mit einer blitzartigen Bewegung in seinen Schoß fallen und brachte ein neues Päckchen zum Vorschein. Diesen Trick handhabte er so gewandt, daß er von niemand darin übertroffen wurde.

»Geben Sie«, sagte der Doktor, als er abheben sollte.

Diesmal konnte kein Fehler unterlaufen sein. Er hatte vier Buben, und Hollanders Nicken und Grabs Gähnen verrieten ihm, daß jeder von ihnen ein As, einen König und eine Königin hatte. Mr. Welks zog noch zwei Karten, und Morane wußte nun, daß der Mann zwei Könige und drei Zehnen in der Hand hatte.

Sie boten bis achthundert. Das war allerdings schon eine sehr hohe Summe, selbst für ein gutes Blatt.

»Ich halte mit«, sagte Morane.

Dr. Welks legte eine Reihe von fünf Karten auf den Tisch.

»Dann muß ich Ihnen einen Scheck geben«, erklärte der Doktor, als er sich von seinem Schrecken einigermaßen erholt hatte.

»Geben Sie mir das bare Geld, das Sie auf den Tisch gelegt haben. Für den Rest nehme ich einen Scheck«, erwiderte Welks, der über seinen Erfolg äußerst erfreut war. »Ich bin zwar ein Geschäftsmann, alter Junge, aber ich verstehe auch etwas von Poker.«

Damit war das Spiel zu Ende. Sie waren viel zu klug, um Welks' Einladung abzulehnen, der seinen Sieg an der Bar feiern wollte. Später gingen die drei zusammen nach oben, und der Doktor schloß die Tür des Salons zu.

»Vor dem Essen muß jemand die Karten anders geordnet haben. Es kann nur dieser verdammte Oberkellner gewesen sein. Morgen werde ich mir den Mann einmal kaufen.«

»Was willst du denn mit ihm anfangen?« fragte Hollander verärgert. »Werden wir abreisen oder bleiben?«

»Wir fahren nicht eher, als bis wir das Geld zurückhaben und noch mehr dazu«, entgegnete Grab wütend. »Was sagst du dazu, Doktor?«

Morane nickte.

»Ich habe mich mit Welks sehr gut angefreundet. Wir laufen morgen vormittag zusammen auf dem Midi-Massiv Ski, und dabei kann ich für den Abend ganz unauffällig eine Revanchepartie ausmachen. Ihr bleibt zu Haus und ordnet die Karten.«

*

Eine Bergbahn brachte die Gesellschaft der Skiläufer am nächsten Morgen hinauf. Weil der obere Teil der Strecke vollständig verschneit war, stiegen sie schon beim Col du Midi aus, der einen haarscharfen Grat hat und fast senkrecht aus dem Midi-Massiv heraustritt. Mr. Welks war im Skilaufen sehr bewandert und führte seinen Begleiter die schneeigen Abhänge hinauf. Dabei sang er laut und wenig melodiös den neuesten Schlager.

Der Oberkellner war nicht im Zug gewesen. Der Doktor hatte sich öfter nach ihm umgesehen. Ein Schweizer Führer winkte ihnen heftig zu und machte allerhand Zeichen. Aber es schien niemand anders in ihren Weg zu kommen, und als Welks nach einer Stunde Anstiegs eine Pause machte, waren sie allein.

»Skilaufen können Sie gerade nicht besonders, mein Freund«, sagte Welks brüsk und offen.

Morane wischte sich den Schweiß von der Stirn.

»Wir müssen aber noch weiter«, sagte Welks und ging voraus.

Der Doktor sah, daß Welks sehr vorsichtig über einen schmalen Schneestreifen schritt, und erst, als auch er hinübergegangen war, verstand er. Sie hatten eine dünne Schneebrücke über einen tiefen Abgrund überquert.

»Das war gefährlich, meinen Sie nicht auch?« lächelte Welks. »Sie können jetzt Ihre Skier abschnallen.«

»Warum denn?« fragte Morane und runzelte die Stirn.

»Weil ich es Ihnen sage.«

Der Doktor schnallte die Skier tatsächlich ab, denn er tat stets, was man ihm sagte, wenn man ihn dabei mit einem Browning in Schach hielt.

Mr. Welks bückte sich schnell, hob die Hölzer auf und warf sie in den Abgrund.

»Auf der anderen Seite dieses Abhangs liegt italienisches Gebiet«, sagte er dann vergnügt, »und dort hinunter fahre ich jetzt. Was aus Ihnen wird, weiß ich nicht. Zu Fuß können Sie nicht über die Schneebrücke zurück. Aber vielleicht rettet Sie der Oberkellner, nebenbei einer der besten Schweizer Detektive. Er hatte ja sowieso die Absicht, Sie zu verhaften. Übrigens können Sie jetzt auch ruhig erfahren, daß ich die Karten gestern ein wenig anders gemischt habe.«

»Wer sind Sie denn?« fragte Morane kreidebleich.

Mr. Welks lächelte.

»Meine Frau hatte früher in Seattle eine Freundin – Luise Podolski. Erinnern Sie sich noch an sie?«

Bevor Morane antworten konnte, raste der Hexer schon den Abhang nach der italienischen Seite hinunter, und der Schnee wirbelte wie Dampf unter seinen Skiern auf.

10

MR. BLISS ENTKOMMT MIT KNAPPER NOT

Der traurige Zustand der Kapelle von Standstead, die aus der Zeit der Normannen stammt, war eine Schande für die ganze Gegend. Aber dank der Großzügigkeit eines Amerikaners wurde sie schließlich aus verschiedenen Gründen wieder renoviert.

Sie hatte in einem sumpfigen Gelände gestanden, aber als die Wollingford-Ziegelei-Gesellschaft in der Nähe die Lehmlager abbaute und die Verwaltung des Wollingford-Distrikts den kleinen Fluß regulieren ließ, wurde das Land dadurch automatisch trockengelegt.

»Mr. Bliss, Sie sollten sich die Kapelle doch einmal ansehen«, sagte der Pfarrer von Wollingford. »Sie ist wirklich sehr hübsch. Die Wiederherstellungskosten haben nur tausend Pfund gekostet. Mr. Mountford aus Amerika hat die Summe gezahlt und obendrein noch einen Wächter angestellt, der ebenso interessant ist wie der alte Bau selbst. Mein Vikar hält nächsten Sonntag dort einen Gottesdienst ab. Gehen Sie doch einmal hin und sehen Sie sich die Kapelle und den alten Silas an.«

Aber der Chefinspektor war kein besonders kirchlich gesinnter Herr. Er ging nur nach Wollingford, um dort das Wochenende zu verleben und sich zu erholen.

Von jeher hatte er die Gewohnheit, das Wochenende außerhalb Londons zu verbringen. Er besaß ein kleines Häuschen zwischen Oxford und Newbury und ein Stück unbebautes Land, das er von einer Tante geerbt hatte. Außerdem war er berechtigt, in der Gegend zu jagen.

Am Sonnabendmorgen konnte man ihn mit einer Flinte unter dem Arm und einem Jagdhund sehen. Er hatte eine kurze Pfeife im Mund und einen alten, abgetragenen Hut auf. Bei der Jagd fand er Erholung vom aufreibenden Dienst in Scotland Yard.

Manchmal traf er dann auch den Pfarrer von Wollingford, einen älteren Herrn, der aber ein tüchtiger Weidmann war, und oft begegnete er auch Mr. Selby Grout, der vor kurzem das Gut Wollingford käuflich erworben hatte. Dieser war ein ziemlich schweigsamer Mann von etwa fünfzig Jahren, dessen Hauptinteresse der Jagd gewidmet zu sein schien.

Zuweilen erzählte Bliss von seiner beruflichen Tätigkeit, wenn sie zusammensaßen. Sie sprachen auch von einem Mr. X., weil Mr. Selby Grout an einer Bank interessiert war, in der vor kurzem ein Einbruch verübt worden war.

Der Gutsherr war direkt empört über die Renovierung der kleinen Kapelle.

»Es ist tatsächlich schade, daß diese Amerikaner nichts Besseres mit ihrem Geld anzufangen wissen«, brummte er. »Ich habe die Kirche zwar noch nicht gesehen, aber neulich bin ich diesem halbverrückten Kirchenwächter begegnet, den der Yankee dort angestellt hat. Er hat einen ganz komischen Namen, ich glaube, er heißt Silas. Sehen Sie sich das Scheusal nur einmal an. Er ist ebenso verrückt oder noch verrückter als der Yankee, der ihm die Stellung gegeben hat.«

Eine Woche nach dieser Unterhaltung traf Mr. Bliss mit Silas Maginnis zusammen.

Am folgenden Freitag nachmittag kam Inspektor Mander in das Büro seines Vorgesetzten und breitete eine sorgsam bearbeitete Karte von England auf dem Tisch aus. Außerdem hatte er sich wieder eine neue Theorie über den Hexer gebildet. Mr. Bliss war aber gerade im Begriff, zu seinem Wochenendhaus zu fahren, und hatte andere Wünsche, als große Landkarten zu studieren oder neue Theorien von Mr. Mander zu hören. Sein kleiner Wagen wartete schon unten im Hof.

Da er unabhängig von Eisenbahnzügen und Fahrplänen war, setzte er sich resigniert in seinen Sessel zurück, um Mr. Mander zuzuhören.

»Also los, machen Sie es aber möglichst kurz!«

»Seit drei Monaten hat man nichts vom Hexer gesehen oder gehört«, begann der Inspektor mit Nachdruck. »Meiner Meinung nach ist er aber noch in England –«

»Ihre Ansicht wird allerdings durch einen Brief bestätigt, den ich gestern von ihm erhalten habe. Ich besinne mich auch darauf, daß ich Ihnen das erzählte«, erwiderte Bliss ärgerlich. »Die schwarzen Tintenkreuze auf der Karte sollen wohl die Orte seiner Tätigkeit andeuten? Und die roten die Schauplätze, an denen er in der nächsten Zeit auftreten wird?«

»Sie liegen alle in der Nähe von Eisenbahnstationen«, entgegnete Mr. Mander, der schon fürchtete, daß Bliss seine Theorie sofort in Grund und Boden verdammen würde.

»Jeder Ort liegt in England in der Nähe einer Eisenbahnstation«, sagte sein Vorgesetzter kühl.

Er warf einen Blick auf die Karte und mußte wider Willen lächeln, als er sah, daß ein Dorf in der Nähe von Oxford durch ein besonders großes rotes Kreuz markiert war.

Mr. Mander strahlte, denn nun konnte er seine Theorie erklären.

»Sie haben in der letzten Zeit drei Briefe von ihm erhalten«, erwiderte er und warf sich in die Brust, als ob er eine große Entdeckung gemacht habe. »Einer war in Paddington aufgegeben, einer in Reading und einer in Cheltenham. Ich habe die Poststempel genau untersucht und sie mit dem Kursbuch verglichen. Und das hat mich zu der Schlußfolgerung gebracht, daß dieser Mann irgendwo in der Nähe von Oxford sein Hauptquartier aufgeschlagen hat.«

Bliss sah auf die Daten, die Mander auf ein Blatt Papier geschrieben hatte. Es stimmte allerdings, daß er in letzter Zeit drei Briefe von Milton erhalten hatte. Sie waren alle mit der nicht zu verkennenden Maschine geschrieben.

Da alle Schriftstücke, die sich auf den Hexer bezogen, auf dem Dienstweg automatisch zur Kenntnis von Inspektor Mander kamen, hatte er auch diese Briefe gesehen und mehr nach den äußeren Merkmalen als nach dem Inhalt seine große Theorie entwickelt.

Bliss schob den Zettel mit den Notizen zurück und schüttelte den Kopf.

»Ich ersehe daraus nur, daß Sie kolossal viel Zeit und Mühe aufwenden, wenn Sie auf einer falschen Spur sind«, sagte er verächtlich.

Aber Mr. Mander ließ sich nicht im mindesten beirren.

Scotland Yard war im Augenblicke weniger an den Taten des Hexers interessiert als an einer Bande, die es sich zur Gewohnheit gemacht hatte, Kreditbriefe in großem Maßstab zu fälschen.

Meisterverbrecher existieren gewöhnlich nur in der Phantasie von Romanschriftstellern, aber irgendwo in England saß doch ein sehr schlauer Mann, der sich mit Hilfe einer kleinen Druckerei auf unrechtmäßige Weise viel Geld zu schaffen wußte.

Seit achtzehn Monaten kamen aus allen möglichen Gegenden der Welt Beschwerden und Anzeigen zu Scotland Yard. Zweimal hatte man Agenten dieses unbekannten Mr. X festgenommen, aber die Polizei war nicht in der Lage, den eigentlichen Führer der Bande selbst zu entdecken. Man hatte nur herausbekommen, daß er seine Haupttätigkeit in England entfaltete und eine Art Chefagenten in Paris unterhielt.

Bliss dachte an diesen Mr. X, als er mit seinem schnellen Wagen die Great West Road entlangfuhr. In der letzten Woche hatte er eine Nachricht bekommen, daß er durch eine gewisse Elizabeth Hineshaft möglicherweise auf die Spur des Fälschers kommen werde. Aber als man diese Frau verhaftete und im Holloway-Gefängnis verhörte, machte sie keine Aussagen. Unglücklicherweise war sie bei ihrer Verhaftung gerade im Besitz einer großen Menge Rauschgift. Auch ergab die nähere Untersuchung, daß sie einen bedeutenden Abnehmerkreis dafür hatte.

Obgleich sie noch ziemlich jung war, hatte sie doch schon mehrfach gegen das Gesetz über unerlaubten Handel mit Rauschgiften verstoßen. Siebenmal war sie deshalb angezeigt und fünfmal verurteilt worden. Unter solchen Umständen war eine neuerliche Verurteilung unvermeidlich. Sie bekam eine Gefängnisstrafe von fünf Jahren, und als das Urteil verkündet wurde, brach ein Herr auf der Galerie in Tränen aus.

»Stellen Sie die Personalien des Mannes fest,« sagte Bliss, als ihm davon berichtet wurde.

Aber die Nachforschungen blieben ohne Erfolg. Durch Gerüchte aus der Unterwelt Londons erfuhr er, daß Elizabeth einen freigebigen Verehrer hatte. Sie lebte auf so großem Fuß, daß sie über ein bedeutendes Einkommen verfügen mußte. Ihr Schmuck hatte einen Wert von vielen tausend Pfund, und ihre Wohnung war mit jedem Luxus und Komfort eingerichtet, den man sich nur denken konnte.

Es war daher erstaunlich, daß sie mit Rauschgift handelte.

Bliss dachte noch über diese merkwürdigen Inkonsequenzen nach, als er seinen Wagen vor einer kleinen Garage in der Umgebung von Colnbrook zum Stehen brachte. Er hielt auf seinen Weekendfahrten jedesmal hier, um zu tanken. Der Inhaber kannte ihn und kam mit einem Brief in der Hand aus dem Haus.

»Er wurde vor einer Stunde für Sie abgegeben«, sagte er.

»Für mich?« fragte Bliss erstaunt. »Wer hat ihn denn gebracht?« erkundigte er sich dann rasch, als er einen Blick auf das Kuvert geworfen hatte.

Der Mann wußte es nicht. Der Brief war mit einer Stecknadel an der Tür befestigt worden, und dort hatte er ihn gefunden.

Bliss riß den Umschlag auf und las die wenigen Zeilen, die mit der bekannten Maschine geschrieben waren.

Nehmen Sie die Straße nach Reading. Es ist zwar ein großer Umweg, aber sicherer. Ich weiß nicht genau, was man gegen Sie plant, aber es ist bestimmt nichts Gutes. Und ich wünsche nicht, daß Sie vorzeitig sterben.

Der Brief stammte natürlich vom Hexer, daran bestand nicht der geringste Zweifel. Bliss lächelte grimmig. Mander hatte also doch mehr oder weniger recht. Das Hauptquartier des Hexers mußte sich hier in der Nähe befinden.

Nachdem er getankt hatte und einige Reservekanister in den Wagen geladen waren, nahm Bliss seine Fahrt wieder auf. Westlich von Maidenhead hatte er die Wahl zwischen zwei Wegen. Er konnte durch Henley fahren oder die Hauptstraße nach Reading wählen, wie ihm der Hexer geraten hatte. Aber er entschied sich für Henley und alle Gefahren, die dort auf ihn lauern mochten.

Es war vollkommen dunkel geworden, als er aus Henley hinausfuhr, und er schaltete seine großen Scheinwerfer ein. Kurze Zeit hielt er den Wagen an, nahm seinen Browning aus der Tasche und legte ihn auf den Sitz neben sich.

Wollingford liegt nicht an der Hauptstraße. Er kam zu der Stelle, wo er von der breiten Chaussee abbiegen mußte, und verlangsamte die Fahrt. Der Weg war schmal und führte etwa eine Meile zwischen hohen Hecken hindurch. Gleich darauf tauchte die normannische Kapelle im Licht seiner Scheinwerfer auf, und in ihrem Schatten sah er das kleine Haus, in dem der verrückte Kirchenwärter wohnte. Bliss fuhr daran vorbei und folgte dann einer scharfen Biegung der Straße. Aber plötzlich bremste er mit aller Gewalt.

Mitten im Weg stand im hellen Schein der Autolampen ein Mann mit ausgestreckten Armen. Bliss starrte auf das verzerrte Gesicht und packte schon den Browning.

»Was wollen Sie?« fragte der Chefinspektor und stieg aus. Ein blödes Lächeln zeigte sich in dem Gesicht des anderen.

»Der große Herr auf dem Rad sagte mir, daß ich Sie anhalten müsse. Er holte mich aus dem Haus und sagte, daß ich mich hier auf der Straße aufstellen solle.«

Seine Stimme klang unheimlich schrill, und als er lachte, schauderte Bliss.

»Er kam auf einem Rad. Es knatterte wie der Teufel. Und er sagte, daß ich mich hierherstellen solle – weil er den Draht nicht durchschneiden könne!«

»Den Draht?«

Der merkwürdige Mann drehte sich um, zeigte ins Dunkel und lachte wieder unheimlich.

Bliss nahm seine Taschenlampe und machte sich auf den Weg.

Er brauchte nicht weit zu gehen. Schon nach kurzer Zeit fand er einen starken Draht, der wenige Fuß über dem Boden quer über die Straße gespannt war. Die Höhe war so genau berechnet, daß der Draht über die niedrige Windschutzscheibe weggleiten und den Mann am Steuer fassen mußte.

Als er zum Wagen zurückkam, war der halbverrückte Kirchenwächter verschwunden. Bliss fuhr zu dem Häuschen des Mannes zurück. Er klopfte an die Tür, aber es rührte sich niemand.

Nachdenklich fuhr er wieder zu der Stelle, wo der Draht über die Straße gespannt war, schnitt ihn ab und warf ihn über die Hecke. Bald darauf erreichte er sein kleines Wochenendhaus.

Sorgfältig verschloß er alle Türen, bevor er sich zur Ruhe legte, und schlief dann bis weit in den nächsten Morgen hinein.

Der erste, den er nach dem Frühstück sah, war Mr. Selby Grout. Der Mann hatte eine große Pfeife im Mund und lehnte sich über das Gartentor. Das Jagdgewehr hatte er neben sich gestellt.

»Hallo!« rief er Bliss zu. »Kommen Sie heute mit nach Henfield Wood?«

Bliss erinnerte sich, daß er eine Einladung des Gutsherrn angenommen hatte, in dessen Revier mit ihm zu jagen.

Auf dem Weg über die Felder erzählte er, was ihm in der vergangenen Nacht begegnet war, und Mr. Selby Grout hörte stirnrunzelnd zu.

»Ich glaube, daß der verrückte Kerl den Draht selbst über die Straße gespannt hat. Heute morgen traf ich ihn in meiner Bibliothek, als ich vom Schlafzimmer herunterkam. Ich möchte nur wissen, wie er dorthin gekommen ist. Als ich ihn faßte, sagte er, er habe sich geirrt und sei durch eine falsche Tür ins Haus gegangen. Er kommt nämlich häufig und bettelt um Essen bei den Dienstboten. Aber sehen Sie, dort ist dieser Kerl schon wieder!«

Bliss drehte sich um. Der Mann lief über eine Lichtung zu einem Weg, der die Grenze des Gutes bildete. Der Chefinspektor sah gerade noch, wie er über eine Hecke sprang und verschwand, als ob ihn die Erde verschlungen hätte.

»Ich möchte dem Burschen tatsächlich eine Kugel auf den Pelz brennen«, brummte der Gutsbesitzer.

Sie gingen tiefer in das Gehölz hinein, blieben dann stehen und luden beide ihre Jagdflinten.

»Ich wette, daß er alles Wild verjagt hat«, meinte Mr. Selby Grout. »Haben Sie jemals von einer gewissen Elizabeth Hineshaft gehört?« fragte er dann unvermittelt.

»Ja. Ich sehe, Sie haben die Zeitungen gelesen«, entgegnete Bliss lächelnd. »Diese Woche habe ich ihr eine Gefängnisstrafe verschafft.«

»Ach – Sie haben das getan?«

Klick!

Es klang, als ob der Hahn eines Gewehres aufschlüge, aber Bliss sah sich nicht um.

Klick!

»Was ist denn los?« fragte der Chefinspektor jetzt.

Selby starrte auf das Gewehr, das er mit zitternder Hand hielt. Er war kreidebleich, und Schweiß stand auf seiner Stirn.

»Ich weiß nicht ... dieser verdammte Kerl hat mich ganz nervös gemacht«, erwiderte er heiser.

»Um Himmels willen, sagen Sie doch, was mit Ihnen los ist!«

Der Gutsbesitzer schüttelte nur den Kopf.

»Wir wollen zurückgehen.«

Lange Zeit wanderten sie schweigend nebeneinander her.

»Ich würde viel darum geben, wenn ich wüßte, ob er mit dem Hexer zusammenarbeitet«, sagte Bliss schließlich, der seine Gedanken laut äußerte.

Das Gewehr entglitt der Hand seines Begleiters, und dieser schwankte einen Augenblick. Bliss packte ihn am Arm.

»Der Hexer«, stieß Grout atemlos hervor. »Er war in meiner Bibliothek ... und das Scheckbuch lag auf dem Tisch!«

Um elf Uhr dreißig hielt eine elegante Limousine vor der Depositenkasse der Western Counties' Bank in der Leadenhall Street. Ein Chauffeur in Livree stieg aus und überreichte dem Direktor ein Schreiben. Das Papier trug den Briefkopf von Wollingford Hall.

Mr. Selby Grout hatte in seiner charakteristischen Handschrift geschrieben. Er bat um dreiunddreißigtausend Pfund in Banknoten. Es war nicht ungewöhnlich, daß er so große Summen abhob, und der Scheck, der dem Brief beilag, wurde auch tatsächlich ohne jegliche Beanstandung honoriert.

Der Direktor der Depositenkasse sagte nachher nur zu seinem Assistenten, daß es eigentlich keinen Zweck mehr habe, das Konto Mr. Selby Grouts weiterzuführen, denn sobald große Einzahlungen erfolgten, würden sie gleich darauf wieder abgehoben. Später wiederholte er diese Bemerkung gegenüber Chefinspektor Bliss und zeigte ihm auch verschiedene Kontoeintragungen, um seine Aussage zu beweisen. Bliss war inzwischen nach Scotland Yard zurückgekehrt und hatte dort einen langen, mit Maschine geschriebenen Brief vorgefunden:

Mein lieber Mr. Bliss,
Sie sind mir zu großem Dank verpflichtet, denn ich habe Ihnen zweimal das Leben gerettet! Ich war davon überzeugt, daß Ihr Mr. X, alias Mr. Selby Grout, auf der Henley Road wartete, um Sie zu erschießen. Sie sehen, daß ich über seine romantische Liebesgeschichte mit Elizabeth vollkommen unterrichtet bin.

Ich habe den Draht zu spät entdeckt, um ihn noch entfernen zu können. Ich vermutete dann, daß er einen Jagdunfall vortäuschen wolle. Seit einer Woche hat er die Sache erprobt, indem er sein Gewehr erst in der einen, dann in der anderen Richtung hielt.

Schließlich kam er wohl zu dem Entschluß, Sie zu erschießen, während er sein Gewehr unter dem Arm hatte. Er hat große Übung in dieser Methode. Gewisse Bäume im Wald sind direkt von Schüssen durchsiebt.

Ich war meiner Sache so sicher, daß ich heute – Sonnabendmorgen – einen ganzen Sack voll leerer Patronen in seine Bibliothek brachte. Er verwahrt nämlich seine Jagdgewehre und seine Munition in diesem Raum. So hat er dann sein Gewehr mit leeren Patronen geladen. Sonst wären Sie nicht mit dem Leben davongekommen.

Ich habe auch einen Scheck aus seinem Bankbuch entnommen. Das Briefpapier hatte ich mir schon vor einer Woche besorgt.

Ich war der Amerikaner, der die Kirche renovieren ließ. Den Auftrag habe ich schriftlich gegeben und mich dann selbst als Wächter angestellt. Ich mußte hier in der Nachbarschaft leben, ohne Verdacht zu erregen, weil ich hinter dem berüchtigten Mr. X her war, der eigentlich Whotby heißt. Meine Nachforschungen haben fast ein ganzes Jahr gedauert. Die Druckerpresse finden Sie in seinem Ankleidezimmer.

Sie fragen, warum ich einen anderen Verbrecher verrate? Nur um Ihretwillen habe ich es getan. Ihr Leben ist zu wertvoll. Denken Sie manchmal freundlich an Ihren Wohltäter.

P. S. Mander hätte ich nicht gerettet.

Mr. Bliss fühlte sich durch diese Zeilen nicht so geschmeichelt und war nicht so dankbar, wie man hätte annehmen können. Nur die Nachschrift betreffend Mander billigte er voll und ganz.

11

DER MANN MIT DEM BART

Es erregte in Scotland Yard allgemein Bedenken, daß Mr. Bliss alles selbst tun wollte. Er fragte niemand um Rat und benachrichtigte seine Vorgesetzten gewöhnlich erst von seinen Unternehmungen, wenn der Augenblick zur Verhaftung eines Verbrechers gekommen war.

Ein Musterbeispiel für seine geheimen Arbeitsmethoden bildete der Fall der Brüder Steinford. London war in der letzten Zeit mit gefälschten Zehnshillingnoten überflutet worden. Es war viel leichter, kleine Geldscheine unter die Leute zu bringen als Pfundnoten. Bliss übernahm selbst die Aufklärung des Falles, und als eines Tages einer der höchsten Beamten von Scotland Yard darauf drängte, daß etwas geschehen müsse, sagte der Chefinspektor nur: »Ja, ich werde mich darum kümmern.« Zu näheren Erklärungen war er nicht zu bewegen.

Er machte einige Reisen nach Mittelengland und ging nach Wales, um einen Sträfling in der Angelegenheit zu sprechen. Mit dessen Hilfe kam er auf die Spur eines gewissen Poggy, der einen Gemüseladen hatte und in der Gegend von East Greenwich wohnte.

Wenn die Fälschung der Zehnshillingnoten in Mr. Manders Büro erwähnt wurde, sah sein Assistent ihn nur kopfschüttelnd an. Der Mann schmeichelte seinem Vorgesetzten, weil er auf Beförderung hoffte. Die beiden legten dann die Stirn in Falten und lächelten sich verständnisvoll an. Von Bliss und seinen Methoden schienen sie nicht viel zu halten.

In einer vielgelesenen Wochenzeitschrift erschien ein Artikel ›Ist es möglich, den Hexer zu fangen?‹. Der Autor wurde nicht genannt, aber es wurde von ihm gesagt, daß er die größte lebende Autorität für diesen Fall sei. Die Arbeitsmethoden Henry Arthur Miltons waren genau beschrieben, desgleichen die vielen Mißerfolge, die eine gewisse Abteilung in Scotland Yard aufzuweisen hatte. In einem Absatz hieß es:

Nach allem, was gesagt worden ist, unterliegt es keinem Zweifel, daß die Beamten, die augenblicklich mit der Ergreifung des Hexers betraut sind, entweder nachlässig oder unfähig sind. Je regere Tätigkeit der Hexer entfaltet, desto träger scheinen die Amtsstellen in Scotland Yard zu werden, in deren Händen die Behandlung dieses Falles liegt.

Nun hat jeder Mensch gewisse Lieblingswendungen, die um so häufiger auftreten, je weniger er mit der Feder geübt ist. Mr. Bliss erkannte deshalb auch sofort Manders Stil und ließ ihn in sein Büro kommen.

Der Inspektor trat selbstbewußt und zuversichtlich ein, aber als er die ominöse Zeitschrift auf dem Schreibtisch seines Vorgesetzten liegen sah, wurde er kleinlaut.

»Haben Sie diesen Artikel hier gelesen, Mander?«

Der Inspektor räusperte sich.

»Nein«, entgegnete er dann so gleichgültig als möglich.

»Der Inhalt ist sehr interessant – Sie sollten die Zeitschrift nach Hause mitnehmen und ihn durchstudieren«, erwiderte Bliss eisig. »Allem Anschein nach ist der Artikel von jemand geschrieben, der nichts von der Sache versteht und nur seinen Vorgesetzten etwas anhängen will. Ein wertloses Gewäsch!«

Bliss sah von der Seite, daß Mander dunkelrot geworden war.

»Unter anderem sagt der Mann«, fuhr er fort, »aber am besten lese ich Ihnen die Stelle vor:

›Der Hexer ist nicht so schlau, wie man allgemein annimmt. Nur durch eine Serie glücklicher Umstände ist es ihm bisher gelungen, zu entkommen. Aber früher oder später wird der eine Mann in Scotland Yard, der fähig ist, diese Aufgabe zu lösen, wenn er auch dem breiten Publikum bis jetzt nicht bekannt ist, diesen gefährlichen Verbrecher fangen und den Gerichten ausliefern.‹

Hieraus muß man folgern, daß wir in Scotland Yard einen neunmalklugen Beamten unter uns haben. Kennen Sie ihn zufällig?«

»Nein«, entgegnete Mander unnötig laut.

Bliss nahm die Zeitung mit den Fingerspitzen, als ob sie ein übelriechendes Ding sei, und ließ sie in den Papierkorb fallen.

»Solches Geschwätz kann einen wirklich krank machen. Der Verfasser ist außerdem ein sehr unkluger Mensch, denn er hat den Hexer dadurch direkt herausgefordert. Meiner Erfahrung nach hat Milton stets auf Herausforderungen reagiert. Ich weiß nicht, ob der Schreiber Ende nächster Woche noch am Leben ist, denn in dem Artikel stehen ein paar recht häßliche Bemerkungen über den Mut und den Scharfsinn des Hexers.«

Ein peinliches Schweigen folgte, aber endlich raffte sich Mr. Mander zu einer Äußerung auf.

»Wer mag den Artikel wohl geschrieben haben?« fragte er.

Bliss schüttelte den Kopf.

»Offenbar irgendein hysterisches Weibsbild.« Er fischte die Zeitschrift wieder aus dem Papierkorb heraus und reichte sie seinem Untergebenen. »Lesen Sie sie ruhig durch – Sie werden sich über den Blödsinn totlachen.«

*

Offenbar gab es auch Leute, die mit dem Artikelschreiber sympathisierten und übereinstimmten. Mr. Mander wohnte in Maida Vale und benützte gewöhnlich auf dem Nachhauseweg die Untergrundbahn. Eines Abends trat der Polizist Olivan mit ihm zusammen in ein Abteil ein. Er grinste, als er den Inspektor erkannte, grüßte und nahm dann mit einer Entschuldigung neben ihm Platz.

Mr. Mander war es nicht unangenehm, wenn er von Polizisten in Uniform gegrüßt wurde. Er gehörte zu den wenigen seiner Kollegen, die es für angezeigt gehalten hätten, einen Inspektor der Kriminalpolizei durch einen goldenen Stern oder eine ähnliche Dekoration kenntlich zu machen, damit gewöhnliche Sterbliche die nötige Ehrfurcht vor ihm zeigten.

»Haben Sie etwas dagegen, wenn ich rauche?« fragte Olivan.

Er hatte anscheinend seinen Dienst hinter sich und steckte sich eine Tonpfeife an, nachdem der Inspektor seine Genehmigung gegeben hatte.

»Ich habe Sie sofort erkannt, denn ich habe Sie schon bei verschiedenen großen Kriminalfällen vor Gericht gesehen«, sagte er und lächelte Mander gutmütig zu.

»Es ist doch merkwürdig, erst heute morgen habe ich mit unserem Sergeanten von Ihnen gesprochen – wenn ich mir die Freiheit nehmen darf.«

Mr. Mander neigte gnädig den Kopf.

»In einer Zeitung – den Namen habe ich vergessen – habe ich nämlich etwas über den Hexer gelesen. Und da sagte ich zu dem Sergeanten: ›Ich wette, daß der Beamte, den der Artikelschreiber meint, Mr. Mander ist.‹«

»Ich habe den Artikel nicht gelesen«, erwiderte der Inspektor.

»Das müssen Sie aber unter allen Umständen tun«, erklärte Olivan ernst. »Es wird nämlich viel von den Zuständen in der Kriminalabteilung gesprochen. Wissen Sie, was ich glaube? Ich will nichts Ungebührliches gegen meine Vorgesetzten sagen, aber ich meine, ein gewöhnlicher Polizist könnte den Hexer besser erwischen als die Leute, die sich jetzt in Scotland Yard darum kümmern.«

»Das möchte ich nun nicht behaupten.«

»Natürlich sind Sie nicht der Ansicht. Aber ich kenne den Polizeidienst in- und auswendig, denn ich bin zweiundzwanzig Jahre dabei. Als ich sieben Jahre hinter mir hatte, wurde mir einmal angeboten, daß ich Detektivsergeant werden sollte, aber damals wollte ich nicht annehmen. Ich hatte nicht die nötige Schulbildung, und ich wollte mir auch nicht die Mühe machen, noch einmal mit all den jungen Leuten zusammen auf die Polizeischule zu gehen.«

»Also glauben Sie, daß Sie den Hexer fangen könnten?«

Mander sah den Polizisten mit einem gutmütig verzeihenden Lächeln an.

»Nein, das nicht«, erwiderte Olivan schnell. »Aber wenn ich unter einem Vorgesetzten arbeitete, der mir Vertrauen schenkte wie etwa Sie, so könnten wir ihn sicher in einer Woche fassen – entschuldigen Sie bitte, daß ich eben ›wir‹ sagte.«

Er nahm die Pfeife aus dem Mund und sah sich in dem Abteil um, als ob er sich vergewissern wollte, daß niemand zuhörte. Dann neigte er sich näher zu Mr. Mander und sprach leise und vertraulich weiter.

»Bei mir in der Nähe wohnt ein Geldverleiher, der vielleicht der Hexer sein könnte. Er wohnt erst zwei Monate dort, ist sehr selten zu Haus und kommt immer nur nachts.«

»Wie sieht er denn aus?« fragte Mander interessiert.

»Er hat einen kleinen Bart, ähnlich wie Mr. Bliss. Ich weiß allerdings nicht genau, ob er tatsächlich Geldverleiher ist. Der alte Harper hat früher in dem Haus gewohnt.«

»Wo liegt es denn?« fragte Mander gleichgültig.

Der Polizist zeichnete mit dem Finger einen kleinen Plan auf seine Hand.

»Ich werde mit Ihnen fahren und mir das Haus einmal ansehen«, meinte Mander.

Olivan strahlte vor Diensteifer.

»Wenn mich einer meiner Kollegen in Ihrer Begleitung sieht, wird er gelb vor Neid«, sagte er glücklich, als sie aus dem Untergrundbahnhof heraustraten. »Aber es wohnen nur zwei von unserer Abteilung hier in der Nähe. Es ist sehr schwer, eine preiswerte Wohnung in der Gegend zu finden . . .«

Als sie durch die dunklen Straßen gingen, erzählte er ihm auch von seinen Geldsorgen, von der schlechten Bezahlung und dem teuren Lebensunterhalt.

Schließlich kamen sie an einen kleinen Platz, wo die Häuser dicht beieinander standen. Sie waren alle in derselben Art gebaut, und kleine Treppen führten zu den Haustüren hinauf.

»Hier wohne ich.« Olivan zeigte auf ein Gebäude. »Drei Zimmer habe ich und eine kleine Küche. Aber nun will ich Sie zu dem Haus führen.«

Sie kamen zu einer kleinen Straße, die kaum breit genug war, daß ein Wagen durchfahren konnte.

»Sehen Sie, das ist das Haus, das ich meine.« Er wies auf das Eckgrundstück. »Es ist mir schon seit einiger Zeit aufgefallen.«

Rechts erhob sich eine Mauer bis zu Kopfhöhe. Mander war ziemlich groß und konnte darüber hinweg in den Garten schauen. An der hinteren Seite stand ein massives Gebäude, und Olivan erklärte, daß dort ein Elektriker seine Werkstatt habe.

Nur ein Fenster im Obergeschoß war erleuchtet.

»Sehen Sie das Licht?« fragte Olivan. »Über dieses Fenster muß ich Ihnen etwas erzählen. Eines Abends kam ich sehr spät vom Dienst, und da ich nicht schlafen konnte, ging ich noch etwas in der Umgebung spazieren und rauchte meine Pfeife. Als ich nun die Straße entlangging, sah ich eine Leiter an das Fenster gelehnt, und das war doch außergewöhnlich. Ich wußte damals noch nicht, daß der Mann eingezogen war. Als ich auf dem Heimweg wieder vorüberkam, war sie verschwunden.«

Olivan hatte mit großem Nachdruck gesprochen, und Mr. Mander strich sich das Kinn. Er wußte nicht recht, was er mit dem Polizisten anfangen sollte.

»Sie sagten, daß ein Elektrotechniker dort wohnt? Ich möchte mir das Haus einmal näher ansehen. Wann sind Sie morgen abend frei?«

»Ungefähr um acht komme ich nach Hause.«

»Könnten Sie mich dann um halb neun hier an dieser Ecke erwarten? Natürlich nicht in Uniform.«

»Selbstverständlich. Ich verstehe vollkommen. Die Sache soll möglichst geheim bleiben.«

»Gewiß. Schweigen Sie Ihren Freunden und Ihrem Sergeanten gegenüber davon. Es ist zunächst eine reine Privatangelegenheit zwischen uns beiden. Wenn ich etwas dabei herausbekommen sollte, werden Sie sich nicht zu beklagen haben.«

»Sehr wohl.«

Olivan bestand darauf, den Inspektor bis zum Ende der Straße zurückzubegleiten.

»Es wohnt eine Anzahl verdächtiger Leute hier in der Gegend. Ich weiß, daß Sie sich sehr gut selbst schützen können, aber ich möchte doch nicht haben, daß Ihnen hier etwas Unangenehmes zustößt.«

Als Mander am nächsten Morgen ins Büro kam, erfuhr er, daß Bliss schon zweimal nach ihm geschickt hatte. Er dachte sofort wieder an den bösen Artikel, den er geschrieben hatte, aber der Chefinspektor schien diese Sache bereits vergessen zu haben.

»Der Hexer ist in London«, sagte er. »Ich bin heute morgen von einem öffentlichen Fernsprecher aus angerufen worden. Ich konnte zwar die Telefonzelle feststellen, die sich in der Kingsland Road befindet, aber von dem Hexer selbst war natürlich keine Spur zu finden. Ich wollte Sie nur gewarnt haben.«

Mr. Mander fuhr zusammen.

»Warum wollen Sie mich denn warnen?«

»Weil ich den Eindruck habe, daß es diesmal Sie persönlich angeht«, erwiderte Bliss ernst. »Wenn Sie sich besonders um die Festnahme des Hexers kümmern wollen, können Sie es ruhig tun. Ich bin augenblicklich mit ein paar wichtigen Fällen beschäftigt und werde nicht viel in der Stadt sein.«

Mr. Mander lächelte.

»Das sind allerdings nur sehr geringe Anhaltspunkte. Ein Telefonanruf aus dem Norden bedeutet nicht viel.«

Bliss sah zur Decke hinauf.

»Ich erinnere mich, in einem Artikel gelesen zu haben, daß Scotland Yard einen großen Fehler macht, wenn es die Hände in den Schoß legt, bis genaue Anhaltspunkte vorhanden sind. Der Verfasser meinte, man müßte intuitiv vorausahnen, was der Hexer tun würde.«

Mander räusperte sich.

»Ja, das habe ich auch gelesen«, entgegnete er verlegen. »Aber das ist alles Unsinn.«

»Das stimmt. Es ist ein ganz verdammter Unsinn«, erklärte Bliss mit Nachdruck.

Den ganzen Morgen dachte Mander über die Sache nach. Der Anruf war aus dem Norden Londons gekommen, und die Angaben des Polizisten Olivan wurden dadurch bestätigt. Es war ja möglich, daß der Mann nur eine leere Vermutung ausgesprochen hatte, aber das Glück ging manchmal merkwürdige Wege.

Es war ein alter Trick des Hexers, Scotland Yard anzurufen.

Als Inspektor Mander am Abend seinen neuen Assistenten traf, hatte er sich bereits eine Theorie gebildet.

Olivan in Zivilkleidung machte keinen so imponierenden Eindruck wie der diensttuende Polizist Olivan in Uniform. Er trug einen braunroten Anzug und ein Paar Turnschuhe. Eine dicke silberne Uhrkette mit großen Münzen zierte seine Weste.

»Er ist zu Haus«, erklärte er aufgeregt. »Er kam in einem Taxi, schloß die Tür auf und ging hinein. Inzwischen habe ich hier in der Nachbarschaft einige Erkundigungen eingezogen und erfahren, daß das Haus fast unmöbliert ist. Er schläft in einem kleinen Zimmer, die anderen Räume sind leer. Der frühere Inhaber ist vor zwei Monaten wegen Hehlerei ins Gefängnis gekommen.«

Sie gingen zu der kleinen Nebenstraße und faßten an der Mauer Posten. Nachdem sie eine Stunde lang gewartet hatten, wurde ihre Geduld belohnt, denn drüben öffnete sich eine Tür, und Mr. Mander sah, daß eine dunkle Gestalt durch den Garten nach dem massiven Gebäude am anderen Ende des Grundstücks schlich. Nach einiger Zeit hörten sie ein Geräusch, als ob eine Tür geschlossen würde. Zehn Minuten später kletterte Mr. Mander mit Hilfe des Polizisten Olivan über die Mauer und ging kühn auf das Gebäude zu.

Es war niemand zu sehen. Die Gestalt, die sie vorher beobachtet hatten, war verschwunden. In der Nähe der Außenmauer entdeckte der Inspektor aber eine hölzerne Falltür, die nicht verschlossen war. Er schaute in die dunkle Tiefe hinunter, konnte aber weder etwas hören noch sehen. Er kehrte wieder zu Olivan zurück.

»Es ist möglich, daß es sich um einen ganz gewöhnlichen Einbrecher handelt. Ich muß natürlich erst sichergehen, bevor ich einen Bericht mache.«

Er gab Olivan seine Privatadresse und Telefonnummer, und der Polizist erbot sich freiwillig, bis zwei Uhr nachts Wache zu halten.

Kurz nach elf kam Mr. Mander in seiner Wohnung an, und kaum war er in die Diele getreten, als das Telefon auch schon läutete.

»Es ist für Sie, Mr. Mander«, meldete ihm die Wirtin.

Er ging an den Apparat und hörte die erregte Stimme Olivans.

»Entschuldigen Sie, daß ich schon so bald störe. Aber er ist wieder aus dem Haus herausgekommen, und ich habe ihn verfolgt. Er ging zu einer Telefonzelle auf der Straße, und ich hörte, daß er Victoria 7000 verlangte – ist das nicht die Nummer von Scotland Yard?«

»Jaja«, erwiderte Mr. Mander ungeduldig. »Haben Sie denn gehört, was er sagte?«

»Nein – er machte die Tür zu, nachdem er die Nummer genannt hatte.«

Mander dachte schnell nach. »Rufen Sie mich in zehn Minuten wieder an. Ich telefoniere inzwischen mit Scotland Yard.«

Ein paar Minuten darauf sprach er mit einem Beamten, der ihm Auskunft geben konnte.

»Ja, der Hexer hat tatsächlich heute abend angerufen. Ich weiß allerdings nicht, ob er es selbst war. Ich habe das Gespräch aufgeschrieben und wollte Ihnen gerade Meldung machen.«

»Was hat er denn gesagt?« fragte Mander nervös. »Aber das ist jetzt schließlich gleichgültig, wenn Sie nur wissen, daß es der Hexer war. Haben Sie feststellen können, von welchem Apparat aus er sprach?«

Der Beamte hatte tatsächlich die betreffende Telefonzelle feststellen lassen. Es mußte dieselbe sein, die Olivan beobachtet hatte.

Zehn Minuten darauf rief der Polizist wieder an.

»Warten Sie in der Nähe der Mauer auf mich, Olivan. Und sagen Sie niemand etwas davon, falls Sie jemand treffen sollten ...«

»Verlassen Sie sich nur auf mich«, erwiderte Olivan.

Inspektor Mander nahm ein Auto, aber der Wagen fuhr ihm kaum schnell genug. Er ließ ihn an der Ecke der Straße halten, sprang hinaus und zahlte. Olivan eilte auf ihn zu.

»Ich sagte Ihnen doch –« begann Mander.

»Entschuldigen Sie«, unterbrach ihn Olivan. »In einem solchen Fall muß ich selbständig handeln können, und ich glaubte, wir müßten doch miteinander sprechen. Vor der Gartenmauer geht das aber doch nicht, wo er jedes Wort hören kann.«

»Wo ist der Mann jetzt?«

»In dem massiven Gebäude. Er ist zweimal dorthin gegangen. Das letztemal zog er eine Pistole aus der Tasche, untersuchte sie genau und steckte sie wieder ein.«

Es muß zu Mr. Manders Gunsten gesagt werden, daß er sehr mutig war. Die Tatsache, daß der Hexer bewaffnet war, schreckte ihn nicht im mindesten, besonders da er selbst eine Pistole mitgenommen hatte.

Mit leiser Stimme gab er Olivan Instruktionen, als sie die Straße entlanggingen.

»Ich werde in das Gebäude gehen, und Sie halten solange draußen im Garten Wache. Haben Sie Ihre Alarmpfeife bei sich?«

»Ja«, erklärte Olivan stolz. »Ich habe sie mitgebracht, für den Fall –«

»Das war sehr vernünftig«, sagte Mander liebenswürdig zu ihm. »Wenn Sie hören, daß ich rufe, pfeifen Sie. Aber nicht eher – verstehen Sie? Wenn ich ihn erst gefaßt habe, ist es gleichgültig, wer noch dabei hilft, ihn in Gewahrsam zu bringen.«

»Ich dachte, wir wollten den Hexer zusammen fangen«, erwiderte Olivan erstaunt.

Aber Mr. Mander ging nicht weiter auf diesen Protest ein. In dem Garten selbst rührte sich nichts, als der Inspektor über die Mauer kletterte. Er ging direkt auf die Falltür zu, öffnete sie und leuchtete mit seiner Taschenlampe hinunter. Dann schaltete er die Lampe aus, bevor er in den gewölbten Gang trat, der unter dem Gebäude entlanglief. Er hörte merkwürdige Geräusche, ein Surren und Stampfen, als ob eine Maschine in Gang sei. Behutsam schlich er den Gang entlang, wagte aber nicht, sich seiner Lampe zu bedienen, und tastete sich mit ausgestreckter Hand vorwärts. Plötzlich faßte er jemand an der Schulter, und gleich darauf war er mit dem Unbekannten im Handgemenge. Er fühlte, daß der Mann einen Bart hatte, als er ihn an der Gurgel packte.

»Machen Sie keinen Lärm«, brüllte er. »Jetzt habe ich Sie, Hexer! Das Haus ist von Polizei umstellt.«

Er hörte eilige Schritte, dann herrschte tiefes Schweigen. »Ich verhafte sie –«

Er erhielt einen kräftigen Faustschlag gegen das Kinn und taumelte zurück.

»Ich habe die Pistole auf Sie gerichtet – rühren Sie sich nicht von der Stelle«, schrie er und schaltete seine Lampe an. Er sah Inspektor Bliss in einer merkwürdigen Verfassung vor sich.

Am nächsten Morgen gab es eine kleine Diskussion in Scotland Yard.

»Natürlich hat der Polizist nicht gepfiffen, als Sie unten im Gang so laut brüllten«, sagte der Chefinspektor sehr höflich. »Es war nämlich niemand anders als Henry Arthur Milton, der Sie zum besten gehalten hat! Konnten Sie sich wirklich keine andere Zeit für Ihr dramatisches Auftreten aussuchen als ausgerechnet den Augenblick, in dem ich die Falschmünzerbande entdeckt hatte? Es ist die größte Bande, die jemals in London gearbeitet hat. Zum Glück hatte ich alle Reserven von Scotland Yard zur Stelle beordert, und es ist wenigstens gelungen, die wichtigsten Mitglieder der Bande zu fassen.

Glauben Sie vielleicht, ich bringe meine Nächte in einem leeren Haus zu, wenn ich keinen Grund dazu habe? Drei Monate habe ich gebraucht, um die Werkstätte der Banknotenfälscher auszukundschaften, und Sie hätten beinahe alle meine Anstrengungen zunichte gemacht. Aber ich trage Ihnen nichts nach. Der Hexer hat Sie ordentlich 'reingelegt, und das ist schließlich die größte Genugtuung für mich.«

Als Mander zur Tür ging, rief ihn Bliss noch einmal zurück.

»An Ihrer Stelle würde ich einen Artikel über dieses Abenteuer schreiben!« schlug er ihm vor.

12

DIE MOMENTAUFNAHME

Fast alle Leute haben ein Steckenpferd und eine Lieblingsbeschäftigung. Mrs. Gardling fotografierte zu ihrem Vergnügen und hatte sich auf der Hinterseite ihres Hauses in Hampstead ein kleines Atelier eingerichtet. Sie benutzte dazu einen Teil der geräumigen Garage. Hauptsächlich machte sie Blumenbilder, und eines Tages hatte sie gerade eine wundervolle Gruppe von Lilien in einer venezianischen Vase zur Aufnahme vorbereitet, als der Hexer, der auf der Flucht vor der Polizei war, in die Garage einbrach, um sich Benzin zu holen.

Er kam plötzlich aus dem Dunkel durch die Trennungstür in das Atelier und stand in dem hellen Schein der elektrischen Glühlampen, als Mrs. Gardling gerade belichtete. Sie sah ihn nur eine Sekunde, denn im nächsten Augenblick streckte er die Hand aus und schaltete das Licht aus. Aber sie sah ihn ohne irgendwelche Verkleidung, und das war wichtig.

Er hörte, daß sie eine Schublade aufzog und daß ein harter Gegenstand gegen Holz stieß.

»Rühren Sie sich nicht, oder ich schieße!« sagte sie.

Er lachte und schlug die Tür hinter sich zu.

Als die Polizei auf der Bildfläche erschien, war er längst verschwunden. Die Beamten sagten ihr, daß sie einen Autodieb verfolgten. Sie teilten ihr aber nicht mit, wer der Dieb war, da dies geheimgehalten werden sollte. Auf keinen Fall sollten sich die Zeitungen über einen neuen Mißerfolg lustig machen.

Mrs. Gardling hob diese Platte als eine Kuriosität auf, und Henry Arthur Milton wußte nichts davon, daß er darauf festgehalten worden war.

Der Hexer war in Paris. Er zog sich gern dorthin zurück,

wenn es ihm in London zu heiß wurde. Bliss erhielt eines Tages aus Paris einen Brief von ihm. Wie meistens, begann er ohne Anrede.

In der Hogarth Street in Soho unterhält eine Dame einen Klub, den ich Ihrer Aufmerksamkeit empfehle. Ich dachte schon daran, sie selbst zu bestrafen, weil ich sie für gemeingefährlich halte. Sie verkauft während der Zeit des Schankverbots alkoholische Getränke – das ist allerdings nur ein kleiner Verstoß –, aber unter diesem Vorwand kann man ihre Tätigkeit unterbinden. Name: Mrs. Freda Gardling, geboren in Demage, Adresse: Red Monk Club, Hogarth Street. Am 7. März 1921 wegen Betruges in Manchester verurteilt. Sechs Monate Gefängnis.

Henry Arthur Milton war ein Mann, der das Unmögliche möglich machte, und Bliss ärgerte sich darüber, daß der Hexer es immer so einrichtete, daß Scotland Yard ihm obendrein noch zu Dank verpflichtet war. Er wußte schon vor seinem Telefongespräch mit Manchester, daß die Angaben des Mannes genau stimmten.

Die Angelegenheit selbst übergab er der zuständigen Polizeibehörde. Man nahm eine Razzia vor, und Mrs. Gardling wurde vor Gericht gestellt. Die Angeklagte erhielt drei Monate Gefängnis.

Für den Ausschank alkoholischer Getränke während der Verbotsstunden wäre diese Strafe allerdings viel zu hoch gewesen, aber die Polizei fand bei der Durchsuchung des Klubs Dinge, von denen der Hexer in seinem Brief nichts erwähnt hatte.

Mrs. Gardling hatte erfahren, wer sie angezeigt hatte, und Bliss stellte eine scharfe Untersuchung an, denn er achtete streng darauf, daß das Dienstgeheimnis innerhalb der Polizei absolut gewahrt wurde. Nach der Verurteilung wandte sich Mrs. Gardling auf der Anklagebank um.

»Sie können Ihrem Freund, dem Hexer, sagen, daß es ihm noch leid tun wird, mich verpfiffen zu haben«, rief sie Bliss ärgerlich zu.

Der Chefinspektor kochte vor Wut.

Der Bezirksinspektor stellte entschieden in Abrede, etwas über den Hexer gesagt zu haben, und die Detektive, die bei der Verhaftung tätig waren, verneinten es ebenfalls.

Mrs. Gardling war eine reiche Frau und hatte ihre Tochter gut verheiratet. Auf welche Weise sie ihr Vermögen erworben hatte, war schließlich kein Geheimnis. Sie betrieb verschiedene einträgliche Nebengeschäfte außer dem Klub, und viele Schecks über hohe Beträge waren auf ihr Bankkonto eingezahlt worden, damit sie über unangenehme Vorfälle den Mund hielt.

Als sie nach Holloway abtransportiert werden sollte, sah sie den Beamten noch einmal, der ihr mitgeteilt hatte, daß der Hexer sie angezeigt habe. Er war sehr nervös, weil Bliss Himmel und Hölle in Bewegung setzte, um den Schuldigen herauszufinden.

»Schweigen Sie um Gottes willen davon, daß ich es Ihnen gesagt habe«, bat er.

»Zehntausend Pfund würde ich geben, wenn ich ihn fassen könnte. Gehört habe ich ja genug von ihm, aber gesehen habe ich ihn noch nie.«

»Es ist merkwürdig«, meinte der gesprächige Beamte, »daß ich Ihnen gerade an dem Abend zum erstenmal begegnete, als der Hexer in Ihre Garage einbrach, um Benzin zu stehlen –«

Sie starrte ihn an.

»Was, der Hexer? Das war der Hexer?« fragte sie atemlos. »Die Polizisten sagten doch, es sei ein gewöhnlicher Einbrecher!«

»Sie meinen Autodieb«, verbesserte er sie. Er freute sich über die Sensation, die seine Worte bei ihr hervorgerufen hatten. »Ja, das war der Hexer. Es ist wirklich ein sonderbares Zusammentreffen. Erst hat er bei Ihnen eingebrochen, und dann hat er Sie auffliegen lassen.«

Mrs. Gardling hörte ihm nicht mehr zu.

Sie hatte Erlaubnis bekommen, mit ihrer verheirateten Tochter zu sprechen, bevor sie nach Holloway abtransportiert wurde.

»Annie«, sagte sie zu ihr, »in meinem Atelier findest du einen schwarzen Kasten mit Negativen. Er steht in der zweiten Kommodenschublade rechts. Bringe ihn auf die Bank und lasse ihn gut verwahren, bis ich wieder herauskomme.«

»Willst du denn keine Berufung einlegen?« fragte die Tochter.

»Ich komme viel schneller wieder auf freien Fuß, wenn ich gar nichts unternehme. Schließe auch den Mietvertrag über das Haus in der Maddox Street ab. Wir können eine Klublizenz von der Polizei bekommen. Wir machen dort den Furnace Club auf. Den Namen habe ich mir vorige Nacht überlegt.«

Mrs. Gardling kam ins Gefängnis und arbeitete in der Wäscherei. Während sie ihre Strafe absaß, beschäftigten sich ihre Gedanken mit dem neuen Klub, aber sie grübelte auch darüber nach, wie sie sich am Hexer rächen könne.

Es war ein unglückliches Zusammentreffen, daß ihre Tochter Annie sich zur selben Zeit viel Mühe gab, den Ruf ihrer Mutter wieder herzustellen. Sie kannte die Macht der Presse, und als Mrs. Gardling einen Monat in Holloway war, begann Annie, für den Furnace Club Propaganda zu machen. Sie schrieb zwar keinen blendenden Stil, aber sie verstand, fesselnd zu plaudern. Der Redakteur las den Artikel durch, den sie dem ›Post Herald‹ eingesandt hatte, und sein Interesse erwachte plötzlich, als er zu einem bestimmten Absatz kam. Er klingelte und ließ einen Reporter rufen.

»Besuchen Sie die Dame und sehen Sie zu, was an der Geschichte dran ist.«

Er nahm einen Blaustift und kreuzte eine Stelle an.

In der nächsten Sonntagsausgabe der Zeitung erschien ein interessanter Artikel. ›Die Rache des Hexers‹ lautete die Überschrift, und es wurde darin beschrieben, was Mrs. Gardling in der Nacht erlebt hatte, als sie ihre Lilien in der venezianischen Vase fotografierte.

... Meine Mutter hat mir von dem Gesicht des Mannes erzählt, das deutlich auf der Platte zu sehen ist. Aber da sie immer rücksichtsvoll ist, hat sie das Bild der Polizei nicht übergeben.
Ich bin fest davon überzeugt, daß der Hexer all diese gemeinen Geschichten und Verleumdungen über sie erfunden hat. Sie ist vollständig unschuldig und hat nichts von dem getan, was man ihr vor Gericht vorgeworfen hat ...

In dem Artikel stand auch noch, daß das interessante Negativ an einem sicheren Ort verwahrt sei und daß man noch mehr von der Sache hören würde.

Merkwürdigerweise schenkte Bliss diesen Angaben wenig Beachtung. Ihn interessierte nur, daß in nächster Zeit der Furnace Club unter der Direktion der Tochter von Mrs. Gardling eröffnet werden sollte.

Annie kam es plötzlich zum Bewußtsein, daß sie zuviel ausgeplaudert hatte, und sie lehnte alle weiteren Interviews ab. Was würde ihre Mutter zu allem sagen, wenn sie aus dem Gefängnis kam? Mit ihrem Mann konnte sie nicht darüber sprechen, denn Mr. Leppold hatte eine Antipathie gegen seine Schwiegermutter und vermied es, sie überhaupt zu erwähnen.

Mrs. Gardling war sehr heftig gegen ihn gewesen, denn er war zuerst als Graf Giolini in dem Klub erschienen, obwohl er durchaus nicht das war, was er vorgab. Diese Tatsache wurde aber erst nach der Hochzeit entdeckt.

Aber sonst hatte sich Annie über ihren Mann nicht zu beklagen. Er war sehr wohlhabend, unterhielt eine schöne Wohnung in der Jermyn Street, lebte auf großem Fuß, schenkte ihr Juwelen und fuhr jedes Jahr einmal mit ihr nach Monte Carlo, Deauville oder anderen mondänen Badeorten.

Sie hatte sich schon oft den Kopf darüber zerbrochen, welches Geschäft er wohl betreiben mochte. Er hatte ihr zwar gesagt, daß er in der City zu tun habe, aber er hatte kein Büro und brachte seine Zeit hauptsächlich im Westen Londons zu. Auf jeden Fall machte ihm sein Beruf wenig Arbeit.

Annie sprach einmal mit ihm über den Hexer, aber er interessierte sich nicht dafür. Wenn er abends zu Haus war, las er gewöhnlich Zeitung. Besondere Aufmerksamkeit schenkte er den Nachrichten aus der City. Im allgemeinen war er ein sparsamer Mann, der sein Geld gut angelegt hatte. Er hoffte, daß er eines Tages genug haben würde, um nach Paris zu ziehen, denn diese Stadt liebte er sehr.

Annie las die Zeitungen auch eifrig, aber ihre Neugierde war vollkommen befriedigt, wenn sie sich über die Gerichtsverhandlungen orientiert hatte.

Eines Abends legte sie die Zeitung in den Schoß.

»Es ist doch entsetzlich, Alfred«, meinte sie, »daß so viele Einbrüche vorkommen. Eine Bande hat doch am Sonntag wieder für vierzigtausend Pfund Brillanten aus einem Geschäft in Hatton Garden gestohlen. Die Diebe sind entkommen, und man hat nicht die geringste Spur von ihnen entdeckt. Wenn ich in Scotland Yard wäre –«

»Du bist aber nicht in Scotland Yard«, sagte Mr. Leppold, »und es ist auch besser, du redest nicht weiter über die Sache.«

In Scotland Yard nahm man diese Einbrüche verhältnismäßig gelassen hin. Die Polizeibeamten waren auch nur Menschen, und wenn Juweliere nicht einmal die einfachsten Sicherheitsmaßnahmen trafen, keinen Wachmann beschäftigten und ihre Schätze in Safes aufhoben, die nicht diebessicher waren, mußten sie eben den Schaden tragen. Die Polizei tat alles, was in ihrer Macht stand, um die verschiedenen Verbrechen aufzuklären, aber Scotland Yard konnte schließlich nicht hellsehen.

»Es kann Lewing oder Martin oder Crooford gewesen sein«, überlegte Bliss. »Vielleicht war es auch diese Pariser Bande, die immer zu solchen Unternehmungen nach London herüberkommt.«

Die Banden, die von fremden Ländern aus arbeiten, sind in der Regel schwer festzustellen. Paris liegt wenige Stunden von London entfernt, und wenn sich ein Mitglied einer solchen Organisation in London aufhielt, um alle notwendigen Vorbereitungen zu treffen, einen genauen Zeitplan machte und die nötigen Apparate und Werkzeuge beschaffte, konnten die anderen am Sonnabendabend ankommen und am Montagmorgen mit ihrer Beute wieder verschwunden sein.

In einem solchen Fall handelt es sich darum, den Londoner Agenten der Bande zu fassen.

Mr. Leppold gab sich nicht die Mühe, das Interview zu lesen, das seine Frau dem Reporter des ›Post Herald‹ gewährt hatte.

»Ich gebe dir nur den guten Rat, mein Liebling, dich aus der Öffentlichkeit fernzuhalten. Es liegt doch gar kein Grund vor, daß du dich im Rampenlicht zeigen mußt.«

»Ich habe es doch nur im Interesse meiner lieben armen Mutter getan«, erwiderte sie erregt. »Und ich bin auch fest entschlossen, den Kasten mit Negativen aus der Northern and Southern Bank zu holen.«

Er war plötzlich aufs äußerste interessiert.

»Hat deine Mutter ein Depot bei der Northern and Southern Bank?«

»Schon seit Jahren hat sie dort ihr Geld, ebenso ein Tresorfach, in dem sie all ihre Schriftstücke aufhebt – warum lachst du eigentlich?«

»Ich habe nicht gelacht«, erwiderte er und nahm die Zeitung wieder auf.

Nachdem sich Annie zur Ruhe gelegt hatte, ging er in sein Arbeitszimmer, ließ sich mit Paris verbinden und sprach sechs Minuten lang in geheimnisvoller Weise. Er telefonierte häufig mit Paris, und seine Andeutungen waren immer rätselhaft.

Am nächsten Tag ging er nach Südlondon und trank Tee bei einem pensionierten Soldaten, der Witwer war und eine kleine Zweizimmerwohnung hatte.

Er war verfeindet mit der ganzen Gesellschaft und haßte vor allem den Vorstand des Jockey-Klubs.

»Halten Sie sich einen Monat ruhig, dann machen Sie, daß Sie nach Südamerika oder nach Südafrika kommen, oder wohin Sie sonst gehen wollen. Sie können sich die fünftausend Pfund verdienen, und das ist mehr, als Sie in fünfzig Jahren zusammensparen können ...«

»Aber dann verliere ich meine Pension«, protestierte der andere. »Und meinen guten Namen.«

»Den verlieren Sie auf alle Fälle«, entgegnete Mr. Leppold kühl. »Sobald Ihr Chef erfährt, daß Sie Buchmachern Geld schuldig sind, ist es mit Ihrem Renommee aus. Ich gebe Ihnen zunächst einmal fünfhundert Pfund als Anzahlung.« Er zählte die Banknoten ab und legte sie auf den Tisch. »Ich vertraue Ihnen, und Sie müssen mir vertrauen. Ich klopfe an die Seitentür – so.« Er klopfte das Morsezeichen für »Eins« auf den Tisch. »Sie haben weiter nichts zu tun, als uns in das Haus zu lassen.«

Der Mann schaute ihn ruhig an.

»Wäre es nicht besser, wenn Sie mich dann auch fesselten und knebelten?«

»Darüber brauchen Sie sich keine Sorgen zu machen«, erwiderte Mr. Leppold lächelnd. »Wir werden Ihnen schon ein Alibi verschaffen, das man nicht mit Dynamit in die Luft sprengen kann.«

Der Mann nahm das Geld, und nachdem Mr. Leppold gegangen war, versteckte er es an einem sicheren Platz. Er hielt den Plan für sehr einfach und glaubte, daß er unmöglich entdeckt werden könne. Aber die Gefängnisse von England und Amerika sind voll von Leuten, die sich ähnlichen Illusionen hingegeben haben.

Als Mr. Leppold an diesem Abend nach Hause kam, fand er seine Frau in guter Stimmung.

»Ich habe einen Brief von meiner Mutter bekommen. Sie hat vom Hexer geschrieben.«

Merkwürdigerweise sagte er ihr diesmal nicht, daß sie schweigen sollte.

»Was hat sie denn geschrieben?«

»Es handelt sich um die Fotografie, die sie von ihm gemacht hat, und ich habe eben mit Scotland Yard telefoniert.«

Mr. Leppold blinzelte, sagte aber nichts.

»Ich sprach mit einem gewissen Mr. Bliss. Er sagte, es sei sehr wichtig. Morgen hole ich die Fotografie aus der Bank und bringe sie ihm. Die Leute scheinen überhaupt kein Bild von dem Mann zu besitzen, und es ist möglich, daß ich die tausend Pfund Belohnung bekomme.«

»Nun, da wünsche ich dir viel Glück«, sagte Mr. Leppold überzeugt. »Der Kerl sollte schon längst am Galgen hängen. Er hat einem meiner Freunde einen bösen Streich gespielt.« Genaueres erzählte er jedoch nicht darüber.

Nach dem Essen ging er in sein Arbeitszimmer, schloß die Tür zu, nahm ein kleines Lederetui mit Werkzeugen aus dem Safe und steckte es in die Tasche.

Um halb elf betrat er eine Bar in der Nähe der Shaftesbury

Avenue, ließ den Blick über die Gäste schweifen und bemerkte seine beiden Freunde, die am Abend von Paris gekommen waren. Zehn Minuten später ging er wieder auf die Straße, und sie folgten ihm. An einer geeigneten Stelle blieb er stehen und steckte sich eine Zigarre an, so daß sie ihn einholen konnten.

»Es ist wirklich eine glänzende Sache«, sagte er. »In der Stahlkammer der Bank finden wir genug – ungefähr siebentausend Pfund in englischen Banknoten und achttausend Pfund in ausländischem Geld.«

»Wohnt jemand in dem Haus?« fragte der eine.

»Ja. Der zweite Geschäftsführer wohnt über den Bankräumen. Aber er ist aufs Land gereist, um seine kranke Mutter zu besuchen.«

Wie Mr. Leppold all diese Dinge herausgebracht hatte, blieb sein Geheimnis.

Er ging eine Seitenstraße entlang und klopfte an den Nebeneingang der Bank. Es wurde sofort geöffnet, und die drei traten ein. Die Tür wurde dann von innen verschlossen.

»Wie wäre es, wenn wir Sie jetzt fesselten?« fragte Leppold den Wächter. Aber der bärtige Mann hatte im Augenblick dazu noch keine Lust.

»Das können Sie machen, bevor Sie gehen. Ich möchte gern zuschauen, wie Sie das Ding drehen.«

Leppold nickte. Er brauchte keinen Führer. Gewandt öffnete er das Stahlgitter, das den Zugang zu den Bankgewölben verschloß, und ging die Steintreppe hinunter, gefolgt von den drei anderen. Den einen Schlüssel zum Gewölbe hatte er sich schon vorher verschafft.

Am Ende des kurzen Ganges befand sich ein zweites Stahlgitter, und man sah, daß daran gearbeitet wurde. Große, längliche Vertiefungen waren zu beiden Seiten in die Betonwände geschlagen.

»Sie bauen gerade eine richtige, schwere Stahltür ein. Es war die höchste Zeit, daß wir gekommen sind.«

Der Wachmann staunte über die Geschicklichkeit, mit der die drei zu Werke gingen. In einer Stunde hatten sie die Arbeit erledigt, und das schwere Gitter öffnete sich. In dem großen Raum brannte ein Licht an der Decke, so daß sie genügend sehen konnten. In drei Reihen übereinander waren die Tresorkästen angeordnet, und Mr. Leppold mußte unwillkürlich lachen, als er sich umschaute.

»Einen Augenblick.« Er ging zu einer Seite des Raumes hinüber und klopfte an eine Stahlkassette. »Die gehört meiner Schwiegermutter«, erklärte er ironisch.

Die Buchstaben F. A. G. waren darauf gemalt, denn Mrs. Gardling hieß mit Vornamen Freda Ann.

»Meine Frau will morgen etwas daraus holen, was dem Hexer schwer zu schaffen machen wird.«

»Aber nun an die Arbeit«, sagte einer seiner Begleiter. »Wir müssen uns beeilen, daß wir das Geld zusammenpacken.«

Die drei Einbrecher trugen Mäntel und hatten ihre Taschen vollgepackt. Man mußte es ihnen lassen, daß sie ihr Handwerk verstanden. Das Geld verschwand ebenso schnell, wie es aus den einzelnen Kassetten zum Vorschein kam.

»So, nun wollen wir noch den Wachmann fesseln«, meinte Leppold und nahm einen Strick aus der Tasche.

Als sie sich umschauten, war der bärtige Mann nicht mehr in dem Raum. Sie sahen ihn auf der anderen Seite des großen Gittertors. Ein offener, schwarzer Kasten stand neben ihm, und er hielt gerade ein dunkles Negativ gegen das Licht.

»Wer hat die Gittertür verschlossen?« fragte Leppold.

Der Wachmann drehte sich um.

»Ich. Sie haben den Schlüssel im Schloß stecken lassen, und das war sehr unvorsichtig von Ihnen.«

»Schließen Sie schnell auf«, erwiderte Leppold. Er hatte die Tasche mit Werkzeugen in der Hand, mit der sie die Tür zu dem Gewölbe geöffnet hatten.

Pötzlich streckte der Wachmann die Hand durch das Gitter, und die Mündung seiner Pistole richtete sich gegen Mr. Leppolds Brust.

»Geben Sie sofort die Werkzeuge her!«

Mr. Leppold war so bestürzt, daß er widerspruchslos gehorchte.

»Und wenn einer von Ihnen ein Schießeisen ziehen sollte«,

sagte der Wachmann ruhig, »ist er tot, bevor er die Hand aus der Tasche nehmen kann!«

»Zum Teufel, wer sind Sie denn?« fragte Leppold verstört.

»Henry Arthur Milton, bekannt als der Hexer. Der wirkliche Wachmann liegt gefesselt oben in dem Büro des Geschäftsführers. Sie können der Polizei ja sagen, daß Sie ihn gefesselt haben. Seit einigen Tagen habe ich den Mann scharf beobachtet, und ich war auch in seinem Zimmer, als Sie das kleine Abenteuer von heute abend mit ihm besprachen. Als er das Klopfsignal an der Tür eine Stunde zu früh hörte, war er allerdings ein wenig erstaunt.« Er steckte das Negativ in die Tasche. »Grüßen Sie Ihre Schwiegermutter schön von mir«, sagte er noch, dann verließ er, vorsichtig rückwärts schreitend, den Gang.

13
DER UNHEIMLICHE DR. LUTTEUR

Mr. Mander hatte eine gute Freundin, aber Miss Carberry war doch nicht so zuvorkommend, wie er hätte wünschen mögen.

Er hielt Scotland Yard für den interessantesten Platz der Welt und sprach dauernd über seinen Beruf. Sie dagegen liebte die Operette und den Tanz und verkehrte gern in besseren Nachtklubs, wo die Orangeade, die nach den Schankstunden verabreicht wurde, auch tatsächlich Orangeade war. Wenn er von Verbrechen und Verbrechern sprach, langweilte sie sich, und wenn sie vom letzten Tanzturnier berichtete, versuchte er immer wieder, das Gespräch auf das alte Thema zurückzubringen.

Sie traf häufig einen eleganten fremden Herrn, der sie auch ins Theater und in die Nachtklubs mitgenommen hätte; aber er fürchtete, daß ihr guter Ruf darunter leiden könne. Sie dinierten deshalb in einem kleinen Restaurant zusammen. Sie nannte ihn Ernest, obwohl er nicht so hieß. Aber diese Tatsache war ihr unbekannt.

Um ein erfolgreicher Detektiv zu sein, braucht man im Grunde keinen überragenden Verstand, man muß aber die Fähigkeit haben, sich in die Seele und in den Zustand des Mannes zu versetzen, den man fangen will. Die größten Detektive sind immer diejenigen gewesen, die sich vollständig der Denkweise ihrer Gegner anpassen konnten. Chefinspektor Bliss hatte Mr. Mander hierüber einen kleinen Vortrag gehalten.

»Es ist eben schlimm, daß Sie versuchen, besonders klug zu sein. Viel besser wäre es, wenn Sie nur Ihre fünf gesunden Sinne brauchten und sich überlegten, was Sie an Stelle des Verbrechers tun würden, der sein Ziel erreichen will. Statt dessen vergeuden Sie Ihre Zeit mit dem Aushecken verrückter Theorien und lassen sich dabei von alten Detektivschmökern anregen, die vor fünfundzwanzig Jahren einmal gelesen wurden. Es wäre viel gescheiter, Sie schliefen in dieser Zeit.«

Mr. Mander machte ein dummes Gesicht.

»Der Verbrecher, den ich augenblicklich suche«, fuhr Bliss rücksichtslos fort, »trägt weder Abendkleidung noch bewegt er sich in den vornehmen Lokalen im Westen. Er verkehrt in ›Elephant and Castle‹, und Sie brauchen Ihren Verstand nicht übermäßig anzustrengen, um Theorien auszuknobeln. Sie müssen nur gut zuhören, denn Libby ist ein Mann, der seine Abenteuer überall zum besten gibt.«

»Ich war im Augenblick nicht damit beschäftigt, Libby zu suchen«, verteidigte sich Mander. »Meiner Meinung nach ist der Hexer –«

Bliss seufzte verzweifelt.

»Libby ist ein ganz gewöhnlicher Verbrecher der einfacheren Klasse. Er ist ein Falschmünzer und schon zehnmal vorbestraft. Wenn Sie unter dem Eindruck leben, daß der Hexer auch nur das geringste mit ihm zu tun hat, dann irren Sie sich schwer.«

Aber hierin täuschte sich Bliss in gewisser Weise.

Henry Arthur Milton kümmerte sich gerade um diese schwer arbeitenden Menschen, die der Unterwelt angehörten. Er liebte sie nicht und verabscheute sie ebenso wie Chefinspektor Bliss. Aber er beobachtete sie.

Der Hexer wohnte zu der Zeit in einem Haus in der Enther Street in Lambeth. Sein möbliertes Zimmer war größer, als diese Räume zu sein pflegen, und zeichnete sich vor allem durch tadellose Sauberkeit aus, da seine Wirtin fast den ganzen Tag putzte und fegte. Mrs. Kilford war Witwe und hatte zwei Töchter. Nelly, die ältere, war sehr schön und auch neugierig. Daß sie schön war, wußte Henry Arthur Milton längst, und daß sie auch neugierig sein konnte, entdeckte er, als sie ihm eines Morgens den Tee brachte und dabei etwas länger in der Tür stehenblieb, um ihm von ihren Erlebnissen zu erzählen.

»... er ist viel älter als ich, aber er hat einen sehr vornehmen Charakter. Mutter sagt, er solle doch ins Haus kommen, aber das will er nicht. Er ist entsetzlich scheu.«

»Soso, er wird also verlegen und errötet, wenn man ihn ansieht?« meinte der Hexer vergnügt.

Er hatte augenblicklich nichts Besonderes vor. Er mußte sich nur vor der Polizei verstecken, die ihn so dringend suchte. Für die Liebesgeschichten dieses Mädchens interessierte er sich durchaus nicht. Bedeutend wichtiger erschien es ihm, daß gerade ihm gegenüber ein gewisser Libby wohnte, der falsches Geld machte. Der Hexer hatte eine besondere Abneigung gegen ihn, weil er Zweieinhalbshillingstücke fälschte. Und die kleinen Händler und andere Leute, die der Mann damit hereinlegte, traf ein Verlust von zweieinhalb Shilling schon schwer genug.

Als er eines Abends spät nach Hause zurückkehrte, sah er Nelly an der Ecke der Straße, in der er wohnte. Sie sprach mit einem Herrn, der einen Kopf größer war als sie. Als er vorüberging, wandte sich der Mann ab, so daß er sein Gesicht nicht deutlich sehen konnte.

»Aber ich habe doch noch nie eine Stelle als Dienstmädchen gehabt«, sagte Nelly gerade, als er vorbeikam.

Eine Woche später erzählte ihm Mrs. Kilford unter Tränen, daß Nelly von zu Hause fortgelaufen sei und einen Mr. Hackitt geheiratet habe. Der einzige Trost für sie war, soweit der Hexer herausbringen konnte, daß die Ehe in allen Ehren vor dem Standesamt geschlossen worden war.

Zu seinem größten Erstaunen hörte Milton, daß das junge Paar die Flitterwochen in Paris zubringen wolle.

Der Hexer hatte keine Zeit für die Liebesabenteuer Nellys und wandte seine volle Aufmerksamkeit der Tätigkeit Libbys zu.

Er wollte keineswegs das Gesetz als solches außer Kraft setzen. Wenn ein Verbrecher eine Untat beging, für die ihn das Gericht genügend strafen konnte, war Milton zufrieden, wenn Scotland Yard in Tätigkeit gesetzt wurde. Eines Abends verhaftete die Polizei Mr. Libby. In seiner Werkstatt fand man eine Anzahl vorzüglich geschnittener Stahlstempel und Galvanos. Als die Angelegenheit durch Verhöre geklärt worden war, entschied sich Chefinspektor Bliss dafür, die Nachbarschaft abzusuchen, denn er wußte, daß der Hexer dort in der Nähe wohnte. Aber Henry Arthur Milton hatte das vorausgesehen und war verschwunden.

Eines Abends zwischen elf und zwölf sah er auf dem Strand den geheimnisvollen Liebhaber Nellys. Die Theater waren gerade zu Ende, und die Leute befanden sich auf dem Heimweg.

Mr. Hackitt hatte kein Recht, in London zu sein, im Gegenteil, er mußte seine Flitterwochen mit Nelly in Paris verbringen. Es war auch erstaunlich, daß er einen Zylinder und vornehme Kleidung trug und außerdem eine Dame begleitete, die nicht Nelly war.

Da der Hexer auch über die Privatangelegenheiten seiner Gegner gut unterrichtet war, erkannte er in der Dame Miss Carberry wieder, Inspektor Manders Freundin.

»Das ist ja äußerst interessant«, sagte er vor sich hin.

Ein paar Tage später verlegte er den Schauplatz seiner Tätigkeit nach Esher.

Das Sanatorium, das Dr. Lutteur in der Nähe dieses Dorfes unterhielt, war ein sehr praktischer, wenn auch einfacher Bau, der in einem großen Park lag. Wenn der Doktor auch nicht viele Patienten hatte, so stammten sie doch aus sehr guten Kreisen. Er besaß ein freundliches Wesen und tat alles, um seinen Kranken den Aufenthalt möglichst angenehm zu machen. Es gab wenig Anstalten, die so komfortabel und modern eingerichtet waren wie sein Sanatorium. Dr. Lutteur war reich und unverheiratet und kümmerte sich eigentlich nur um seine Arbeit. Seine Patienten und die wenigen Menschen, die zu dem Sanatorium Zutritt hatten, schätzten ihn sehr.

Er konnte es sich leisten, sich die Leute auszusuchen, und wenn

einem Mädchen, weil er ihren Vater in seiner Jugend gut gekannt hatte.

Ich erzählte das der jungen Dame, die gestern hier einen Besuch machte, während der Doktor in Bagshot war. Sie war sehr schön und ähnelte der Dame, die den Doktor vor ungefähr einer Stunde besuchte.«

Spät am Abend, als die Patienten schliefen oder wenigstens schlafen sollten, kam das junge Mädchen, das schon am Nachmittag in der Anstalt gewesen war, wieder in das Haus zurück. Mr. Ross lag der Länge nach auf dem Fußboden und hatte ein kleines Hörgerät am Ohr angebracht. Er lauschte mit dem größten Interesse der mehr oder weniger verworrenen Unterhaltung, die im Zimmer unter ihm geführt wurde.

»... Du magst mich für neugierig halten, aber ich habe jetzt alles herausgebracht ... Ich bin dir bis zum Waterloo-Bahnhof gefolgt ... Was hat das alles denn nur zu bedeuten?«

Später schien sie nicht mehr so stürmisch zu sein und zu widersprechen. Es mußte wohl zu einer Verständigung zwischen ihr und dem Doktor gekommen sein. Mr. Ross hörte noch die Worte: »Kleines Haus«.

Er hatte den Zusammenhang nicht ganz verstanden, denn er war überrascht, als er nach drei Tagen erfuhr, daß der Doktor eine Geschäftsreise nach Paris machen mußte.

Eine Stunde später verließ auch er das Sanatorium, aber es dauerte lange, bis er den Aufenthalt des Doktors feststellen konnte.

Die Ruhe der Enther Street in Lambeth wurde eines Nachts um zwei Uhr durch einen lauten Schrei gestört. In dieser traurigen Gegend war ein Schrei um diese Zeit kein außerordentliches Ereignis. An der Ecke der Straße hatten sich zwei Polizisten getroffen, deren Reviere hier zusammenstießen. Sie rauchten ganz gegen die Dienstvorschrift, und einer drehte sich nach der Richtung um, aus der der Schrei gekommen war.

»Da wird jemand verprügelt«, bemerkte er nur kurz.

Sie warteten auf weitere Schreie, aber die blieben aus. Das war ungewöhnlich. Ein Schreckensruf, dem keine weiteren folgten, hatte meistens keine gute Bedeutung.

Die beiden Polizisten gingen langsam die Straße entlang. Sie sahen ein offenes Fenster, aus dem jemand herausschaute.

»Im nächsten Haus«, sagte der Mann. »Das ist das erstemal, daß man etwas von den beiden Leuten hört, seitdem sie hier sind. Warten Sie einen Augenblick, ich komme gleich hinunter.«

Die Beamten waren an derartige Mitteilungen von seiten der Hausbewohner gewöhnt. Gleich darauf kam der Mann heraus. Er hatte inzwischen einen Mantel angezogen.

»Im Nebenhaus wohnt ein Mann mit einer Frau zusammen. Sie sind erst vorigen Monat eingezogen. Nur meine Frau hat es gesehen. Sie brachten ihre Möbel eines Abends her, als es regnete. Aber bis jetzt hat man weiter noch nichts von ihnen gehört.«

Einer der Polizisten betrachtete die Front des Hauses, das zwei Stockwerke hatte. Ein großer Mann mit einer Angelrute hätte die Dachrinne erreichen können. Oben waren zwei Fenster und unten eine Tür und ein Fenster.

»Ja, aber wir können den Leuten doch nichts anhaben, weil sie nicht aus ihrem Haus herauskommen«, meinte er nachdenklich.

Der Nachbar mußte ihm recht geben. Er wäre auch wahrscheinlich wieder zu Bett gegangen, und die Polizisten hätten weitergeraucht, wenn der zweite Beamte nicht in diesem Augenblick im oberen Fenster Licht bemerkt hätte. Es flackerte hin und her, war bald heller, bald dunkler.

»In dem Zimmer brennt es«, sagte er, nahm seinen Gummiknüppel von der Seite und hämmerte damit gegen die Haustür.

Die Straße wurde bald lebendig. Eine Türfüllung brach ein. Als der Polizist durchfaßte und aufschloß, schlug ihm eine Rauchwolke entgegen.

»Sieh zu, daß die Leute aus den Nachbarhäusern geweckt werden«, rief er seinem Kollegen zu. »Sie, junge Frau, laufen Sie mal schnell und alarmieren Sie die Feuerwehr!«

Er selbst ging in das Haus, tastete sich die Treppe hinauf und stieß die Tür zum Vorderzimmer auf. Die Hitze der Flammen trieb ihn erst zurück, aber als er eine Frau in dem brennenden Bett liegen sah, nahm er alle Kraft zusammen, und es gelang ihm, sie aus dem Raum zu ziehen.

Es war eine fast übermenschliche Anstrengung, sie die Treppe hinunterzutragen, denn der Rauch erstickte ihn beinahe. Als er ins Freie wankte, rasten gerade die Wagen der Feuerwehr heran. Ein Krankenauto folgte einige Minuten später und brachte die Frau zum nächsten Krankenhaus. Sie lebte noch, trotz einer schrecklichen Schnittwunde in der Seite, aber kurz nach der Einlieferung ins Krankenhaus starb sie. Sie war noch jung und sehr schön.

Der Polizist telefonierte an seinen Vorgesetzten, und Inspektor Mander berichtete Bliss am nächsten Morgen.

»Es ist ein ganz gewöhnlicher Fall. Ein gewisser Brown hat seine Frau erstochen, und während des Streites muß die Lampe umgestürzt sein. Brown ist noch nicht verhaftet worden, aber wir haben seine Personalbeschreibung überall zirkulieren lassen.«

Bliss hatte bereits die Meldung des Polizeiinspektors gelesen, in dessen Revier sich das Unglück zugetragen hatte.

»Es weiß niemand, ob der Mann Brown heißt, es hat ihn niemand gesehen, und der Fußboden war mit Petroleum getränkt. Abgesehen von diesen Tatsachen stimmt Ihr Bericht ja einigermaßen. Es ist besser, daß Inspektor Lindon den Fall bearbeitet. Er gehört ja sowieso zu seinem Bezirk.«

Den ganzen Tag suchten Detektive und Feuerwehrleute unter den rauchenden Trümmern nach dem vermißten Mann. Aber der hielt sich ganz woanders auf und ließ es sich gutgehen.

Dr. Lutteur saß in seinem Arbeitszimmer, rauchte und las in einem großen medizinischen Werk. Nach einer Weile schloß er das Buch, stellte es in ein Regal und nahm einen Bogen Aktenpapier aus einer Schublade. Er las das Schreiben durch und klingelte. Kurz darauf erschien eine Pflegerin.

»Ach, Schwester, Miss Timms läßt mir keine Ruhe mehr. Sie will ein neues Testament machen.«

»Sie hat doch erst vor einem Monat ihren Letzten Willen aufgesetzt? Hat sie nicht ihr ganzes Geld einer gewissen Mrs. Hackitt vermacht?«

Er nickte. »Offenbar hat sie ihre Ansicht wieder geändert. Sie möchte jetzt ihr Vermögen der Tochter einer alten Freundin, einer Miss Carberry, hinterlassen, und ich habe ein Testament nach ihren Wünschen aufgesetzt. Würden Sie so gut sein und als Zeugin unterschreiben?«

Sie sah ihn nachdenklich an.

»Miss Timms ist aber kaum in der Verfassung, ein Testament zu machen. Halten Sie es wirklich für gut?«

»Es macht ihr doch Freude. In ein paar Tagen wird sie wahrscheinlich wieder anderer Ansicht sein. Aber wir wollen nach oben gehen und ihre Unterschrift holen, solange sie wach ist. Die Nachtschwester kann ebenfalls unterschreiben.«

Die Uhr schlug eins. Der Doktor hatte das neue Testament in seinen Geldschrank eingeschlossen und wollte gerade zu Bett gehen, als ein Fremder an der Tür läutete. Er war mit drei Begleitern in einem Auto gekommen. Lutteur betrachtete das Gesicht des bärtigen Mannes, das ihm sehr bekannt vorkam.

»Ich bin Chefinspektor Bliss von Scotland Yard«, stellte sich der Beamte vor, »und ich möchte den Tod einer gewissen Mrs. Brown aufklären, die in der Enther Street in Lambeth ermordet wurde, ebenso den Tod zweier anderer Frauen, die von Ihren früheren Patientinnen große Vermögen erbten. Folgen Sie mir.«

Nach einigen Wochen wurde Dr. Lutteur zum Tode verurteilt, aber er konnte die Zusammenhänge immer noch nicht verstehen.

»Dr. Lutteur hatte sich ein einfaches Arbeitsschema zurechtgelegt«, erklärte Bliss Inspektor Mander. »Er unterhielt ein Sanatorium, und man kann nicht im mindesten nachweisen, daß die Patienten ermordet wurden, die dort starben. Sie starben eines natürlichen Todes, aber er wählte sie sehr sorgfältig aus. Das ganze Land hat er nach reichen älteren Damen abgesucht, die keine Verwandten hatten. Er überredete sie, in sein Sanatorium zu ziehen, wo er eine vorzügliche Bibliothek unterhielt. Natürlich zeigte er ihnen Fotos des herrlichen Parks und der komfortablen Krankenzimmer. Waren sie dann erst einmal dort, dann war der Rest ziemlich leicht.

Vor allem suchte er nach einer Erbin, der die Patientinnen ihr Vermögen vermachten. Durch seinen persönlichen Einfluß, vielleicht auch durch Betäubungsmittel brachte er dann seine Opfer dazu, ein Testament aufzusetzen und zu unterzeichnen. Ob er die Erbinnen jedesmal heiratete, habe ich nicht feststellen können, aber auf jeden Fall hat er die Tochter von Mrs. Kilford geheiratet. Er brachte sie um, als sie entdeckt hatte, wer er war. Sicher wäre er auch mit Miss Carberry so verfahren –«

»Carberry?« fragte Mander. »Ich kenne eine junge Dame dieses Namens. Aber wie haben Sie denn eigentlich das alles herausgebracht?«

»Ich habe einen Brief vom Hexer bekommen.«

14

DER LIEBENSWÜRDIGE SCHUSTER

In London lebten die beiden Brüder Pelcher, die in gewisser Weise Spezialisten waren, wenn ihnen auch niemand diesen Titel gab. Bei der Polizei heißen sie nur ›die Zwei‹. Diejenigen, die von ihnen überfallen worden waren, hatten je nach ihrem Temperament ganz andere Bezeichnungen für sie.

Marlow Joyner war das letzte ihrer Opfer. Er lag mit vollständig verbundenem Kopf im Krankenhaus und erzählte Chefinspektor Bliss unter Ächzen und Stöhnen, was er mit ihnen erlebt hatte. Außerdem waren noch zwei höhere Polizeibeamte und zwei Stenografen zugegen, die die Aussagen des Schwerverletzten aufnahmen.

Die Ärzte glaubten kaum, daß er mit dem Leben davonkommen werde. Aber glücklicherweise behielten sie nicht recht, wenn er auch eine Woche lang zwischen Leben und Tod schwebte.

Bliss nahm das Protokoll mit sich nach Scotland Yard.

»Ich weiß nicht, welchen Fall ich nun bearbeiten soll: ›Die Zwei‹ oder den Hexer. Aber der Hexer würde einen größeren Verlust für die menschliche Gesellschaft bedeuten.«

»Vielleicht sind ›die Zwei‹ mit dem Hexer identisch«, meinte Inspektor Mander.

Bliss warf ihm einen eisigen Blick zu.

»Der Hexer ist zwar schon in vielen Verkleidungen und Rollen aufgetaucht, aber ich kann mich nicht darauf besinnen, daß er seine Persönlichkeit jemals verdoppelt hat. Nur einem hoffnungslos Betrunkenen könnte er in doppelter Gestalt begegnet sein.«

Was Scotland Yard nicht wußte, war dem Hexer sehr wohl bekannt, der ›die Zwei‹ durch rastlose Tätigkeit und seine Beziehungen zur Unterwelt verfolgt und identifiziert hatte. Sie lebten in einer Vorstadt und brachten ihre freie Zeit damit zu, Rosen zu züchten.

Seit fünf Wochen suchte er Beweismaterial, das ein Gericht überzeugen konnte, aber es war nicht aufzutreiben, und schließlich entschied er sich dafür, den Fall persönlich zu regeln.

Eines frühen Morgens wurden die beiden Brüder auf der Straße aufgefunden, an der sie wohnten, und in bedenklichem Zustand ins Krankenhaus gebracht.

Sie waren genauso schrecklich zugerichtet wie ihre Opfer, und es dauerte acht Wochen, bevor der eine auf dem Weg der Besserung war. Sie machten der Polizei keine näheren Angaben, sondern sagten nur, daß sie von einer Anzahl von Rowdys angegriffen worden seien. Keiner erwähnte den einzelnen Mann, der sie angerufen hatte.

»Sie haben sicher schon von mir gehört – ich bin der Hexer, und ich habe mich schon lange über Sie geärgert . . .«

Während sie noch miteinander berieten, wie sie den Mann am besten loswerden konnten, ohne großes Aufsehen zu erregen, wurde der eine plötzlich niedergeschlagen. Sein Bruder eilte ihm zu Hilfe, aber auch ihn traf ein furchtbarer Schlag, so daß er sofort besinnungslos niederstürzte. Als er aufwachte, lag er in einem Bett und sein Bruder in dem nächsten.

Schließlich wurden die beiden wieder aus dem Krankenhaus entlassen, und sie brüteten Rache.

»Nach allem, was wir wissen, Harry, müßten wir eigentlich in der Lage sein, diesen merkwürdigen Vogel zu fangen.«

In einem vornehmen Café in Wien schoß Kelly Rosefield auf den Mann, den er wie die Pest haßte. Sein Schuß traf aber nicht, und den zweiten gab der Fremde ab. Kelly stürzte mit einer Wunde in der Schulter zu Boden.

Er hatte die Angewohnheit, seine Freundin zu verprügeln, wenn er Lust dazu verspürte. Er lebte mit ihr in einem vornehmen Haus zusammen, aber er war so unvorsichtig gewesen, die Wohnungstür offenzulassen, als er sich auf die Frau stürzte. Der Herr, der unter ihnen wohnte, konnte daher ohne weiteres hineingehen. Was er mit Kelly gemacht hatte, wußte man nicht genau, aber Mr. Rosefields Freunde sprachen noch lange darüber.

Kelly erklärte seine Verletzungen auf verschiedene Weise. Einmal erzählte er, er sei von einem Auto überfahren worden, ein andermal, er sei gegen eine Laterne gefallen, und schließlich, er sei vom Pferd gestürzt. Und seine unmöglichsten Angaben wurden jedesmal von Carmen Flora bestätigt, die allen Grund gehabt hätte, sich von ihm zu trennen.

Sie war über die Schießerei in dem Café sogar noch wütender als er, und als Kelly verwundet im Krankenhaus lag, machte sie sich auf die Suche nach dem Mann, der ihn verletzt hatte.

Aber Henry Arthur Milton wußte, daß auch noch andere Leute nach ihm Ausschau hielten. Man kann nicht in einem Wiener Café mit der Pistole um sich schießen, ohne die Aufmerksamkeit der Polizei auf sich zu lenken. Er verlegte den Schauplatz seiner Tätigkeit deshalb nach Berlin. Vier Monate später begegnete er in seinem Londoner Hotel Carmen Flora, und sie erkannte ihn wieder. Sie sagte nichts, aber das Aufflackern ihrer Augen verriet ihm genug. Er ging in sein Zimmer, packte seinen Koffer, klingelte nach der Rechnung, und eine halbe Stunde darauf hatte er das Hotel verlasssen.

Der Hexer glaubte nicht an Glücksfälle im guten oder bösen Sinn und entschuldigte seine Mißerfolge in keiner Weise.

»Ich fasse den Kerl, und wenn ich fünfzig Jahre warten soll«, sagte Kelly.

In Scotland Yard hielt man Kelly für einen sehr üblen Charakter. Er war ein Dieb und verkehrte vornehmlich in solchen Kreisen. Mit Hilfe seiner Partnerin, die er als seine Frau ausgab, hatte er schon hohe Beträge an sich gebracht. Er erpreßte das Geld vor allem von jungen Herren, denn Carmen Flora war schön und konnte sehr, sehr liebenswürdig sein.

Bliss hörte von Kellys Ankunft und schickte sofort einen Sergeanten aus, der nachforschen sollte, ob der Mann lange in London blieb.

»Ich besitze die englische Staatsangehörigkeit, und Sie können mich nicht ausweisen«, sagte Kelly erregt. »Ich bin in Privatgeschäften in London.«

»Wir können Sie höchstens ins Gefängnis stecken«, erwiderte der Beamte liebenswürdig, »aber das wird Ihnen jedenfalls nicht sehr angenehm sein. Sie kommen aber bestimmt dorthin, wenn Sie wieder nette kleine Abendgesellschaften geben und junge Herren dazu einladen.«

Kelly hatte ein böses Gewissen, denn gerade am Abend vorher war der Sohn eines Millionärs bei ihm zu Gast gewesen. Fast alle Söhne von Millionären besitzen kein Geld, aber ihre reichen Väter zahlen jede Summe, um den Namen der Familie reinzuhalten.

»Wenn Sie neidisch darauf sind, daß ich andere Leute bewirte –«, begann er.

Aber der Sergeant wurde plötzlich sehr unhöflich.

»Nehmen Sie die Hände hoch. Ich will einmal nachsehen, ob Sie eine Pistole bei sich haben.«

Kelly fügte sich, denn er hatte seinen Browning sehr gut versteckt.

Als Bliss den Bericht hörte, war er sehr interessiert.

»Ich habe eben eine Mitteilung von der Wiener Polizei erhalten. Kelly ist dort von einem Mann angeschossen worden, und mein österreichischer Kollege meint, daß es der Hexer gewesen sei. Sollte das stimmen, so ist Milton jetzt sicher in London.«

Er schickte nach Mander, der auch sofort erschien.

»Vielleicht können wir durch Kelly den Hexer fangen. Dann wäre noch eine andere kleine Sache aufzuklären. Sie erinnern sich doch noch an die beiden Brüder Pelcher, die vor etwa sechs Wochen mit schweren Verletzungen ins Krankenhaus von Lewisham eingeliefert wurden?«

Mander konnte sich noch gut darauf besinnen.

»Die beiden sollen beobachtet werden. Damit will ich gerade nicht behaupten, daß sie ›die Zwei‹ sind, aber gewisse Berichte haben mich etwas argwöhnisch gemacht. Wenn sie wirklich ›die

Zwei‹ sein sollten, dann hat auch ihren Unglücksfall der Hexer auf dem Gewissen.«

»Es sind aber recht achtbare Leute. Sie arbeiten beide in der City«, erwiderte Mander.

»Deshalb sind sie noch lange keine achtbaren Leute.«

Kelly war ein ziemlich wohlhabender Mann. Er konnte es sich leisten, in einem der besten Hotels zu wohnen, und er war auch in der Lage, Privatdetektive zu engagieren, die seinen verhaßten Gegner suchen sollten. Seine Partnerin besaß eine große Anzahl von Schmuckstücken, aber er war ihr gegenüber sonst sehr vorsichtig, ja geradezu geizig. Wenn die beiden auf dem Festland reisten, dann fuhr sie unweigerlich zweiter Klasse, während er die erste benutzte.

Seine Eitelkeit verlangte jedoch, daß seine Frau prachtvolle Juwelen trug. Er hatte ihre Halsketten, Armbänder, Ringe und Broschen auf der Reise stets in einer Hüfttasche bei sich. Jeden Abend vor dem Essen gab er ihr die Schmuckstücke, aber sie mußte sie wieder abliefern, bevor sie zu Bett ging.

Eines Abends wollte er Carmen Flora gerade wieder den Schmuck aushändigen, als der Zimmerkellner klopfte und mitteilte, daß ein Mann Mr. Kelly zu sprechen wünsche. Kelly hatte Angst vor Detektiven und fragte, wie der Herr aussehe. Er fühlte sich erleichtert, als er hörte, daß er schon älter sei.

›Herr‹ war eine etwas übertriebene Bezeichnung. Der Besucher war grauhaarig, trug einen schäbigen Anzug und eine Brille und sagte, daß er Schuster sei. Er machte einen sehr nervösen Eindruck und wollte nicht eher mit Kelly sprechen, als bis Carmen Flora ins andere Zimmer geschickt worden war.

»Ich möchte Ihnen etwas von dem Mann erzählen, der ein Zimmer bei mir gemietet hat«, begann er dann aufgeregt. »Ich würde mich natürlich am liebsten nicht um Dinge kümmern, die mich nichts angehen, aber ich habe nun fünfundzwanzig Jahre lang in demselben Haus gelebt, mich schlecht und recht durchgeschlagen und noch niemals jemand einen Shilling geschuldet, aber dieser Mieter, den ich da habe . . .«

Er berichtete, daß der Mann seit drei Wochen bei ihm wohnte, sich ruhig verhielt und nur am Abend ausging. Das war auch vollständig in Ordnung, denn er war, wie er vorgab, von Beruf Nachtwächter.

»Aber ich habe einen Verdacht gegen ihn«, fuhr der Schuster fort, der sich Hays nannte. »Als er neulich abends weggegangen war, öffnete ich seine Schlafzimmertür und fand auf seinem Tisch Pläne von diesem Hotel.« Er faßte in die Tasche, holte einen Bogen Papier heraus und breitete ihn auf dem Tisch aus. »Sehen Sie, hier ist es«, sagte er und zeigte auf die Bemerkung ›Kellys Zimmer‹. Darunter stand neben einem Kreuz ›Schmuck der Frau wird hier aufbewahrt‹.

Kelly betrachtete den Plan genauer und staunte. Das Kreuz war an derselben Stelle gemacht, wo er tagsüber die Juwelen in einem Schrankkoffer verschlossen hielt.

»Ich sagte mir«, begann Mr. Hays wieder, »daß dieser Mann ein Einbrecher sein muß und daß ich die Pflicht habe, Sie zu warnen.«

»Wie sieht er denn aus?« fragte Kelly leichthin.

Mr. Hays beschrieb den Mann sehr umständlich, und Kelly blieb nicht im Zweifel darüber, wer der vermutliche Einbrecher war. Er erfuhr, daß der Schuster in seinem Haus allein lebte.

»Wie wäre es, wenn Sie mich einmal nachts in sein Zimmer ließen, wenn er fort ist?« meinte er nachdenklich.

Mr. Hays zögerte und sagte dann etwas von der Polizei.

»Ach, auf die Polizei kommt es nicht an«, entgegnete Kelly und holte eine Anzahl Geldscheine aus der Tasche.

Am nächsten Morgen gab er Carmen Flora Instruktionen. »Du fährst sofort nach Wien und wartest dort auf mich. In ein oder zwei Tagen komme ich nach.«

»Was hast du denn nun schon wieder vor?« fragte sie.

An diese ungewöhnlich schnellen Reisen war sie allerdings gewöhnt.

Er gab ihr eine unverschämte Antwort, so daß sie schwieg.

Am Nachmittag zahlte er seine Hotelrechnung. Carmen Flora hatte bereits alles Gepäck mitgenommen, und er konnte unbehindert zu dem Haus des Schusters gehen.

*

Aber Kelly war nicht der einzige, der am Abend vorher einen Besuch erhalten hatte. Die beiden Brüder Pelcher spielten gerade in ihrem hübschen Wohnzimmer eine Partie Domino, als plötzlich Mr. Hays gemeldet wurde.

»Wer ist denn nun das schon wieder? Kennst du einen Mr. Hays, Harry?«

Aber sein Bruder konnte ihm keine Auskunft geben.

Gleich darauf stand der alte Schuster im Zimmer.

»Es ist nicht meine Sache, meine Nase in anderer Leute Angelegenheiten zu stecken«, sagte er. »Ich bin ein ehrbarer Bürger wie Sie auch, aber ich habe die Zeitungen gelesen und meine eigenen Schlußfolgerungen daraus gezogen.«

Er machte eine Pause, aber die beiden sahen ihn nur unfreundlich an.

»Sie sind doch die Herren, die eines Abends auf der Straße niedergeschlagen wurden? Ich habe davon gelesen und den Ausschnitt aufbewahrt. Und es war merkwürdig, daß mein Mieter mir über die Schulter guckte, als ich den Artikel neulich abends las. ›Warum heben Sie denn den Ausschnitt auf?‹ fragte er lachend. Ich sagte ihm, daß ich solche Berichte immer aufhebe. ›Es ist nur schade‹, meinte er darauf, ›daß sie der Polizei nicht erzählt haben, wer ihnen wirklich begegnet ist. Das war nämlich der Hexer.‹«

Die beiden Brüder sahen schnell auf.

»Hat er noch mehr gesagt?« fragte Harry.

Der Schuster strich mit der Hand über das unrasierte Kinn.

»Ja, und deshalb wollte ich eigentlich mit Ihnen sprechen. Er sagte: ›Die Zwei hätten eigentlich vollkommen erledigt werden müssen. In den nächsten Tagen will ich sie mir näher ansehen.‹«

Auf ihre Fragen hin beschrieb er den Mieter genauer und erzählte auch sonstige Einzelheiten über ihn. Die beiden schauten sich bestürzt an.

»Wenn wir Ihnen ein paar Pfund gäben«, schlug Harry dann vor, »könnten Sie doch morgen abend ins Kino gehen und uns den Schlüssel zu Ihrer Wohnung überlassen. Sie haben doch gesagt, daß er bis zehn Uhr zu Haus bleibt?«

»Bis elf«, verbesserte Hays.

Der Schuster steckte die fünf Pfund ein und legte dafür den Schlüssel auf den Tisch. Kelly hatte hierfür zweimal soviel gezahlt.

Die beiden Brüder sprachen noch lange über die Angelegenheit.

»Wenn wir ihn nachher dort lassen, zeigt der alte Kerl die Sache sicher der Polizei an. Gehen wir aber ruhig ins Haus und schaffen ihn später irgendwohin, so bleibt alles ruhig, und niemand kann uns etwas nachsagen.«

Über diesen Punkt verständigten sie sich und beschlossen dann, ein Auto zu stehlen, was ihnen in der nächsten Nacht auch gelang. Sie nahmen den Wagen eines Arztes, der zu einem Patienten gerufen worden war, und fuhren vergnügt zu dem Haus, in dem sie den Hexer zu treffen hofften.

Es war ein kleines Gebäude mit einem Vorgarten, und bei genaueren Nachforschungen hätten die Brüder im Gebüsch ein Schild mit der Aufschrift gefunden, daß das Haus zu vermieten sei.

Der Schuster hatte es entfernt, als er vor etwa einer Woche Besitz von der Wohnung ergriffen hatte. Für Möbel hatte er sehr wenig ausgegeben, und es lag nur ein kleiner Teppich im Flur.

»Es ist das Zimmer rechts von der Treppe im ersten Stock«, sagte Harry leise, als er die Haustür aufschloß.

»Hast du die Gummiüberschuhe angezogen?«

Der andere nickte.

Sie gingen hinein und machten die Tür geräuschlos zu. Harry stieg zuerst hinauf und blieb vor der geschlossenen Tür stehen. Es mußte jemand in dem Raum sein, denn sie hörten leichte Geräusche. Harry holte einen Gummiknüppel heraus, grinste im Dunkeln und drückte die Klinke nieder.

»Wer ist da?« fragte eine Stimme aus dem Innern.

Der Mann im Zimmer hob sich unglücklicherweise deutlich von dem Fenster ab. Harry sah die Pistole mit dem Schalldämpfer und sprang zur Seite. Ein Schuß fiel, aber bevor der Fremde wieder feuern konnte, hatte er mit dem Gummiknüppel einen Schlag über den Schädel erhalten.

*

Zwei Leute stiegen in der Nähe von Burlington Gardens aus einem Auto, und jeder ging in einer anderen Richtung davon.

Ein Polizist entdeckte die Limousine nach einiger Zeit, sah, daß die Scheinwerfer brannten, und merkte sich, wann er den Wagen zum erstenmal gesehen hatte. Als er auf dem Rundgang durch sein Revier wieder zu der Stelle kam, stand das Auto immer noch dort.

Burlington Gardens war kein Parkplatz, und es lag auch kein Restaurant oder Hotel in der Nähe, das die Anwesenheit des Wagens erklärt hätte. Er schrieb die Nummer auf und wartete auf die Rückkehr der Besitzer. Um zwölf Uhr nachts wurde er abgelöst und sagte seinem Kollegen, was er beobachtet hatte.

Um zwei waren die Besitzer immer noch nicht auf der Bildfläche erschienen. Der einzige, der die zwei beobachtet hatte, war ein nächtlicher Wanderer, der die Polizei benachrichtigte.

Kurz nach drei kam der Sergeant, dem die Sache berichtet worden war, und öffnete die Tür. Im Schein seiner Lampe sah er eine reglose Gestalt auf dem Boden, deren Kopf auf die Brust gesunken war.

Der Unglückliche lebte noch und kam wahrscheinlich auch davon, aber sein Gesicht war verstümmelt. Kelly war mit einem Gummiknüppel schrecklich zugerichtet worden, und als er verhört wurde, konnte er kaum sprechen ...

»... Zwei Leute ... einer war der Hexer ... er nahm mir die Juwelen aus der Tasche ... meine Uhr und meine Kette ... und ungefähr achtzehnhundert Pfund ...«

Die beiden Brüder, die sich in Burlington Gardens getrennt hatten, trafen sich zu Hause wieder.

»Ich wette, der Kerl wird lange Zeit keine Zigarre mehr rauchen!«

»Ist er tot?«

»Nein. Das war die Sache nicht wert«, entgegnete Harry selbstzufrieden. »Ich bin neugierig, was in dem Kasten ist. Wahrscheinlich Brillanten. Und genug Geld hat er ja auch bei sich gehabt.« Er holte einen großen Stoß Banknoten aus der Tasche und legte sie auf den Tisch.

Im gleichen Augenblick öffnete sich eine Seitentür, und mehrere Beamte traten ins Zimmer.

»Schwerer Raub ist eins der schwersten Verbrechen, die begangen werden können«, sagte der Richter, als er das Urteil über die beiden verstörten jungen Leute sprach. »Ihr unglückliches Opfer liegt noch im Krankenhaus, und obwohl der Mann einen schlechten Ruf hat und Zweifel über die Herkunft der Brillanten bestehen, muß doch die menschliche Gesellschaft gegen solche Übergriffe geschützt werden. Sie bekommen drei Jahre Zuchthaus!«

Das merkwürdigste war, daß weder Kelly noch der Staatsanwalt noch einer der beiden Brüder Pelcher etwas von dem Hexer erwähnten, der all dieses Unheil angestiftet hatte.

15

UM EIN TESTAMENT

Henry Arthur Milton ging an einem warmen Frühlingsabend am Themseufer entlang und rauchte eine Zigarre. Plötzlich bemerkte er einen ärmlich gekleideten Mann, der sich mit den Armen auf das Geländer stützte, in das dunkle Wasser starrte und sich dann aufrichtete. Sofort ergriff er ihn am Arm und riß ihn zurück.

»Wenn Sie ins Wasser gehen, muß ich Ihnen nachspringen«, sagte er liebenswürdig. »Ich werde dann furchtbar naß, und das ist sehr unangenehm. Außerdem ziehe ich die Aufmerksamkeit der Leute auf mich, was ich nicht im geringsten beabsichtige.«

Der Mann zitterte von Kopf bis Fuß. Sein hageres, unrasiertes Gesicht war eingefallen und sein abgenutzter Kragen ausgefranst.

»Ich bin Ihnen sehr dankbar«, entgegnete er.

Seine Stimme verriet gute Erziehung und Bildung, aber die Worte kamen mechanisch aus seinem Mund. Allem Anschein nach war er ein Gentleman, denn nur ein solcher konnte das plötzliche Eingreifen eines anderen Menschen so ruhig hinnehmen.

»Begleiten Sie mich doch«, sagte der Hexer.

Der Fremde zögerte.

»Ich will kein Geld von Ihnen – auch keine Mildtätigkeit irgendwelcher Art.«

Henry Arthur Milton lachte leise.

»Ich habe auch gar nicht die Absicht, mich menschenfreundlich zu betätigen.«

Er war in sehr schlechter Stimmung, denn er ärgerte sich jedesmal, wenn die Zeitungen Briefe veröffentlichten, in denen sich die Leute beklagten, daß es der Polizei noch immer nicht gelungen sei, ihn festzunehmen. Heute morgen hatte er drei solcher Zuschriften in einem einzigen Blatt gelesen. Der Artikel, der ihn am meisten in Harnisch gebracht hatte, war von einem gewissen Ferdinand Goldford verfaßt, der in Crakehall, Bourne End, wohnte.

»Es ist vielleicht gut, wenn ich Ihnen sage, daß ich erst heute morgen aus dem Gefängnis entlassen wurde«, erklärte der fremde Mann. »Ich mußte eine Strafe von zwei Monaten absitzen, weil ich in ein Haus auf dem Lande eingebrochen war. Ich tat es, um mir mein Eigentum zu nehmen.«

»Sie sagten, daß Sie aus dem Gefängnis entlassen worden sind? Ich freue mich jedesmal bei dem Gedanken, daß ich noch nicht hineingekommen bin.«

Der Lebensmüde hieß Lopez Burt. Er war früher Offizier in einem Kavallerieregiment in Indien und der Erbe eines reichen, wenn auch exzentrischen Vaters gewesen. Die wunderlichen Neigungen des alten Burt nahmen jedoch während der Abwesenheit so ernste Formen an, daß er sein großes Vermögen den Kindern seines Schwagers hinterließ.

Lopez Burt hätte das Testament anfechten können, aber er entdeckte erst Monate später, daß sein Vater schon zwei Jahre vor seinem Tod ein verändertes Wesen an den Tag gelegt hatte. In dieser Zeit hatte der alte Mann auch seinen Neffen Ferdinand zu sich genommen und das neue Testament aufgesetzt.

»Ich mache meinem Vater keine Vorwürfe«, sagte Burt mit

philosophischer Ruhe. »Der arme alte Herr hatte einen Unfall bei der Fuchsjagd und fiel vom Pferd. Dabei mußte er sich am Kopf verletzt haben. Später hat er seine vollen geistigen Fähigkeiten nie wieder zurückerlangt. Die Familie Goldford hat mir diese Tatsache natürlich verheimlicht –«

»Wie heißen Ihre Verwandten?« fragte der Hexer, der sich plötzlich sehr für den Fall interessierte. »Es sind doch nicht etwa die Goldfords von Crakehall, Bourne End?«

Lopez nickte.

»Ja. Bei ihnen habe ich auch eingebrochen«, erwiderte er beinahe heiter. »Es ging mir in der Armee sehr schlecht, ich geriet in Schulden, machte mir aber keine Sorgen, da ich ja immer annahm, eines Tages ein großes Vermögen zu erben. Aber als mein Vater starb und mir nichts hinterließ, kam ich in Schwierigkeiten und mußte den Dienst quittieren. Ich traf in England ein und hatte nur noch einen halben Shilling in der Tasche. Natürlich hatte ich nicht den geringsten Wunsch, die Goldfords wiederzusehen und sie um Unterstützung zu bitten. Deshalb hatte ich auch noch nichts davon gehört, daß die geistigen Fähigkeiten meines Vaters vor seinem Tod nachgelassen hatten. Als ich bei ihnen einbrach, befanden sie sich gerade im Ausland, und der Hauptzeuge gegen mich war der Hausmeister. Das klingt wie eine Geschichte, die ein alter Sträfling erfunden hat, um das Mitleid seiner Zuhörer zu erregen – finden Sie nicht auch?«

Der Hexer schüttelte den Kopf.

»Nein. Ich habe einige Zimmer im Adelphi. Wollen Sie mitkommen, ein Bad nehmen und etwas essen?«

»Nein«, erwiderte Burt entschieden.

»Dann bleibt mir nichts anderes übrig, als Ihnen einen Schlag auf die Nase zu versetzen«, sagte Milton traurig. »Ich bin sehr empfindlich, wenn Leute meine Einladungen ablehnen.«

Er hörte, wie Burt lachte.

»Nun gut, dann will ich Ihre Güte und Freundlichkeit in Anspruch nehmen. Ich bin so hungrig, daß ich vor Schwäche fast umfalle.«

*

Der Hexer hatte ein möblierte Wohnung von einem Herrn gemietet, der für ein Jahr nach Kanada gereist war. Die Flucht von Zimmern war in moderner Einfachheit und Schönheit ausgestattet. Überall lagen gediegene Teppiche, und die Wände zeigten zum Teil Stoffbespannung.

»So, hier ist das Badezimmer. – Nachher wäre es gut, wenn Sie etwas Leichtverdauliches äßen. Wie wäre es mit einigen belegten Butterbroten? Ich lasse mir jeden Tag einige aus dem Restaurant heraufschicken.«

Er suchte Anzug, Hemd, Kragen, ein Paar Schuhe und die übrigen Kleinigkeiten zusammen, die ein Mann braucht.

»Danken Sie mir, wenn Sie wieder herauskommen, aber machen Sie es kurz.«

Damit entfernte er sich, um Bettwäsche für das Fremdenzimmer herauszusuchen.

Später unterhielt er sich noch eingehend mit seinem Gast und ließ sich seine Geschichte in allen Einzelheiten erzählen. Bis zwei Uhr morgens hörte er geduldig zu, dann kam er endlich auf den Punkt zu sprechen, der ihn am meisten interessierte.

»Diese Goldfords scheinen also recht unangenehme Leute zu sein.« Er schaute nachdenklich zur Decke hinauf. »Sie haben wohl nichts mehr von Ihren früheren Habseligkeiten. Besitzen Sie vielleicht noch Briefe von Ihrem Vater?«

Lopez Burt sah ihn schnell an.

»Warum fragen Sie danach? Ich habe tatsächlich noch eine Menge Briefe von ihm. Sie liegen in einem Kasten bei meinem früheren Bankier.«

»Können Sie sich diese Briefe beschaffen?«

Burt betrachtete ihn erstaunt.

»Was haben Sie denn damit vor?«

Henry Arthur Milton streckte sich in seinem Stuhl aus und schaute an Burt vorbei.

»Ich bin in gewisser Weise hellsichtig. Diese Gabe haben mehr Menschen, als man ahnt. Als ich Sie sah, hatte ich sofort das Gefühl, daß Sie der Erbe eines großen Vermögens seien, und ich wunderte mich natürlich, daß ein Mann, der vom Schicksal so begünstigt war, sich das Leben nehmen wollte.«

»Aber das ist doch alles Unsinn, was Sie da sagen.«

Der Hexer neigte den Kopf und sah Burt freundlich an.

»Ja. Manchmal rede ich dummes Zeug. Ich habe natürlich keine Ahnung, wie die gesetzlichen Vorschriften über das Erbrecht sind. Aber ich nehme an, daß Ihre Verwandten jetzt ein großes Vermögen besitzen und im Geld wühlen können. Wie hoch war denn die Erbschaft?«

»Siebzigtausend Pfund«, entgegnete Burt traurig und zuckte die Schultern. »Aber was kommt es jetzt noch darauf an?«

»Wie lauteten denn die Bestimmungen des Testaments?«

»Das Vermögen wurde zu drei gleichen Teilen den Geschwistern Goldford vererbt, und zwar Ferdinand, Lena und Anthony. Es war merkwürdig, daß die Namen in dem Testament nicht einzeln aufgeführt waren. Mein guter, alter Vater schrieb nur ›Ich vermache mein Vermögen den Kindern meines verstorbenen Schwagers Tobias Goldford‹, und daraus entwickelte sich ein Erbstreit.«

»Wieso?« fragte der Hexer schnell. »Ist das Testament denn irgendwie angefochten worden?«

»Ach, wir wollen lieber nicht mehr darüber sprechen«, sagte Burt müde.

»Im Gegenteil, wir wollen sehr viel darüber sprechen. Ist das Testament vom Gericht nicht anerkannt worden, oder was ist sonst geschehen?«

»Die Sache ist vor Gericht noch nicht geregelt. Ich glaubte, ich hätte eine Möglichkeit, das Testament anzufechten, aber ein Rechtsanwalt, den ich auf dem Weg nach London traf, sagte mir, daß ich absolut keine Aussichten hätte. Es gibt nämlich noch ein viertes Kind des verstorbenen Tobias Goldford, und zwar aus einer früheren Ehe. Das hatten sie ganz vergessen, als sie den alten Herrn überredeten, das Testament aufzusetzen. Der junge Mann war zu der Zeit in Südamerika, und er klagt jetzt vor Gericht um seinen Anteil an der Erbschaft. Tobias Goldford war in erster Ehe in Südamerika verheiratet, und aus dieser Ehe stammt der Sohn. Es mußten viele Zeugenaussagen beigebracht werden, und durch die weiten Entfernungen traten beträchtliche Verzögerungen ein. Natürlich waren die anderen Goldfords furchtbar wütend auf ihren Stiefbruder, und nun haben sie allerhand Prozesse gegeneinander angestrengt.«

»Was ist dieser Ferdinand Goldford für ein Mann?«

»Er ist ein großer Schuft.«

»Ich bin in diesem Augenblick tatsächlich hellsichtig«, sagte Henry Arthur Milton leise, und ein vergnügtes Lächeln ging über sein Gesicht.

Am nächsten Morgen stellte er schon sehr frühzeitig Nachforschungen an. Er sah eine Abschrift des Testaments ein, das zwei alte Diener Burts als Zeugen unterschrieben hatten. Es war drei Monate vor dem Tod des alten Herrn aufgesetzt worden.

»Wer waren denn die Zeugen?« fragte der Hexer, als er wieder nach Hause kam.

Burt hielt erstaunt mitten im Frühstück inne.

»Sie sind aber schon sehr früh an der Arbeit gewesen. Sie meinen die Leute, die als Zeugen fungierten?«

»Wo kann man sie finden?«

»Sie sind tot«, erwiderte Lopez ernst. »Sie haben meinen armen Vater nur um fünf Monate überlebt. Mein Rechtsanwalt sagte mir, daß ich vielleicht eine Chance hätte, wenn die beiden noch am Leben wären. Es waren nette alte Leute; sie kannten mich von meiner Kindheit an und schrieben mir regelmäßig nach Indien. Ich habe noch viele Briefe von ihnen –«

»Liegen die auch in dem Kasten bei der Bank?« erkundigte sich der Hexer interessiert.

Burt dachte nach.

»Ja, die müssen auch darin sein.«

»Das ist ja glänzend. Heute morgen noch gehen Sie hin, holen den Kasten und bringen ihn hierher.«

Eine Woche später stieg ein eleganter Herr in mittleren Jahren aus einem Luxuswagen, der vor Crakehall hielt.

Ferdinand, der gerade Golf spielte, eilte zum Haus, um den Besucher zu begrüßen.

»Guten Morgen«, sagte der fremde Herr. »Ich bin Colonel St. Vinnes. Ist Burt zu Hause?«

»Burt?« fragte Ferdie erstaunt. »Meinen Sie etwa meinen Vetter Lopez Burt? Großer Gott, ich dachte, seine Verhältnisse seien allgemein bekannt. Er ist in Indien in Schwierigkeiten gekommen und hat den Dienst quittieren müssen . . .«

»Ich weiß, ich weiß. Aber das war vor der Lal-Singh-Affäre. Dieser Glückspilz! Wenn er aber jetzt seinen Reichtum auch wieder durchbringt, dann ist ihm wirklich nicht zu helfen. Ich dachte, er sei aus Amerika zurückgekehrt . . .«

Ferdinand Goldford war nun äußerst interessiert, denn Geld spielte eine große Rolle in seinem Leben.

»Es ist doch sicher Lopez, von dem Sie sprechen?« fragte er, um sein Erstaunen zu verbergen. »Sie sagten, daß er eine Menge Geld hat? Wir haben lange nichts von ihm gehört.«

Der Colonel wunderte sich.

»Was, er ist nicht hier? Das ist aber schade.«

Seine Persönlichkeit machte großen Eindruck auf Ferdinand.

»Wollen Sie bitte näher treten?« lud er ihn ein.

Der Fremde folgte ihm durch die große Halle in das Wohnzimmer, wo er Ferdies Bruder und Schwester vorgestellt wurde. Sie sahen einander sehr ähnlich und hatten alle in gleicher Weise frische runde Gesichter und kleine blaue Augen.

»Ein Freund von unserem lieben Lopez«, erklärte Ferdinand laut, als ob er den Protest seiner Geschwister dadurch von vornherein erledigen wollte. »Das ist Colonel St. Vinnes. Der gute Lopez hat eine Menge Geld gemacht – in Amerika.«

Er hatte sehr schnell gesprochen, und die anderen betrachteten den Fremden argwöhnisch, als ob sie der Mitteilung nicht trauten. Es erschien ihnen ziemlich unmöglich, daß Lopez Geld verdient haben sollte.

»Wie kann ich denn mit ihm in Verbindung kommen?« fragte der Colonel und schaute auf die Uhr. »Ich habe ein Telegramm erhalten, daß er heute hier sein werde. Sehr lange kann ich nicht warten, da ich nach London zurückfahren muß. Darf ich vielleicht einen Brief für ihn zurücklassen?«

Ferdie Goldford zeigte sich in jeder Weise zuvorkommend.

»Selbstverständlich. Bitte kommen Sie mit, Colonel.«

Sie gingen den breiten Gang entlang, bis sie zu einem Zimmer kamen, dessen Wände von Bücherregalen verdeckt waren.

»Dies war die Bibliothek unseres alten Onkels. Wir benutzen sie nicht. Hier ist ein Schreibtisch, und Tinte ist auch da. Aber vielleicht darf ich Ihnen meinen Füllfederhalter anbieten?«

Der Colonel hatte selbst einen, und Ferdie entfernte sich, um noch für Schreibpapier zu sorgen. Einige Minuten später kam er zurück und entschuldigte sich noch einmal, weil das Zimmer so selten betreten wurde.

»Es sind so viele Bücher hier, und es riecht so merkwürdig nach Staub. Wir können sie aber nicht eher hinausschaffen, als bis die Prozesse wegen des Testaments erledigt sind. Immerhin hoffe ich, daß in einigen Wochen alles geregelt sein wird.«

»Es scheint eine sehr wertvolle Bibliothek zu sein«, meinte St. Vinnes und schaute sich um.

Ferdie lächelte.

»Ach, es ist kaum ein Buch hier, das sich zu lesen lohnt.« Der Colonel schrieb seinen Brief, während Ferdie in der Nähe stand. Er hatte scharfe Augen und hätte mitlesen können, aber er gab sich keine große Mühe, den Inhalt des Schreibens im Augenblick zu entziffern. Man konnte ja den Umschlag leicht aufdämpfen, wenn der Colonel gegangen war. Und St. Vinnes hatte sich auch kaum empfohlen, als sich die drei zusammensetzten und den Brief lasen.

»Nichts, aber auch gar nichts kann man daraus ersehen«, erklärte Ferdinand.

Er schloß den Brief wieder und stellte ihn auf den Kamin, falls sein Vetter später kommen sollte.

»Was soll ich nun anfangen?« fragte Lopez Burt, als der Hexer abends zum Essen kam.

»Vorläufig verhalten Sie sich ganz ruhig. Mir macht dieses Abenteuer riesigen Spaß. Sind Sie beim Schneider gewesen?«

»Ja. Es ging mit der Konfektionskleidung besser, als ich dachte. Sie machen ein paar Änderungen und wollen die Anzüge noch heute schicken. Wissen Sie auch, daß ich schon beinahe hundert Pfund von Ihrem Geld ausgegeben habe?«

»Sie werden noch mehr ausgeben«, entgegnete der Hexer vergnügt. »Sobald Ihre Anzüge kommen, packen Sie sie hier in diesen eleganten Koffer, nehmen ein Taxi und fahren zum Ritz-Carlton. Ihre Zimmer habe ich bereits bestellt. Wenn Sie dort eingetroffen sind, schreiben Sie an Mr. Stenning, den alten Rechtsanwalt Ihrer Familie. Teilen Sie ihm mit, daß Sie eben angekommen seien und sich sehr freuten, wenn er an einem Abend mit Ihnen speisen würde. Ich kann Ihnen schon im voraus sagen, daß er nicht erscheinen wird, denn er geht nie aus. Ich habe ihm übrigens auch schon geschrieben.«

»Aber warum das alles?« fragte Lopez erstaunt.

»Sie haben versprochen, keine Fragen an mich zu stellen«, erwiderte Milton lächelnd. »Sie sollen nur den alten Herrn mit der Tatsache bekanntmachen, daß Sie verhältnismäßig luxuriös in London leben.«

Lopez schüttelte verwirrt den Kopf.

»Ich weiß gar nicht, was das alles bedeuten soll . . .«

»Machen Sie auch nicht den Versuch, es zu erfahren. Sie haben weiter nichts zu tun, als zu warten, bis Sie Ihr Vermögen erhalten. Ich habe Mr. Goldford schon nicht leiden können, bevor ich ihn sah, und als ich ihn jetzt persönlich kennenlernte, war er mir noch unsympathischer. Ich habe einige Erkundigungen über ihn eingezogen. Gewisse Kaufleute sind sehr mitteilsam. Es besteht nicht der geringste Zweifel, daß diese Menschen sich an Ihren Vater gehängt haben zu einer Zeit, als er ihrem Einfluß nicht widerstehen konnte. Ein glücklicher Umstand war es, daß kein Schreibpapier in der Bibliothek vorhanden war. Hätten ein paar Bogen auf dem Schreibtisch gelegen, so hätte ich meinen Besuch wiederholen müssen.«

»Ich verstehe wirklich die Zusammenhänge nicht, aber ich will keine Fragen mehr stellen. Sie haben mir so sehr geholfen, und ich weiß nicht, ob ich jemals in die Lage komme, Ihnen zu danken . . .«

»Sicher kommen Sie in die Lage, mir auch einen Dienst zu erweisen. Vor allem mache ich es Ihnen zur Pflicht, nichts über mich zu erzählen. Hier haben Sie meine Pariser Adresse. Die müssen Sie gut aufbewahren. Sobald Sie Ihr Vermögen haben, schicken Sie mir sechstausend Pfund dorthin. Diese Summe betrachte ich als eine wohlverdiente Provision.«

Lopez Burt lächelte.

»Da werden Sie aber noch sehr lange warten müssen, fürchte ich!«

»Ich glaube kaum«, entgegnete der Hexer geheimnisvoll.

Am nächsten Morgen erhielt Mr. Samuel Stenning, der Seniorpartner der gleichnamigen Rechtsanwaltsfirma, einen Brief, der an ihn persönlich gerichtet war. Schrift und Ausdruck waren schlecht, und einzelne Stellen hatte der Schreiber dick unterstrichen.

... Ich könnte Ihnen Dinge erzählen, die im Hause Mr. Burts vor sich gehen, daß Ihnen die Haare zu Berge stehen. Ich weiß genau, was passierte, bevor er starb. Er schickte damals nach Mr. Brown und hatte eine lange Unterredung mit ihm ... und er war durchaus nicht übergeschnappt, wie die Leute sagen.

Er kam zur Bibliothek herunter, und ich sah, daß er etwas in die schwarze Bibel im dritten Regal legte. Ich wollte oft nachsehen, was es war, aber ich hatte nie Gelegenheit dazu. Ich wette aber, es war irgendein Schreiben, das mit den Goldfords zu tun hatte. Das sind ganz gemeine Leute, die nicht in einem solchen Haus wohnen sollten.

Der Brief trug die Unterschrift ›Ein Freund‹.

Mr. Stenning war daran gewöhnt, anonyme Schreiben zu erhalten, und er warf sie meistens in den Papierkorb. Aber auch er konnte die Goldfords nicht leiden und hatte sich gefreut, als der neue Erbe aus Südamerika auf der Bildfläche erschienen war.

Unglücklicherweise befand er sich gerade auf einem Krankheitsurlaub in Südfrankreich, als das Testament aufgesetzt wurde, und kannte daher die näheren Umstände nicht. Aber er war davon überzeugt, daß der alte Burt nicht in der Verfassung gewesen war, über sein Vermögen zu verfügen. Hätte er nur den geringsten Anhaltspunkt für eine Anfechtung des Testaments in der Hand gehabt, so hätte er Himmel und Erde in Bewegung gesetzt, um den unglücklichen Sohn Burts zu finden.

Es war nun ein merkwürdiger Zufall, daß er am selben Morgen einen Brief von Lopez Burt aus dem Ritz-Carlton erhielt.

»Wirklich sonderbar!« murmelte Mr. Stenning.

Den ganzen Tag dachte er über die Sache nach, und am folgenden Morgen ging er nicht ins Büro, sondern fuhr nach Bourne End. Mr. Goldford war über den Besuch nicht so überrascht, wie der Rechtsanwalt geglaubt hatte.

»Guten Morgen, Mr. Stenning. Haben Sie etwas von Lopez gesehen?«

»Er ist in London«, entgegnete Stenning, nun selbst verwundert. »Wußten Sie es denn schon?«

Ferdinand grinste.

»Von ihm selbst habe ich noch nichts gehört. Aber gestern war ein Herr hier, der ihn sprechen wollte. Er hat einen Brief für ihn zurückgelassen. Vielleicht geben Sie ihm das Schreiben, wenn Sie ihn treffen. Ist etwas nicht in Ordnung?«

»Das will ich nicht gerade behaupten. Aber ich habe eine Mitteilung bekommen, auf Grund deren ich handeln muß«, erklärte der Rechtsanwalt. »Haben Sie irgendwelche Dokumente Ihres Onkels gefunden?«

»Dokumente?« fragte Ferdie bestürzt. »Welche Dokumente sollten denn das sein?«

»Ist das Haus vollkommen durchsucht worden?«

»Wir haben den Schreibtisch und einige Truhen geöffnet, und fast alle Briefe, die wir gefunden haben, sind in Ihr Büro geschickt worden. Sonst war nichts vorhanden.«

»Kann ich mich einmal in der Bibliothek umsehen?«

Ferdinand zögerte einen Augenblick, aber dann willigte er ein.

Er ging voraus und mußte die Nachricht seinen Geschwistern mitgeteilt haben, denn als Mr. Stenning und sein Sekretär ins Wohnzimmer traten, wurden sie sehr kühl empfangen.

»Was ist das alles für ein Unsinn?« fragte Ferdinand aufgeregt. »Welche Dokumente sollte er denn hinterlassen haben? Ich weiß, daß Sie annehmen, er sei nicht mehr ganz bei Verstand gewesen, als er das Testament aufsetzte, aber das Schriftstück ist doch vorhanden und unterzeichnet. Und die Zeugen –«

»Die leben nicht mehr«, entgegnete Stenning trocken.

Ferdinand wurde rot vor Ärger.

»Das tut doch der Gültigkeit des Testaments keinen Abbruch. Selbstverständlich sind die beiden tot. Aber Sie haben sie doch noch gesehen, als sie lebten. Haben sie Ihnen nicht gesagt, daß Mr. Burt vollkommen normal war, als er das Testament aufsetzte?«

»Es hat doch keinen Zweck zu streiten, Ferdie«, mischte sich Miss Goldford mit schriller Stimme ein. »Wir wollen in die Bibliothek gehen und nachsehen.«

Der Rechtsanwalt und sein Sekretär begleiteten die Geschwister in den düsteren Raum. Stenning ging auf und ab und betrachtete die Bücher im dritten Regal genau. Schließlich nahm er die schwarze Bibel herunter.

»Ich habe eine Nachricht erhalten, daß etwas in diesem Buch liegt«, erklärte er.

Er legte es auf den Tisch, und als er es aufschlug, kam ein vergilbtes Stück Papier zum Vorschein. Ferdinand las die ersten Zeilen, und sein Gesicht wurde bleich.

»Mein Letzter Wille und Testament«, begann die Urkunde, die zweifellos in der merkwürdig kritzeligen Handschrift des alten Burt geschrieben war. »Alle früheren Testamente werden hiermit annulliert, besonders das eine, das ich am 17. Februar letzten Jahres aufsetzte und das ich jetzt weder für gerecht noch für billig halte. Ich vermache hiermit mein ganzes Eigentum Lopez Henry Martin Burt, meinem lieben Sohn.«

Die Unterschrift war richtig, desgleichen stimmten die Namenszüge der Zeugen, die auch schon das Testament zugunsten der Goldfords unterzeichnet hatten. Zeitlich lag nur ein Unterschied von drei Wochen zwischen der Aufstellung der beiden Testamente.

»Ich werde dieses Testament anfechten«, sagte Ferdinand bleich und zitternd. »Es ist eine Fälschung – das sind keine Zeugen.«

»Es sind dieselben, die das Testament unterzeichnet haben, das zu Ihren Gunsten lautet«, erwiderte Stenning ironisch. »Ich fürchte, die Auffindung dieses Schriftstücks wird eine große Änderung herbeiführen.«

Er steckte die Urkunde in die Tasche. Ferdinand war in großer Versuchung, sie ihm mit Gewalt abzunehmen, aber er beherrschte sich.

»Es ist eine Fälschung«, brüllte er. »Ich werde es anfechten, und wenn ich all mein Geld daransetzen sollte . . .«

»Sie haben jetzt nicht mehr viel Geld auszugeben, Mr. Goldford«, entgegnete der Rechtsanwalt ruhig.

Sieben Monate später schickte Lopez Burt einen Scheck über sechstausend Pfund mit einem Brief nach Paris.

»Ich weiß nicht, wie alles gekommen ist«, schrieb er an Henry Arthur Milton, »aber das Gericht hat meine Klage anerkannt. Es ist mir noch vollständig schleierhaft, wie Sie zu der Kenntnis kamen, daß ein anderes Testament existierte. Das Schriftstück ist zweifellos von meinem Vater geschrieben, und ich könnte einen Eid darauf leisten, daß auch die Unterschriften der beiden Zeugen echt sind. Sie entsinnen sich doch noch, daß ich den Kasten von der Bank holte, in dem Briefe meines Vaters und auch der beiden Dienstboten lagen. Wenn Sie die mit dem Testament hätten vergleichen können, hätten Sie selbst zugeben müssen, daß nicht der geringste Zweifel an der Echtheit des Schriftstücks bestehen kann.«

Der Hexer freute sich sehr über diese Nachricht. Er war stolz auf seine Kunst, Handschriften nachzuahmen, und dieses Testament hatte er in vier Stunden gefälscht. Das war wirklich eine Leistung.

16
EINE ENTFÜHRUNG

Die Regierung achtet sehr scharf auf die Tischreden, die Beamte in offizieller Eigenschaft halten, und man sieht es auch an höherer Stelle nicht gern, wenn Beamte in ihrer Mußezeit zuviel über den Dienst sprechen. Aber auf keinen Fall gestattet man offene Kritik an Vorgesetzten, und Inspektor Mander ging entschieden zu weit, als er auf dem Festessen der Polizei bei dem Toast auf die Damen den Hexer erwähnte.

»Die Leute üben manchmal an uns Kritik, weil berüchtigte Verbrecher nicht gefaßt werden. Ich möchte nicht sagen, daß wir unsere Pflicht nicht voll und ganz getan haben, aber vielleicht wurden noch nicht die richtigen Methoden angewandt, um ihn zu verhaften. Der Hexer ist stets eine Bedrohung der menschlichen Gesellschaft gewesen, und in gewisser Weise ist seine Tätigkeit auch ein Vorwurf für Scotland Yard.«

Wenn Bliss Inspektor Mander nicht zu sehr verachtet hätte, würde er ihm bei dieser Gelegenheit das Genick gebrochen haben. Trotzdem wurde Mander zu einem der höchsten Beamten von Scotland Yard gerufen und mußte einen höchst unangenehmen Verweis entgegennehmen.

Drei Tage nachdem Manders Tischrede in einem Unterhaltungsblatt abgedruckt worden war, erhielt Bliss einen Brief vom Hexer.

Dieser Mander geht mir auf die Nerven, und ich werde ihn deshalb dorthin bringen, wohin er gehört. Solche Narren haben trotz ihrer Dummheit immer noch ein kolossales Glück, und das halte ich direkt für ungerecht. Bitte, bestellen Sie Mr. Mander von mir, daß ich ihn noch vor Ende der Woche erwische.

Bliss ließ seinen Untergebenen kommen.

»Lesen Sie das«, sagte er kurz.

Mander las die Zeilen durch und zwang sich zu einem Lächeln, aber Bliss wußte ganz genau, daß der Mann nur Komödie spielte.

»Früher hat er Sie doch noch nie bedroht?«

Mander lachte, aber es klang nicht überzeugend.

»Um solchen Blödsinn kümmere ich mich nicht! Es haben mich schon mehr Leute bedroht –«

»Auch der Hexer?« fragte Bliss scharf.

Mander wurde unruhig.

»Nein, der Hexer noch nicht, aber – ich kümmere mich trotzdem nicht darum.« Plötzlich kam wieder ein zuversichtlicher Ausdruck in sein Gesicht. »Sie sehen doch, daß sich der Mann vor mir fürchtet –«

»Entschuldigen Sie, daß ich lache! Der Hexer fürchtet sich vor Ihnen? Womit sind Sie denn augenblicklich beschäftigt?«

Mr. Mander hatte gerade die Aufgabe, verschiedene Autodiebstähle aufzuklären. Er war einer wichtigen Organisation auf die Spur gekommen, die zwar nicht für die Diebstähle selbst verantwortlich zu machen war, aber immerhin als Hehler fungierte. Bliss hörte den Bericht und nickte.

»Nun, da sind Sie ja in Sicherheit. Sergeant Crampton arbeitet mit Ihnen zusammen, und der ist im großen und ganzen ein intelligenter Mann.«

Mander ärgerte sich.

»Der Herzog von Kyle –«, begann er, aber Bliss schnitt ihm wieder das Wort ab.

»Der Herzog von Kyle ist eine große Autorität für Schweinezucht, aber sonst versteht er nichts. Ja, ich habe den Brief gelesen, den er an den ›Monitor‹ schrieb und in dem er sich so lobend über Ihre Tischrede äußert. Beinahe hätten Sie deshalb den Dienst quittieren müssen. Aber der Herzog weiß sehr wenig vom Hexer.«

Der Herzog von Kyle gehörte zu den Menschen, die nichts zu tun haben. Deshalb hatte er sich auf die Schweinezucht verlegt. In seinen Mußestunden schrieb er aus Langerweile oft Briefe an die Zeitungen. Auch über den Hexer hatte er sich ausgelassen, und die phantastischsten Pläne vorgetragen, um ihn zu fangen. Bliss hatte es gelesen und fürchtete für die Sicherheit des Mannes.

Am Abend befand sich Mander auf der Polizeiwache in Notting Dale, um weitere Nachforschungen über die gestohlenen Autos anzustellen. Als er das Haus gerade verlassen wollte, hielt eine prächtige Limousine vor der Tür, und eine Dame im Abendkleid stieg aus. Sie hatte blonde Haare und war sehr schön. An ihren Händen blitzten mehrere Diamantringe, und auch sonst trug sie wundervollen Schmuck.

»Können Sie mir sagen, wo ich Inspektor Mander treffen kann?« fragte sie.

Mander, der weiblichen Reizen sehr zugänglich war, nahm sofort den Hut ab.

»Ach, sind Sie es selbst? Mr. Bliss sagte mir, daß ich Sie hier finden würde.«

»Kann ich etwas für Sie tun?«

»Ich bin wegen meiner Limousine gekommen, die mir heute nachmittag gestohlen wurde, als ich Einkäufe in der Bond Street machte. Jemand hat es verstanden, den Chauffeur fortzulokken ... aber es ist weniger der Verlust des Wagens. Ich möchte gern einmal im Vertrauen mit Ihnen sprechen. Könnten Sie wohl mit mir zum Berkeley Square fahren?«

Mander gab seinem Assistenten einige Weisungen und folgte dann der Dame in den luxuriösen Wagen.

Sie schwieg einige Zeit.

»Es handelt sich eigentlich nicht um den Wagen«, begann sie schließlich wieder. »Dummerweise habe ich meine Handtasche darin liegenlassen, und in der Handtasche befinden sich Briefe, die ich unter allen Umständen wiederhaben muß. Darf ich offen zu Ihnen sein?«

»Aber selbstverständlich«, entgegnete Mander beglückt. Die Nähe dieser schönen Frau berauschte ihn.

»Der Herzog und ich stehen gerade nicht im besten Einvernehmen, aber immerhin ist noch niemals die Frage der Scheidung aufgetaucht. Es wäre deshalb sehr schlimm für mich, wenn diese Briefe in falsche Hände kämen. Ist es wahr, daß sie durch Verbrecher wieder beschafft werden können?«

Mander lächelte.

»In Büchern kann man das lesen, und es ist wohl auch schon in Wirklichkeit passiert. Haben die Briefe einen kompromittierenden Inhalt?«

»Ja, sie stammen von einem jungen Mann – meinem Vetter. Ach, es ist schrecklich!« Sie rang verzweifelt die Hände.

»Ich will versuchen, sie wieder zu beschaffen, Durchlaucht«, sagte Mander liebenswürdig. Er wußte nicht, welche Herzogin er vor sich hatte, da er mit dem höheren Adel selten in Berührung kam.

Sie öffnete eine kleine Tasche und nahm ein juwelenbesetztes Zigarettenetui heraus. Die Diamanten, mit denen das Monogramm geschmückt war, blitzten auf.

»Bitte bedienen Sie sich.«

Er nahm eine Zigarette und reichte ihr dann höflich ein Streichholz. An der Seite des Wagens befand sich ein kleines Mikrophon. Sie drückte auf den Knopf, und der Chauffeur näherte sein Ohr dem Hörer.

»Fahren Sie ein wenig im Park auf und ab, bevor Sie zum Berkeley Square zurückkehren.«

Als Mander das Streichholz ansteckte, sah er die Herzogskrone und ein »K« auf dem Zigarettenetui, und nun ging ihm ein Licht auf. Es war die Herzogin von Kyle.

»Es ist entsetzlich, daß Bertie so indiskret ist. Er schreibt Briefe ...«

Mander, der es sich in der Ecke des Wagens bequem gemacht hatte, schlief plötzlich unvermutet ein.

Schrilles Telefonklingeln schreckte Bliss aus seiner Nachtruhe. Er mußte in das kalte Nebenzimmer gehen, in dem der Apparat stand.

Auch berühmte und erfolgreiche Detektive sind schließlich nur Menschen und ärgern sich, wenn sie morgens um halb vier aus dem Bett geholt werden.

»Mander? Was soll ich denn von Mander wissen? Rufen Sie doch bei ihm selbst an!«

»Er ist aber doch nicht zu Hause. Wir haben ihn nicht mehr gesehen, seitdem er mit der Dame fortfuhr.«

Das Interesse des Chefinspektors erwachte plötzlich.

»Von welcher Dame sprechen Sie denn?«

Der Beamte erzählte ihm von dem eleganten Auto, das bei der Polizeiwache in Notting Dale vorgefahren war.

»Es ist der Wagen des Herzogs von Kyle«, sagte Sergeant Crampton. »Wir fanden ihn verlassen in Hampstead Heath. Er war aus der Garage des Herzogs gestohlen worden.«

»Haben Sie ihn durchsucht?«

»Jawohl. Wir fanden auch einen wichtigen Anhaltspunkt – die Visitenkarte einer Dame, auf die ein paar Worte mit Bleistift geschrieben waren.«

»Holen Sie mich mit dem Wagen ab«, sagte Bliss und wartete

schon unten auf der Straße, als das Auto in Sicht kam. Beim Licht der Scheinwerfer betrachtete er dann die Karte genau. Eine Dame mußte die Worte geschrieben haben: ›The Leek. Erst links, dann rechts – Stillman.‹

»Aber sehen Sie einmal hierher«, sagte der Sergeant.

Er drehte das Licht im Wagen an, der mit hellgrauem Plüsch gepolstert war. Die Matte auf dem Fußboden war von derselben Farbe, aber in der Nähe der linken Tür zeigte sich ein großer, roter Fleck, desgleichen an der Stelle, wo der Kopf des Passagiers gelehnt haben mochte.

»Es ist Blut«, erklärte Crampton. »Ich sah, wie Inspektor Mander abfuhr, und auf diesem Platz hat er gesessen.«

Der Polizeiinspektor des Bezirks war auch zugegen.

»Was ist denn ›The Leek‹? Gibt es einen solchen Platz?«

Der Sergeant schüttelte den Kopf.

»Nein. Aber Stillman ist der Name eines Häusermaklers. Er wohnt in der Shardeloes Road. Ich habe schon einen Beamten hingeschickt, um ihn zu wecken.«

Sie fuhren zusammen nach der Shardeloes Road und fanden einen schläfrigen Herrn mittleren Alters.

»›The Leek‹ ist der Name eines leerstehenden Hauses«, erklärte er. »Es liegt am Rande des unbebauten Landes.«

Er nahm die Visitenkarte, betrachtete sie und nickte.

»Ja, das stimmt. Eine Dame wollte das Haus sehen, und ich gab ihr die Richtung an, in der sie fahren müsse. Das ist die Handschrift meiner Stenotypistin.«

»Haben Sie die Schlüssel?«

»Ja, in meinem Büro. Wenn Sie einen Augenblick warten, komme ich mit.«

Sie begleiteten ihn zu seinem Büro und fuhren dann zu dem angegebenen Platz. Als sie angekommen waren, ließ Mr. Stillman halten, und die Detektive sprangen aus dem Wagen.

Das kleine Haus, das hinter einer hohen Umfassungsmauer lag, machte einen düsteren Eindruck. Durch ein Lattentor traten sie in den Garten. Sergeant Crampton, der mit seiner Taschenlampe leuchtete, ging voraus. Plötzlich blieb er stehen.

»Sehen Sie einmal hierher«, sagte er.

Auf den Steinplatten, die den Weg bedeckten, sah man mehrere rote Flecken, die noch feucht waren. Als sie weitergingen, fanden sie dauernd neue Spuren. Die Haustür stand halb offen.

Bliss trat mit Crampton ein und leuchtete die Wände sorgfältig ab. Auch hier zeigten sich auf dem Fußboden und an den Wänden Blutspuren.

In einem Zimmer des oberen Stockwerks sah es besonders schrecklich aus. Sie fanden zwar keinen Toten darin, aber offenbar hatte hier ein Kampf stattgefunden. Die eine Wand war über und über mit Blut bespritzt, und in der Nähe der Tür entdeckten sie den Abdruck eines blutigen Handschuhs.

Als sie das Haus wieder verließen, fuhr gerade ein Wagen vor. Ein Herr stieg aus, und Crampton ging auf ihn zu. Bald darauf kam er mit der Nachricht zurück, daß es Mr. Whistle, der Privatsekretär des Herzogs von Kyle, sei.

»Ich mußte wegen der gestohlenen Limousine an Seine Durchlaucht telegrafieren. Der Herzog ist sehr aufgeregt, denn der Hexer war am vergangenen Abend bei ihm.«

»Wo?« fragte Bliss schnell.

»Auf der Clane Farm – das liegt in der Nähe von Seven Oaks. Der Herzog besitzt dort eine große Schweinezucht«, berichtete der Sekretär. »Er hatte sich schon für die Nacht zurückgezogen, als jemand an das Fenster seines Studierzimmers klopfte. Er öffnete und sah einen Fremden mit abstoßenden Gesichtszügen. Der Mann war bewaffnet und bedrohte Seine Durchlaucht. Er sagte, daß er Mr. Mander zu ihm bringen werde, der die Nacht bei ihm bleiben solle. Am nächsten Morgen würde man sie dann beide in demselben Zustand auffinden.«

»Hat er denn die Polizei benachrichtigt?«

»Nein. Der Herzog ist sehr mutig. Es war merkwürdig, daß ich in demselben Augenblick zu ihm kam, als er mich rufen lassen wollte. Er sagte mir, daß er die ganze Nacht aufbleiben werde und daß er schon mehrere geladene Pistolen zurechtgelegt habe.«

Der Chefinspektor erkundigte sich noch genauer nach der Lage der Farm.

»Können Sie dem Herzog telefonieren, daß wir so bald als

möglich zu ihm hinausfahren? Die Straße, die dorthin führt, interessiert mich.«

Nachdem der Sekretär gegangen war, begab sich Bliss auf die systematische Suche nach Anhaltspunkten und machte auch fünfzig Schritte von dem Haus entfernt eine Entdeckung. Er fand dort ein großes Stück blutiger Leinwand, das zusammengerollt und auf die Seite geworfen worden war. Von hier aus führte eine ununterbrochene Blutspur quer über die Heide zu einem Teich.

Bliss bemerkte, daß das Wasser nahe der Stelle lag, wo man den Wagen gefunden hatte, und darüber wunderte er sich. Wenn Mander ermordet worden war, warum hatten die Täter dann seine Leiche nicht sofort beiseite geschafft, sondern erst zu dem Haus mitgenommen?

Aber das war nicht die einzige Tatsache, die ihn in Erstaunen setzte.

Die Beamten untersuchten den Teich mit Stangen, aber die Stelle, zu der die Blutspur hinführte, war sehr tief. Bliss ordnete an, daß das Wasser abgelassen werden sollte, wartete aber das Resultat selbst nicht ab.

Zehn Minuten später raste der Polizeiwagen über die große Westminster Bridge nach Süden.

Der Tag dämmerte, bevor sie die Clane Farm erreicht hatten. Sie war schwer zu finden, und Bliss bedauerte, daß er den Sekretär des Herzogs nicht mitgenommen hatte. Aber endlich kamen sie ans Ziel. Auf der schmalen Straße, die zum Haus führte, trafen sie drei Leute, die alle Gebüsche durchstöberten und offenbar etwas suchten. Bliss ließ das Auto halten, und einer der Leute sprach ihn an.

»Sind Sie von der Polizei? Sie sind aber schnell zur Stelle – es ist ja kaum eine Viertelstunde her, daß ich den Wachtmeister angerufen habe!«

»Ich bin von Scotland Yard. Was gibt es denn?«

»Was es gibt? Der Stolz von Kent ist gestohlen worden!« rief der Mann laut.

»Wer ist denn der Stolz von Kent?«

»Ein prämiiertes Schwein – das beste in der ganzen Gegend. Bei jeder Ausstellung hat es den ersten Preis bekommen. Ich würde viel darum geben, wenn es noch da wäre. Wenn der Herzog davon hört, wird es einen großen Spektakel geben.«

»Wann haben Sie denn den Verlust entdeckt?«

»Gestern abend. Das Schwein war noch im Stall, und allein konnte es nicht heraus. Ein niederträchtiger Kerl aus dem Dorf muß es gestohlen haben. Wenn wir den Schuft fassen, geht es ihm schlecht! Sollte mich nicht wundern, wenn die aufgeregten Leute ihn umbringen.«

»Wo ist denn der Herzog?«

»Der Herzog? Der ist in Schottland.«

»In Schottland?«

»Ja, natürlich«, erwiderte der Mann ungeduldig. »Gestern habe ich noch einen Brief von ihm bekommen, das heißt nicht direkt von ihm, sondern von seiner Sekretärin, Miss Erford.«

Chefinspektor Bliss verriet seine Bestürzung nicht durch das geringste Zeichen.

»Ist denn nicht ein Mr. Whistle Sekretär des Herzogs?«

Aber der Mann hatte noch nie von einem Mr. Whistle gehört.

Bliss bedauerte jetzt noch viel mehr, daß er den Sekretär nicht mitgenommen hatte.

»Wo ist denn der Stall?« fragte er.

›Stall‹ war nicht die richtige Bezeichnung für das Haus, in dem das Schwein untergebracht war. Viele der Landarbeiter des Herzogs beneideten es um seine Wohnung. Es war ein niedriges Gebäude, vor dem ein großer Hof lag, damit sich das Tier bewegen konnte. Das Stahlgitter stand offen, und der Mann erklärte, wie schwer es sei, das Schwein herauszuholen.

»Es muß gestern abend passiert sein. Verschiedene Leute haben ein großes Transportauto auf der Straße gesehen –«

»Was ist denn das?« Bliss bückte sich und nahm ein rundes Blechgefäß auf, das mit einer zähen, braunen Flüssigkeit gefüllt war. »Haben Sie das schon vorher hier gesehen?«

Der Mann schüttelte den Kopf.

Auf dem kleinen Etikett stand ›Gift‹.

»Der Hexer denkt tatsächlich an alles«, sagte Bliss bitter, als er die Schrift Henry Arthur Miltons erkannte. »Wir müssen den Inhalt untersuchen lassen. Wahrscheinlich fraß das Preisschwein gern Süßigkeiten? Das dachte ich mir. Sieht ganz nach Sirup oder etwas Ähnlichem aus. Nun kann ich auch verstehen, daß das Schwein keinen Lärm gemacht hat, als man es entführte. – Was liegt denn dort hinten?« Er hob die Hand und zeigte auf eine Reihe von Gebäuden, die alle einen kleinen, abgezäunten Vorhof hatten.

»Da sind die Ferkel untergebracht.«

Die äußeren Vorhöfe wimmelten von kleinen Tieren, die gerade ihr Morgenfutter erhielten.

Bei dem zweiten Stall blieb der Chefinspektor stehen, denn er sah in der Ecke einen runden, zerbeulten Filzhut liegen. »Ich möchte mich hier einmal genauer umschauen«, sagte er und trat mitten unter die kleinen Schweine, die auseinanderstoben. Aber eine Richtung vermieden sie, und zwar gingen sie nicht in den Stall zurück, wo sie über Nacht schliefen. Eines oder zwei näherten sich der Tür, liefen aber sofort wieder davon.

Bliss bückte sich und ging durch die Tür. In einer Ecke saß Mander, gebunden und außerdem geknebelt.

»Kommen Sie hierher«, rief Bliss zurück, und die Polizeibeamten, die ihn begleitet hatten, folgten ihm.

Es dauerte einige Zeit, bis sie die Fesseln des Inspektors gelöst hatten. Mr. Mander erhob sich taumelnd, und man gab ihm einen Schluck Kognak, um ihn zu kräftigen.

Er konnte keine Erklärungen geben und wußte nur noch, daß er mit einer schönen Dame gefahren war und daß ihn jemand auf dem Rücken getragen hatte. Als er aufwachte, hatte er die vielen Ferkel gesehen, die ihn anstarrten, weil er in ihr Schlafquartier eingedrungen war.

»Ist es nicht merkwürdig?« sagte Bliss nachdenklich. »Der Hexer hat doch geschrieben, daß er Sie dorthin bringen wolle, wohin Sie gehörten. Ich will nicht so unhöflich sein, ihm recht zu geben.«

»Die Dame war eine der schönsten Frauen, die ich jemals gesehen habe –«

»Ich habe Cora Ann Milton schon früher getroffen, aber ich

wußte nicht, daß sie sich wieder in England aufhielt. Ich glaube auch, daß sie im Lauf der Nacht das Land verlassen hat.«

Ein Diener des Hauses eilte auf ihn zu.

»Sie werden am Telefon verlangt.«

Bliss machte eine gleichgültige Handbewegung.

»Ich weiß schon, was ich hören werde. Die Leute haben natürlich den Stolz von Kent aus dem kleinen Teich in Hampstead gezogen. Ich erkannte gleich, daß es kein Menschenblut war, und ich weiß auch, wo das unglückliche Tier umgebracht worden ist.«